書下ろし

バッドルーザー

警部補 剣崎恭弥

柏木伸介

祥伝社文庫

目次

【本作の登場人物】

《保土ケ谷《ほどがや》区内単身者殺人事件特別捜査本部》

剣崎恭弥《けんざききようや》……保土ケ谷署地域課　警部補
佐久《さく》 清《きよし》……保土ケ谷署地域課　巡査部長
関口正孝《せきぐちまさたか》……保土ケ谷署刑事課　巡査部長
汐谷《しおや》 紬《つむぎ》……保土ケ谷署生活安全課　巡査長
真島流星《ましまりゅうせい》……保土ケ谷署生活安全課　巡査部長

《神奈川県警察本部》

半倉隆義《はんくらたかよし》……首席監察官　警視正
小椋《おぐら》……刑事部捜査第一課管理官　警視
秋元《あきもと》……刑事部機動捜査隊　巡査部長
衛藤《えとう》……刑事部捜査第一課特殊犯捜査第一係　警部補

團《だん》 由利夫《ゆりお》……株式会社DAN電子 CEO

美作二郎《みまさかじろう》……強盗事件の服役囚　元半グレ

序章

一〇月二三日金曜日。午前五時五七分。神奈川県海老名《えびな》市今里《いまざと》二丁目。

畑の脇を通る私道に、刑事はいた。ほかにも、数名の捜査員が忙しく動いている。

道幅は車の離合《りごう》がぎりぎりの広さだ。地主の了解を得て、東西を通行止めにした。青いビニールシートが風をはらんで、はためいている。

刑事は、海老名署刑事課強行犯係に所属する三十五歳の巡査部長だ。署を出るときに白み始めていた空は、完全に明けている。

『畑の横に死体がある』

通報は、午前五時一四分。元県庁職員の男性からだった。退職後、五年の再任用を経《へ》て、現在は無職だ。

退職金で購入した畑で、大根や白菜などの野菜を栽培している。自宅で消費し、残りは友人などに配るそうだ。趣味の農業といったところか。

通報者は早朝四時に起床し、畑に行くのを習慣としていた。いつも通りの時刻に作業へ向かうと、異臭を感じた。臭いには敏感な性質らしい。元を探ってみると、側溝からだった。

側溝は暗渠《あんきょ》になっている。コンクリートの蓋《ふた》が被せられていた。一辺三十センチ程度の正方形で、かなり重い。両脇に排水用の穴がある。指を入れ持ち上げたところ、死体を発見する羽目《はめ》となった。

男性の死体は、うつ伏せで倒れていた。側溝は、私道の排水用だ。農業用水路は別にある。晴天続きで、水は流れていない。溜まった汚泥《おでい》に顔を浸《つ》けている。

「お疲れ様です」

ビニールシートを上げ、二人の男が入ってきた。腕章をしている。県警本部捜査第一課強行犯捜査第七係の人間だ。挨拶《あいさつ》を交《か》わした。

年嵩《としかさ》の長身は、係長の赤名《あかな》。歳や役職、体格の割に存在感が薄い。若い方は、巡査部長の今宮《いまみや》。頭を今風のツーブロックにしている。

ともに、スーツの上下。タイはない。

「死体《ロク》の状況は？」赤名が訊《き》いた。

「ひどいもんです」刑事は答えた。

死体は下着のみ。顔と両手、両足の紋を焼かれている。あえて遺棄されたものに違いない。身元の判明は、難航する見通しだ。

「外傷は見当たらない」検視官が立ち上がった。死体は、側溝に横たわったままだ。懐中電灯を当てている。「死因は解剖《かいぼう》待ちだけど、病死じゃないかな。黄疸《おうだん》も出てるし。死後二日ってところだと思うよ」

他殺でなくとも、顔などを潰して捨てた。何らかの意図は働いている。死体遺棄として、事件性はある。

県警本部及び海老名署の捜査員が近づく。蠅《はえ》が舞った。刑事は手で払った。

死後二日なら腐敗が始まる時期だ。外見上の変化は、まだ見られない。腐敗臭も、さほどではなかった。鼻の利《き》く人間でなければ感じないだろう。実際、刑事には無臭に近い。

「身元が分かるものは？」赤名が訊く。

「発見されていません」刑事は答えた。「持ち物等もありませんので」

羽虫が飛散する。今宮が身体を屈《かが》めた。Yシャツの首元から、シルバーアクセサリーが顔を覗《のぞ》かせる。

「そんなもん、現場にしてくるんじゃない」赤名が諫《いさ》めた。

「魔除《まよ》けですよ」今宮が眉《まゆ》を寄せる。「剣崎《けんざき》主任は〝いい趣味だ〟って褒《ほ》めてくれましたよ。あ、今は保土ケ谷《ほどがや》署だから係長か」

剣崎恭弥《きょうや》。警部補だ。噂《うわさ》は聞いている。〝神奈川の狂犬〟などとあだ名される。独断専行に命令無視、ろくな噂は聞いたことがない。会ったことはないし、会いたくもなかった。今は、保土ケ谷署勤務のはずだった。警部補は本部では主任、署では係長となる。

「元気にしてるかなあ、剣崎さん」今宮が呟《つぶや》く。

「知らん」素《そ》っ気《け》なく、赤名が返した。

身元不明の遺体は、仰向《あおむ》けに変えられている。全員が再度、焼けただれた顔を確認した。

※　※　※

初夏のある日。美作《みまさか》二郎《じろう》は寝返りを打つ。

幼少期の思い出は、鮮明にして朧《おぼろ》だった。生々しく冷酷で温かい。

母親は、若い男を作って家を出た。

父親は、育児を放棄した。家にはめったに戻らない。

両親から捨てられた。幼かった二郎にも分かった。

兄の太郎《たろう》と二人、日々空腹を抱えていた。異臭のする汚れた部屋で、ごみに囲まれて寝た。風呂には、何日も入っていない。洗っていない衣服は、染《し》みだらけだった。

近所には、年上の悪ガキどもがいる。外に出ると、いじめられる。〝臭い〟〝死ね〟と暴言を吐かれ、アパートの窓に石まで投げられた。割れたガラスを踏んで、手足を切った。

二郎は耐えるしかなかった。太郎は反撃したが、返り討ちにあった。生傷の絶えない日々だった。

兄は優しかった。いつも弟を気遣い、優先してくれた。寒い夜は、抱き合って過ごした。頼れる人間は、太郎だけだった。

空腹に耐えかね、盗みを行なった。スーパーやコンビニで万引きをする。大半は失敗した。二人とも幼すぎた。店員に捕らえられ、連絡される。だが、父親は現われない。店側は呆《あき》れ、兄弟を解放する。その繰り返しだった。

一度、何とか成功したことがあった。戦利品は、おにぎり一個だけ。太郎は半分に割り、大きい方を二郎にくれた。年上である兄の方が、空腹は激しかったはずだ。そんな素《そ》振《ぶ》りさえ見せなかった。満面の笑みさえ浮かべていた。

二人は急いで食べた。美味《おい》しかった。笑い合った。二郎は幸せだった。

見かねた近所の住人が児童相談所へ通報、DVシェルターに保護された。

温かい食事が出た。オムライスは皿まで舐《な》めた。風呂にも入れてくれた。頭にできた皮膚病には、薬を塗ってもらった。

温かい食事と清潔なシーツがある。二郎は安心していた。

父親は嫌いではない。できれば、一緒にいたかった。たとえ殴《なぐ》られても。

酒とギャンブル、女遊び。ろくに働いてもいなかった。土産《みやげ》を買ってくることもあった。寿司やケーキなどを。そうした日はいつも、父親は上機嫌だった。今考えれば、酔っていただけだ。パチンコあたりで、はした金を稼いだのだろう。

父親の暴力は、常軌《じょうき》を逸《いっ》していた。特に、太郎に対しては。刃向かうからだ。いつか殺されていたかも知れない。殺意さえ感じる異常さだった。二郎には抵抗するだけの体力が、まだなかった。かえって幸運といえただろう。

いつかは、父親が迎えに来てくれる。親子三人いや、母親も入れて四人。皆で暮らせるようになる。二郎は信じていた。

数日後の夜。二郎は兄に起こされた。

「行くぞ、二郎」二段ベッドで寝ていた。太郎は、上段から秘《ひそ》かに下りてきた。弟を揺さぶる。「ここを出るんだ」

「どうして、兄ちゃん?」二郎はいぶかった。「ここにいたら、ご飯の心配いらないよ。意地悪する奴もいないし」

「おれたちは、二人で生きていくんだ」太郎は決然と告げる。「大丈夫だ。おれたちなら、やれる。いいか、二郎。邪魔する奴は殴れ。欲しい物は奪《うば》え。生意気ほざく奴には、唾《つば》を吐きかけろ。そうすれば、誰もおれたちには逆らわなくなる」

二郎は、うなずくしかなかった。理由など要《い》らない。兄が言うなら、ついて行く。それだけだ。

「お前に何かあったら、絶対にやり返してやる。おれがやられたら、お前が仇《かたき》を取るんだ。いいか、必ずだ。約束しろ、二郎」

「分かったよ、兄ちゃん」兄の言葉に、二郎は何度もうなずいた。「約束するよ」

太郎と指切りした。そして、施設をあとにした。


二郎の目尻には、涙が溜まっている。ほかの囚人に見つからないよう、そっと拭《ぬぐ》う。刑務所の夜。六人部屋の雑居房だ。規律に満ちた毎日を送っている。明日の食糧を心配する必要はない。

規則正しい生活は嫌いではなかった。施設暮らしをしていた、兄がいた子ども時代の記憶をよみがえらせる。児童養護施設や自立援助ホームに入れられていた。二人で何度も脱走しては、連れ戻された。

兄を忘れてはならない。身近に感じていたい。

恐ろしい男。横浜を縄張《シマ》りとする半グレの中でも、畏怖《いふ》を集める存在だった。

カツアゲで金を得る。盗みで食料を確保する。違法薬物やDVDの販売等で、遊ぶ金を稼《かせ》ぐ。腹が膨《ふく》れれば、喧嘩《けんか》だ。目が合った。歩き方が気に入らない。理由など、何でもよかった。

だが、太郎は死んだ。有り余るエネルギーを、発散する場が必要だった。

刑事に射殺された。仇は必ず取る。兄との約束は果たさなければならない。標的の名は――剣崎恭弥。

※　※　※

13.《バッドルーザー》【格差社会】　20xx‐10‐21　21：24：11

日本における格差社会は、自己責任の結果とは違う。財産が相続されるように、貧困も連鎖していく。その結果によるものといえる。権力者や金持ちは、本気で対策を考えようとしない。格差の是正《ぜせい》は、既得権益の放棄にほかならないからだ。

※　※　※

一〇月二三日　金曜日

08：20

剣崎恭弥は、保土ケ谷署の玄関に着いた。天王町《てんのうちょう》の自宅アパートから電車で一駅だ。常に徒歩で通勤している。

一〇月半《なか》ばだ。秋晴れが続いていた。薄い雲に覆われた青空が見える。途中に並ぶ住宅は、新旧入り乱れている。

神奈川県横浜《よこはま》市保土ケ谷区。ベッドタウンの顔を持つ。東西の両端には、二つの丘陵《きゅうりょう》がある。その中央辺りを国道一六号と相模鉄道《さがみてつどう》が貫《つらぬ》く。道と線路へ沿うように、帷子川《かたびらがわ》が流れる。

国道沿いには、商店も多い。昔は個人経営が主《おも》だった。今はチェーン店が目立つ。コンビニエンスストアにファミリーレストラン、ガソリンスタンドなどだ。

少し入れば、商店街もある。飲食店やスーパーなどが混在する。多彩な並びだった。

市内中心部の喧騒《けんそう》からは、距離を置く。静かで暮らしやすい街だ。

金木犀《きんもくせい》の匂いがした。風はない。快適な散歩といった趣《おもむき》だった。

途中、通勤や通学の人々とすれ違う。ゆっくりと、子どもの列が過ぎる。小学一年生だろう。ランドセルの方が大きい。かなりな苦役と感じた。最近、流行の明るい色合いだ。軽やかに見えるのが救いか。

風景や通行人から、頭を恭弥自身に切り替える。

通勤は、ちょうどいいウォーミングアップになる。濃紺の上下を着ていた。下は、白地に細いブルーストライプのYシャツだ。ネクタイはない。春に、クリーニングしたまま眠らせてきた。３ＷＡＹのブリーフケースを、バックパックにして背負っている。

先月、恭弥は保土ケ谷署地域課へ異動した。以前は、県警本部捜査第一課強行犯捜査第七係に所属していた。殺人班だ。階級は警部補で、主任だった。

昨日まで、星川《ほしかわ》駅前交番係長をしていた。いわゆる〝ハコ長〟。久しぶりの制服勤務だった。

恭弥は本日付で、保土ケ谷署内の特別捜査本部へ異動となっていた。

「係長！」恭弥は、芳根倫也《よしねともや》に声をかけられた。「おはようございます。早いですね」

「そっちこそ早いよ」恭弥は微笑《ほほえ》む。「今から交番《ハコ》？」

「ええ」芳根は、昨日までの部下だ。長身で、背筋が伸びている。細い目は温厚な印象だった。丸刈りに近い短髪は、剣道をしているからか。「書類がたまっているんで」

確かに恭弥の下でも、芳根はかなり早く出勤していた。交番勤務は三日のローテーション制。初日は午前九時から一七時まで。二日目は午前九時から休憩を挟んで、翌朝九時。三日目は非番で、休みとなる。不規則ゆえ、楽な勤務ではない。

交番勤務者は、直接向かわない。芳根のように一度、署に寄る。制服に着替え、装備類を受け取ったあと、徒歩か自転車で交番に出勤する。恭弥も一か月半近く、同様のルーティンに従ってきた。刑事部に専務して以来、久々の生活サイクルだった。

芳根は二十一歳の巡査、剣道の術科特別訓練員だ。特練員と略される。別枠採用のため原則、武道だけしていればいい。だが、本人たっての希望で、通常業務も行なっていた。

父は建設作業員だった。芳根の中学時代に、事故死している。現場で足場から転落した。

生活は苦しくなった。病弱な母が、パートで子どもたちを育てた。

高校卒業後、芳根は県警に奉職した。誠実な仕事ぶりで、正義感も強い。ゆえに特練員でありながら、交番勤務も行なっている。

芳根が通っていた道場の援助により、剣道は続けられた。県警に入ったのも、館長の勧めによるところが大きいそうだ。

ふたたび挨拶《あいさつ》を交《か》わし、芳根と別れた。自転車で交番に向かうのだろう。恭弥自身も、そうしていた。距離的にちょうどいい。

玄関口には、防犯カメラがある。出入りするすべての人間が、映像として残される仕組みだ。全国で警察官を襲撃する事案が多発している。署も安全ではない。

「あ、おざまーす。剣崎係長」

背後から、聞き覚えのある声がした。恭弥は振り返る。

地域課の河田匠《かわたたくみ》だった。高い背のうえには、長めのパーマが目立つ。最近は、長髪の警察官も増えている。地域課の巡査で二十一歳だ。〝イケてる〟と署内でも評判だ。そつのない働きぶりで、性格も明るい。

背後には、同じく長身の男が立つ。身体は弛《たる》みがちで、顔も野暮《やぼ》ったい。短い髪は濃く、もっさりとした印象だった。

端本政俊《はしもとまさとし》。同課巡査部長で三十一歳だ。仕事に対しても、熱心とは言いがたい。

「これから巡回？」恭弥は訊《き》く。

「そうっす」河田が快活《かいかつ》に応じる。

地域課には、三台のＰＣ《パトロールカー》が配備されていた。二十四時間体制で、管内を巡回する。うち一台で、二人はコンビを組んでいる。端本の方が上司だ。

「地域課出るんすか？」河田は微笑む。

「ああ」恭弥は、軽く首を振った。「今日から〝生保《せいほ》の本部〟に詰める」

「やっぱ優秀な人は違うっすねえ」河田が、納得したようにうなずく。「じゃあ、また。頑張ってください」

河田が歩き始める。端本がついて行く。暗い目をわずかに向けてきた。見た目、性格ともに対照的な二人だった。

昨日、地域課長から連絡があった――『明日付で〝生保の本部〟に移ってもらえるかな。正式な辞令は、おって出すから』

〝生保の本部〟。正確には、《保土ケ谷区内単身者殺人事件特別捜査本部》という。毎日のように、噂《うわさ》は聞いていた。世間を騒がせている事案だ。捜査は難航している。本日から、大幅な捜査員の増強が図《はか》られる。

朝の署内は慌ただしい。

一階のトイレへ向かう。用を足し、洗面台で顔を洗う。秋も深まる時期にはなったが、徒歩で出勤すると、まだ汗ばむ陽気だ。

鏡を見る。署に移ってから、さらに髪を刈りこんでいた。余裕のあるクルーカットといったところか。

制服勤務では、制帽が必須となる。帽子の蒸れが苦手だった。生まれ持った気質によるものだ。

恭弥は今朝、精神安定剤を飲まなかった。普段は、抗不安薬を常用している。デパスという名の薬だ。最近、量が減った。

心療内科医は喜んでくれた――『いいことだよ。この調子で減らしていけばいい。絶対に、飲まなければいけないというものではないから』

転勤前と直後は、量が増えていた。不眠もあった。部署が変わり、暑さも和《やわ》らいだ。今までなら、季節の変わり目は身体も辛かった。

久々の交番勤務が、癒《いや》しにはなっていたのか。苦笑して、恭弥はトイレを出る。

「あ、恭《きょう》さん」佐久《さ》清《く》と《きよし》鉢合わせる。「おはよう」

恭弥と同日、保土ケ谷署地域課へ異動となった。県警本部捜査第一課では、同じ強行犯の係に属していた。

佐久は和田町《わだまち》交番勤務だった。恭弥と同じく本日から、特別捜査本部の応援に駆《か》り出されている。事務《デスク》を担当するそうだ。

五分刈りの胡麻塩《ごましお》頭を掻《か》く。さらに薄くなって見えた。交番や機動隊など、制服勤務が嫌われる理由だ。四六時中《しろくじちゅう》、帽子やヘルメットを被っていると髪が抜ける。屈強な男性警察官にも、多少の〝乙女心〟はある。

「そういえば、昨日」恭弥は佐久に話す。「久々に、首席から連絡がありましたよ」

「半倉《はんくら》さんかい？」

佐久が、驚いた声を立てた。

半倉隆義《たかよし》。四十歳の首席監察官だ。警視正、警察庁のキャリア官僚出向組だった。

県警の監察官室を指揮している。多くの職員が、半倉によって処分されてきた。通り名が、厳しさを表わしていた。《ハング・マン》こと《首吊り監察官》。

昨夕に最後の交番勤務を終えようとしたときだ。引継ぎ書類をまとめていた。宵闇《よいやみ》が迫る時間帯だった。

固定電話が鳴った。半倉からだった。

最後に来た連絡は転勤前のメールで、話したのはさらに前となる。

『美作二郎が出所している』半倉は告げた。『今年の八月だ。知っていたか？』

『いえ』

『西口のコンビニ強盗だ。君が実行犯一人を射殺した』

『はい』恭弥は返事をした。『その弟です』

《横浜駅西口コンビニ拳銃強盗事件》。横浜で有名な半グレ、美作兄弟によって行なわれた。兄の太郎を、恭弥は射殺した。弟の二郎は服役となった。

『入所中は、模範囚だったそうだ』半倉の口調は変わらなかった。『問題なく、仮釈放となった。刑期を少しだけ残して』

連行時、二郎は復讐を誓っていた。模範囚だったのは、早く出所する狙いか。恭弥への復讐を実行するために。

『この夏は、君も忙しかったからな』

半倉の声は調子が一定だった。冷淡なまでの平静さがあった。『耳に入れておいた方がいいと思った』

夏の事件。恭弥は眩暈《めまい》を感じた。地面の揺れるような感覚がした。

二十年前、少年期に巻き込まれた殺人事件。《ビスク事件》と呼ばれている。複数の女性が犠牲となった。遺体はすべて、ビスクドールと呼ばれる西洋人形に模されていた。着飾らせられ、展示のごとく遺棄された。

当時、恭弥は小学六年生だった。同級生の大園夢香《おおそのゆめか》から、放課後に会って欲しいと頼まれた。気恥ずかしさから、約束を破ってしまった。

迷った挙句、遅れて待ち合わせ場所へ向かった。夢香は、姉の夢子《ゆめこ》と帰宅する途中だった。恭弥は、二人を見つめる不審な男を目撃した。

その後、大園姉妹は、死体となって発見された。恭弥は、男の目撃情報を刑事に伝えた。

男の名は、雛形紀夫《ひながたのりお》。ほどなく、逮捕されることとなった。裁判で、恭弥は証言した。被告は死刑判決を受けた。

時期を同じくして、心身の不調を感じ始めた。頭痛に微熱、強い倦怠《けんたい》感と眩暈、ときに難聴もある。心療内科医へ通った。医師の診断は、身体表現性障害だった。以来、精神安定剤――抗不安薬を服用し続けている。

恭弥は深く悔いていた。自分が夢香と会っていれば。約束を守っていれば、二人は死なずにすんだのではないか。常に感じている。片時も忘れたことはない。

成長するにつれ、警察官を志望し始めた。夢香の死が、どのように作用したのか。いまだに分からない。突き動かされるように、刑事への道を進んだ。

恭弥は、殺人捜査に異様な執念を燃やした。独断専行や、命令無視も辞さないほどに。いつしか、〝神奈川の狂犬〟とまで呼ばれるようになった。

今年の六月。相模原《さがみはら》市において、狙撃事案が発生した。恭弥は、被疑者に発砲した。身柄は確保できたが、女性捜査員一名が受傷する事態となった。犠牲となったのは、矢木《やぎ》まどかという相模原署の刑事だった。

監察官室が、大きく動き始めた。半倉との因縁《いんねん》も、この頃からだ。

恭弥は以前から、監察官室には目をつけられてきた。特別監察もたびたび受けていた。組織の論理を乱す輩《やから》として。

そのさなか、《ビスク事件》はふたたび動いた。恭弥は、独断で捜査を始めた。一部、周囲の協力も得た。結果、恭弥始め複数が異動となった。懲戒処分ではない。保土ケ谷署への異動で済んだのは幸運か、温情だろうか。

首席監察官とは、直接に面談もした。理解し合えたとはいい難い。

『お気遣い、ありがとうございます』

恭弥は礼を言った。電話の向こうの見えない半倉に、軽く頭を下げた。

『気をつけるように』

淡々と告げ、半倉は電話を切った。

「……ということで」半倉との会話について、概略を佐久に話した。「美作二郎が出所していたらしいんですよ。今年の八月に」

「美作って、あのコンビニ強盗かい？　恭さんが兄貴を射殺した？　確か、五年の実刑だったよな。もう、そんなに経つのかねえ」

強盗未遂及び銃刀法違反その他で、美作二郎は懲役五年の実刑判決を受けていた。

「模範囚で、仮釈放になったらしいです。刑期が三分の一超えれば、仮釈放の対象にはなりますから。実際には、七割過ぎないと無理なようですが。奴は、満期に近い方ですよ。それは、ともかく――」話題を変える。「調べて欲しいんですよ。地獄耳を使って」

佐久は、県警内部――部内の情報に精通している。〝県警一の地獄耳〟と呼ばれていた。

「先日の信用金庫強盗なんですが、川崎《かわさき》の」

今月初めのことだ。川崎市内の信用金庫に、二人組の強盗が入った。自動拳銃が使用された。威嚇射撃のみで、死傷者はいない。被害は二百万円。犯人は逃走中だった。

「川崎の強盗ってことは、例の銃レンタル組織かい？」

県内に銃のレンタル組織が存在する。《レンタガン・ドットコム》と呼ばれる存在だ。闇社会では、噂となっていた。

五年前の横浜駅西口のコンビニ強盗事案がきっかけだった。美作兄弟は、レンタルした拳銃を使用したのではないか。恭弥はそう睨《にら》んでいた。何度も上層部に進言した。だが、その筋は採用されていない。

佐久も、恭弥の疑念は知っている。

「はい」恭弥はうなずく。「現在の捜査状況を分かる範囲で」

「分かった」佐久が右手を挙げ、請け負う。「できるだけやってみるよ、恭さん」

「よろしくお願いします」軽く一礼する。

今日からともに多忙を極《きわ》めるだろう。分かってはいるが、放置もできない。二人は揃って、捜査本部へ向かった。

「半倉さん」佐久が、薄く微笑む。「気を遣ってくれたんだねえ」

「大きなお世話ですよ」

恭弥は吐き捨てた。足音高く廊下を進む。佐久は、短く息を吐く。

「素直じゃないねえ」

08：29

恭弥は、佐久とともに大会議室へ入った。

署内でもっとも大きな部屋だ。三人がけの長机が幾重《いくえ》にも列をなす。室内から人があふれ出しそうだ。

強い朝陽が差し込む。人間その他の輪郭《りんかく》が鮮明だ。ほとんどの蛍光灯は灯《とも》されていない。窓は開け放されていた。風はなく、人いきれも激しい。時間が経てば、室温も徐々に上がっていくだろう。

入り口には、毛筆でしたためられた〝戒名《かいみょう》〟が貼ってあった。

《保土ケ谷区内単身者殺人事件特別捜査本部》。

揃って、ひな壇の幹部へ挨拶に行った。保土ケ谷署刑事課長の視線が向く。五十五歳の警部だ。中肉中背で、突き出た腹だけが目立つ。細い目はいつも微笑《わら》っている。県警本部や、上役の顔色にしか関心がない。彼らのご機嫌を損なわせない限り、穏やかだ。

「あ、お二人、今日からだったね。よろしく」

「剣崎……」管理官の小椋《おぐら》が立ち上がっていた。

露骨に嫌な顔をしている。口ぶりも荒い。前は、少しだけ丁寧だった。

「……いいか。絶対に勝手な真似《まね》をするんじゃないぞ。見張ってるからな！　本当は、お前なんかに用はない。人手が足りないから、仕方なく入れたんだ。言われたことだけしてろ。余計なことは考えるなよ。分かったな！」

嫌味は相変わらずだが、四十七歳の警視だ。コースには乗っている。中背で痩身《そうしん》。粘着質な性格で、まだ夏の件を根に持っているらしい。粘つく性格から〝オクラ〟などと陰口を叩かれていた。出世欲も強い。妨《さまた》げと思われているのだろう。目の仇《かたき》にされてきた。

「そんな言い方しなくても」

隣から、小椋へ声がかかる。諫《いさ》める口調だった。捜査第一課の課長代理がいた。当該《とうがい》事案の捜査主任官を務めている。小柄だが、鋭《するど》い顔立ち。五十歳の警視だ。叩き上げで、上層部にも物申すとの評判がある。

「保土ケ谷さんは皆、大変なんですから。せっかく応援に来てくれたのに」

「……いや。こいつは放っとくと、黙って何を始めるか」

「まあ、いいじゃないですか」遮《さえぎ》るように、捜査主任官は言う。

恭弥は、捜査主任官に一礼した。礼のつもりだった。無視された。一瞥《いちべつ》もくれない。まったく関心がないように見えた。単に、小椋へ反発したかっただけのようだ。

踵《きびす》を返す。恭弥と佐久は、会議室後方へ移動した。ほかには、席が空いていない。並んで、腰を下ろす。

制服の男性警察官が、捜査資料を配布していた。二部受け取り、一つを佐久に渡す。A4サイズで、簡易製本されてあった。

慌ただしかった捜査本部が静まる。会議が始まった。

ひな壇より一つ手前の最前列から、保土ケ谷署刑事課強行班係長が立ち上がった。一同へ振り向く。事件概要について説明を始める。長身から発せられる声は、大きかった。

「本日から捜査態勢が拡充されたため、改めて事件の概要をご説明いたします。ご存知のとおり」強行班係長が述《の》べる。「保土ケ谷区内におきまして、生活保護受給者が二週続けて、水曜の夜に殺害されております――」

耳を傾けながら、恭弥は捜査資料にも目を落とす。

第一の被害者――野上丈雄《のがみたけお》。保土ケ谷区川島町《かわしまちょう》在住。一〇月一三日水曜日に殺害。

第二の被害者――深川智明《ふかがわともあき》。保土ケ谷区常盤台《ときわだい》在住。一〇月二〇日水曜日に殺害。

「被害者は、いずれも単身者世帯」説明は続く。「犯行時刻は、夜一〇時から深夜一二時までと推定されております。両名ともに、後頭部に殴打跡。鈍器か専用の道具たとえば、ブラックジャックと呼ばれる革製の棍棒《こんぼう》など。そうした物を使用した様子です」

後頭部を殴打され、被害者は昏倒《こんとう》。口にタオルをねじ込まれる。犯人は、黒いごみ袋を頭から被せる。ビニール紐《ひも》を使い、腕を腰で固定する。縛り上げたあとは、包丁でめった刺しだ。

刺傷は胸部、腹部及び頸《けい》部に集中していた。ごみ袋のうえから突き立てられている。

「使用された包丁は、ステンレス製。柄《え》まで金属のタイプです。ホームセンター等において、複数本セットとして販売されております」

凶器類は現場に放置されている。包丁とタオル、ごみ袋にビニール紐。すべてはコンビニ、スーパーやホームセンター等で扱われている量販品だ。販売ルートからの追跡は不可能だった。

「現場に、指紋は残されておりません。毛髪等の微細証拠は採取されておりますが、両現場とも複数人分あります。被疑者を特定できない以上はＤＮＡ鑑定等も行なえず、有力な手がかりとはなりえない見通しです」

複数人の毛髪。被害者は両名とも、部屋の清掃や整頓には熱心でなかったようだ。

両現場とも、窓ガラスに破損はない。玄関から出入りしたものと推測される。ドアにピッキング等の形跡もなし。土足の足痕もなかった。裸足もしくは靴下を履いたものは、被害者以外に複数名分あった。

犯人は被害者によって、室内へ招き入れられた可能性が高い。

「よって、顔見知りによる犯行の線が濃厚であります。現時点では、被害者両名の交友関係に接点は見つかっておりません――」強行犯係長は、少し言葉を切る。「保土ケ谷区役所を通じ、生活保護を受給していた点以外には」

《生活保護受給者連続殺害事案》。捜査本部始め署内では皆、そう呼ぶ理由だった。

広い会議室内は、静まり返っていた。捜査員から、特に反応は見られない。皆、黙って聞き入っている。

「ごみ袋を被せる手口から、複数犯の線も考えられます。被害者の服装は野上がスウェット上下、深川が長袖Tシャツにジャージです。ともに、就寝中だった可能性も。寝具は、第一被害者がベッド。第二被害者は、布団が敷かれたままでした」

両被害者が生活保護受給者であることは当初、さほど重視されていなかった。手口が共通のうえ、水曜に発生している。同じ区内でもあることから、捜査本部も連続殺人を疑ってはいた。

発端はネットだ。

〝保土ケ谷区の事件は、生活保護受給者連続殺人！　毎週水曜日に発生！〟

昨日、匿名の掲示板ですっぱ抜かれた。以来、《ナマポ・キラー》の俗称《ぞくしょう》で祭り状態となっている。

捜査当局は、被害者の氏名や年齢を公表している。生活保護受給者であることは伏せてあった。個人情報保護のためだ。犯人しか知り得ない情報としては、ごみ袋使用の手口を採用していた。

生活保護受給者であることは、ネット民が勝手に探り出した事柄だ。一日のうちに、凄《すさ》まじい速度で拡散した。マスコミも、同様に騒ぎ始めている。

来週には、三度目の水曜が来る。二件が同一犯による連続犯行なら、その日に次の被害者が出る。

上層部は、捜査態勢を強化。本日付の増員もなされた。恭弥や佐久の応援も、その一環だった。何としても、次の被害を防がなければならない。

ネットで盛り上がっているのは、生活保護バッシングを行なっている人々だ。不正受給を憎み、保護費削減に賛成している。

《ナマポ・キラー》という呼称には、犯人への好意が含まれている。〝生活保護受給者など殺されて当然〟といわんばかりの反応に見えた。

地域課長の口調を思い出す。急な異動を告げたときだ――『署だけじゃない。県警本部もカリカリしててさ。検察からの突き上げも厳しくて。〝使える奴は、猫の手でもかき集めろ〟って。剣崎くんは殺人班、長いんだよね？　よろしく頼むよ』

突然出た内示の理由だ。猫の手より、頭数の狂犬か。恭弥は、内心苦笑した。

異動というよりは、署内の配置転換だ。新たな犠牲者が出れば、今度こそ県警は磔《はりつけ》にされる。緊急事態ではあった。

従来の刑事課強行班係に加え、特命チームが新設される。別班扱いだった。恭弥は係長として、三名の部下を率《ひき》いることになっていた。

特命チームといっても、形ばかりの存在だ。単なる人員の補充にすぎない。仰々《ぎょうぎょう》しい名称は、外に向けてのパフォーマンスだった。マスコミや世間に、捜査態勢の拡充をアピールする意図がある。

小椋の言葉が、端的に表わしている。〝人手が足りないから、仕方なく入れたんだ。言われたことだけしてろ〟。

強行班係長が説明を終える。管理官の小椋が、マイクを手にした。上層部の方針を伝え始める。

「本日から、情報提供者用ホットラインの開設を決定しております。配線工事及び電話機設置が終了次第、一六時から受付開始する予定です。対応方、よろしくお願いします」

情報収集用ホットライン。県警ホームページでも告知済みだ。

「保土ケ谷区役所から至急、職員及び生活保護受給者の名簿を入手してください」

小椋が指示する。同じように名簿だが、意味合いは違う。

職員の名簿は、被疑者候補のリストとしてだった。個人情報である生活保護受給を知り得るには、ケースワーカー等区役所関係者がもっとも近い位置にあった。その立場が利用された可能性を無視することはできない。

とはいえ、完全に秘されているわけでもない。現に、被害者二人の受給はネットへ流出している。その程度の情報ではある。

網をどこまで広げ、線引きを行なうか。難しい判断ではあった。

受給者名簿は、被害者候補の一覧となる。被害に遭《あ》わないよう、ノウハウの伝授等に使う予定だ。区内の被保護者に対して、上層部は何らかのアクションを検討中だった。

捜査会議が終了した。捜査員が、一斉に動き始める。室内は一気に騒がしくなった。

恭弥は、佐久に別れを告げた。特命チームとの顔合わせに向かう。会議室中央辺りに、陣取っているのは確認してあった。

四十代男性一名と、二十代の男女がいた。同じ保土ケ谷署員だ。顔と名前くらいは知っていた。名簿も、事前に受け取っている。

年上の男性は、顔にとらえどころがなかった。主任の関口正孝《せきぐちまさたか》。四十歳の巡査部長だ。

一礼した。口は動いていたが、聞き取れない。挨拶したらしい。中背で、印象も薄い。上司には従順だった。刑事課の盗犯係から配置転換となった。

「……よろしくお願いします」

軽く頭を下げた若い男性も、主任だ。声が小さい。真島流星《ましまりゅうせい》という巡査部長だった。二十六歳。整った顔立ちで、背も高い。やや優男《やさおとこ》か。気弱そうな感じもあった。髪は長めで、眉《まゆ》や襟足にかかっていた。昔ほど、厳しく言わなくなったためか。最近の若手は、長髪が多い。

頭がよく、非常に優秀と聞く。巡査部長試験も、資格を得られる二年目で一発合格している。体力面には、やや難ありのようだが。

二人とも、薄いグレー系のスーツを着ていた。白地のシャツにノーネクタイ。似たような格好なのに、関口はやや野暮ったい。若い真島は、若干だが颯爽《さっそう》として見える。

女性は頭だけ下げた。鋭い視線が向けられる。名前は汐谷紬《しおやつむぎ》。二十八歳で、巡査長巡査だ。黒の上着とパンツ、白いブラウス。中背で体格もいい。運動も得意と聞く。ソフトボールで、国体出場経験がある。目鼻立ちは大きいが、化粧っ気《け》はない。ショートの髪も、無造作に見えた。

汐谷と真島はともに、生活安全課からの応援だった。

「よろしくお願いします」

恭弥は軽く目礼《もくれい》した。はいと応じ、三人が軽く一礼する。ばらばらな動きだった。

始まりは、こんなものだろう。納得しながらも、気がかりな点があった。汐谷の目だ。敵意に満ちているように見えた。生まれ持った気質が、鋭く察知する。

ＨＳＰ（Highly Sensitive Person）――音や匂い、光に加えて人の表情から、物の配置等まで人一倍敏感に感じる。悪感情もそうだ。珍しいものではない。五人に一人はいるといわれている。

恭弥にはレアな点もある。

ＨＳＳ（High Sensation Seeking）――刺激追求型の気質を併《あわ》せ持っている。刺激的な経験や、リスクを好む傾向があった。ＨＳＰとは真逆になる。両方の特質を兼ね備えているのは、全人類の六％らしい。

少年期の事件と気質の特異性。その二つが恭弥を、警察官の道へ進ませたのかも知れなかった。精神安定剤に頼りながらではあったが。

汐谷の視線は気にかかるが、後回しだ。やるべきことがある。

「じゃあ。早速動きましょう」関口を向く。年上のため、当面は敬語を使う。「予定どおり、まずは犯行現場に向かいます」

09：12

犯行現場を見て回るのが、特命チームの初仕事だ。各員に対し、恭弥は所属長経由で伝達してあった。段取りも済んでいる。

移動には、関口の自家用車を使った。トヨタ・ヴォクシーだ。車体は白だった。

関口の交友関係は希薄らしい。つき合いの古い人間にも、ほとんど語らない。同い年の妻と、小学生の息子が一人いる。八人乗りのミニバンを、何に使うのだろう。大人数で出かけることが多いのか。

真島は、最近の若者らしく車に興味がない。原付しか持っていないそうだ。汐谷は、軽自動車を使用している。恭弥は、旧車の日産フェアレディ二四〇ZG。赤い七一年式だ。

四人で移動するのに、関口のミニバンはありがたかった。

「いい車ですね」

恭弥の言葉に、関口は目礼を返しただけだった。何か答えたような気もしたが、聞き取れなかった。

特命チーム四人は、保土ケ谷区川島町に着いた。

第一被害者である野上丈雄の住居は、比較的綺麗《きれい》な三階建てアパートだった。生活保護受給者も入居可能な物件だ。

路肩に寄せて、関口がヴォクシーを停めた。インパネのうえに、ラミネートされた駐車許可証を載せる。

車を降り、揃って野上の部屋へ向かった。一階の三号室になる。現場保全用のテープを取り除く。

現場検証は終了していた。念のため、ヘアキャップを被る。靴にも、ビニールのカバーをする。恭弥は、黒いスニーカーを履いていた。遠目には、革靴に見えなくもない。

ドアを開く。ビニール製の〝歩行帯〟が敷かれたままになっている。シート上を歩けば、現場を荒らすことはない。

恭弥は歩を進めた。関口がついて来る。真島と汐谷は、アパート周辺を撮影している。

外観は塗り直しているものの、室内は古びた感じだった。入ってすぐが台所、右側にトイレと浴室があった。奥に六畳間があり、居室は一部屋だけだ。

中は、荒れて見えた。通販の空き箱だろう。小さな段ボール箱が無造作に並ぶ。数冊の雑誌と、いくつかのＤＶＤが入っている。ちゃぶ台代わりか、コタツの上にも文具や食器が散乱していた。床には少量の衣服類がある。

物盗りの線を疑った捜査員もいた。見る限り、単に整理整頓ができていないだけだ。金銭や、貴重品を探して荒らした跡ではない。

饐《す》えた臭いがした。空気には、埃《ほこり》が混ざっている。室温も高い。台所の隅に、いくつかのごみ袋があった。コンビニ弁当や、カップ麺の容器が見える。

死体は、台所に横たわっていた。木製の床は白く枠組みされ、血痕も残っている。

第一発見者は、隣室二号室の住人だ。回覧板を運んだときだった。事件との関連性は薄いと見られている。アリバイも確認していた。

犯行後、ドアは少し開かれていた。死体を発見され易くするかのように。両事案に共通する事項だ。

死亡推定時刻に、物音は確認されていない。犯行は、極めてスムーズに行なわれていた。

恭弥は、ブリーフケースから捜査資料を取り出した。被害者の人となりに関する箇所を探す。保土ケ谷区役所のケースワーカーから得た証言によるものだ。

野上丈雄は四十五歳。生活保護の統計では、『傷病者世帯』に分類される。うつ病や、パニック障害などの精神疾患《しっかん》を抱えていた。生活保護を受給しながら、単身で療養生活を送ってきた。

元は、生命保険会社に勤務していた。激務による過労から、うつ病を発症。精神科に通いながら、勤務を続けた。

ある日、発作的に自殺未遂を起こす。リストカットだった。命に別状はなかったが、これを機に退職。傷病手当金を受けながら、一年半の療養生活を過ごした。

傷病手当金の受給期間満了後、アルバイトを始めた。ふたたび、症状が悪化。医師の勧めで、生活保護を申請した。

生活保護可の当該アパートに転居となった。二週間に一回通院する日々だった。

野上は、愛媛県西予市《せいよ》の出身だった。独身。実家は、かんきつ農家を営《いとな》んでいる。高齢の両親と兄夫婦が、故郷で健在だという。遺体は、老親が引き取った。

生活保護を受け始めて、一年二か月になる。

「誰にでも、起こり得ることだな」

一人呟《つぶや》く。心身の不調を抱える恭弥には、他人事《ひとごと》と思えない。生活保護叩きは、未来の自分を叩くことだという者もいる。

恭弥は、部屋の奥へ進む。コタツ台の脇に、ベッドがある。真向かいに小さなTVが見えた。横たわっても、視聴できる位置だ。

小型TVの上に、豆電球がある。セロハンテープで固体されている。配線が、床の畳に延びている。恭弥はあとを追った。

配線は、ガムテープで保護されていた。六畳間の隅を通って、台所へ。さらに、玄関まで続く。ドアの横に穴が開けられ、外へ出ている。

郵便受けの下を見る。隅には、幾重かに重なる蜘蛛《くも》の巣がある。主の姿はない。

スイッチがあった。配線が接続されている。簡易な仕掛けだった。理科の実験で小学生が作るような。

背後に、関口が来ていた。恭弥は問う。

「被害者《マル害》は耳が不自由、または極度の難聴だったのですか？」

捜査資料には記述がなかった。別のところに書かれてあるのか。関口が考える。

「……確か、ここに」

捜査資料を開いて、見せてくれた。後方ページの追加事項だった。

「心因性《しんいん》の突発性難聴で治療中です。最近ひどくなり、かなりの重度だったとか。ケースワーカーの追加報告を受けて、資料に追記したようですね」

郵便受けの上には、呼び鈴《りん》がある。だが、重度の難聴ならば、鳴っても気づかない。来訪者を知るために、豆電球の仕掛けを設置したはずだ。ならば、一つ疑問が出てくる。

「郵便受けの下」恭弥は質問を発した。「どうして、こんな目立たない位置にスイッチをつけたんでしょう？　もっと分かりやすい箇所がいくらでもあるのに」

「生活保護を受けていて、体調も悪い方でしたから」関口は淡々とした調子だった。「訪問者を極力避けたかったのでは？　耳の調子も悪かったそうですし。会話も難しかったでしょう。あまり、人と会いたくなかったのかも知れませんね」

納得のいく説明ではあった。真島と汐谷が見えた。恭弥は、二人に手招きをする。関口を振り返った。

「次の現場に向かいましょう」

09：46

第二の被害者は深川智明。保土ケ谷区常盤台に住居はある。

相鉄《そうてつ》線和田町駅から、商店街を抜けて国道一六号へ。国立大学のある常盤台まで、細い舗装された山道で繋がる。登り切ると、公園に沿って下り坂になる。上りに変わり、少し進むとキャンパスに入れる。恭弥も四年間、通った道だ。

学生だろう。先刻の川島町より、若者の行き来が多い。

深川の賃貸住宅は、下り坂の途中にある。右折して、数メートルの位置だった。国立大学まで、歩いて数分だ。

アパートは、かなり老朽化が進んでいた。二階建てだ。各階に二部屋、四戸が背中合わせになっている。全八世帯、やはり生活保護受給者が入居可能な物件だ。元々は学生向けだったようだが、今や入居者の大半はもっと高齢という。若者に、人気の物件には見えなかった。

被害者が借りていた部屋は、一〇二号室になる。現場保全用のテープに、ビニール製の〝歩行帯〟がある。前回と同じやり方で、室内へ踏み入る。今回も関口とコンビだ。真島と汐谷は、周辺撮影を始めている。

入ると、通路状のキッチンがある。傍《かたわ》らにユニットバス、居室は四畳半と三畳の二間だった。

中の様子も、大同小異《だいどうしょうい》だ。多少、片づけられているか。整頓されているとまではいいがたい。中央のガラステーブルに物はない。雑誌や衣服は、部屋の隅に積まれている。異臭はなかった。埃っぽさも感じない。袋に入ったごみも少量だ。被害者は元々、料理人と聞いている。衛生には、几帳面《きちょうめん》だったのかも知れない。

死体は、四畳半の間にあった。畳の上に、枠組みと血痕が見える。隣の三畳間には、布団が敷かれたままだった。

第一発見者は今回、アパートの大家だった。隣地に住んでいる。家賃が二日遅れたため、朝駆けしたと証言している。

同じく、ドアは少し開いていた。恭弥は不可解に感じた。死体の発見は、遅らせようとするのが普通だ。ドアを閉じるだけでも違うだろう。

早く、死体を発見させたかったのか。しかし、なぜ――

物音を聞いたという者も、やはりいない。静かな犯行だった。被疑者が顔見知りという筋は濃厚に思えた。恭弥は捜査資料を読む。

深川智明は六十二歳だ。分類は、『その他の世帯』に属する。

元は日本食の料理人だった。中堅どころの料亭で修業、二番手となる立板《たていた》まで務めた。腕は良いが、プライドも高い。喧嘩早《けんかつぱや》くもあった。厨房でトラブルを起こし、責任者の花板を包丁で刺して、実刑判決を受けた。

服役中に離婚した。出所後、料理人として雇われることはなかった。日雇い労働等に従事するも、続かない。ホームレスとなった。小銭を稼いでは、酒を呑み続ける日々だった。程なく、アルコール依存症を発症した。

困窮者支援団体の助力により、生活保護を受給。当該アパートに入居してからは、周囲の助力を受け、アルコール依存症も克服。以後、一切飲酒はしていなかった。デイサービスセンターで料理を指導するボランティアとなり、唯一の楽しみとしていた。

深川は、神奈川県藤沢《ふじさわ》市出身。離婚後は、妻子とも疎遠《そえん》となる。独身を貫いていた。両親は他界している。兄弟もいない。親しい親戚なども、近くにはいなかった。

生活保護受給歴は、二年四か月という。

一度の過《あやま》ちで、すべてを失う。自業自得と責める人間もいるだろう。人間は弱い生き物だ。いつ、つまずくか分からない。警察官は、人の脆弱性に向き合う職業でもあった。常に、立ち直る道はある。深川は、再起の道を歩み始めていた。そして、殺された。

深川の遺体は、引き取り手を探している途中だった。遠い縁者にまで当たっているが、よい返事は得られていない。

被害者は両名とも、苦しい中でも懸命に生きてきた。そして、理不尽にも殺された。大園夢香と同じように。犯人を逃すわけにはいかなかった。捕えてみせる、必ず。

恭弥は、関口に告げた。

「署に戻りましょう」

10：38

真島流星は、秘かにため息をつく。周りへ知られないように。

現場から、特命チームは帰途《きと》に就《つ》いた。車内に会話はない。

運転は関口主任が、助手席に剣崎係長がいる。後部座席に、汐谷と真島が座る。三列目は空いていた。

マナー上は、正しくないのかも知れない。ミニバンの場合でも、自分が後席に座るべきではないだろう。係長と関口の二人とも、まったく気にはしていないようだが。

車窓の景色を見ながら、真島は回想している。晴れてはいるが、雲が多い。日差しも強くなかった。外気も涼しい。

真島は相談を受けていた。汐谷からだ。

『剣崎の奴を何とか出し抜けないかな？』

先刻の犯行現場撮影時も、同じ話をされた。理由も聞いている。

汐谷は、係長を快く思っていない。憎んでいるといってもいい。真島は、汐谷を「紬先輩」とともに、生活安全課から配置転換された。長いつき合いだ。真島は、汐谷を「紬先輩」と慕う。自身は「流星」と呼ばれている。

年上の汐谷を頼りにしていた。真島は巡査部長の主任で、汐谷は巡査長だ。階級のことは、まったく気にしていなかった。

大人しい性格だ。気弱でもある。真島は自覚していた。自分は警察官に向いていない。アニメと漫画、ゲームが好き。何日でも、家にこもっていられるインドア派だった。ストレスが溜まることもない。外出する方が、心の負担だ。車の運転も嫌いだった。用事は、原付で事足りる。

父親も警察官、警部で大和署の課長をしている。息子とは真逆のマッチョな性格、生粋のアウトドア派だ。母は専業主婦、絵に描いたごとく古風な良妻賢母だった。

流星は、無理やり県警入りさせられた。父は、一人息子を鍛え直すつもりのようだ。中途半端な長髪は、せめてもの反抗だった。

汐谷に惹かれるのは、強気さゆえだ。女性だが、真島にないものを持つ。

美人だと思う。少なくとも、男性の視線は引く。汐谷自身は、それを嫌っているようだ。化粧や髪型、服装にも無頓着だった。

の家庭環境の影響かも知れない。汐谷の両親は、工務店を経営している。父は、昔気質《かたぎ》の大工だと聞く。三人いる兄も、家業を手伝っていた。勝ち気で男勝りな性格は、男兄弟の中で育ったためだろう。曲がったことが嫌いで、友情に厚い。

ゆえに、剣崎係長を許せないでいる。

問題は、係長だ。独断専行に命令無視、いい噂は聞いたことがない。署に飛ばされたのも、問題行為ゆえらしい。通り名は〝神奈川の狂犬〟。

恐ろしく優秀との評判もあった。だからこそ、自分を曲げずに勝手な行動を取る。真島が、最も苦手とするタイプだ。ましてや上司とくれば、どう立ち向かえばいいのか。

真島は、汐谷の横顔へ視線を移した。一心に、係長の後頭部を凝視している。睨《にら》んでいるといってもいい。

これからどうするか。考えないでいよう。どうせ、良い解決法は思いつけない。真島は細く息を漏らした。

10：56

特命チームは署に戻った。

恭弥と真島、汐谷の三人は本部に入った。帰った旨だけ、管理職に報告を行なう。

関口は、月極駐車場へ自家用車を戻しに行っている。ヴォクシーは通勤にも使っているそうだ。帰りを待ち、保土ケ谷区役所へ向かうことにしていた。

区役所には、別班が昨日も行っている。特命チームの訪問は、顔合わせの意味もある。少しして、関口が戻った。特命チームは、徒歩で区役所へ向かうことにした。保土ケ谷署の隣になる。

保土ケ谷区役所別館三階にある生活支援課を訪れた。

多くの職員が、忙しく働いている。ほとんど全員がポロシャツを着ていた。下はスラックスか、スカートだった。

雲が少し薄れた。日差しが強まり、室内には光が溢れる。窓は全開となっていた。重苦しい雰囲気までは拭えていない。陰鬱《いんうつ》でさえある。役所特有の宿痾《しゅくあ》だろうか。

生活保護は、最後のセーフティネットだ。人生の命綱を担当しているとさえいえる。責任の重さが、空気に漂っているのかも知れない。

申請者だろうか、初老の男性がいた。二名の職員が対応している。邪魔にならぬよう、特命チームは空きスペースに固まる。

「すみません」恭弥は、カウンターの中に声をかけた。

若い男性が立ち上がる。一番手前の席に座っていた。快活かつ即座に反応した。カウンターに近づいてくる。

「何か、ご用でしょうか？」

二十代後半で、中肉中背。目鼻、口ともに小さい。穏やかな顔つきだった。短い髪は、中央で分けられている。

「保土ケ谷署の者です」恭弥は告げた。「今日から、例の事件に関する捜査へ加わることとなりましたので。ご挨拶を兼ねまして参りました」

「それは、お疲れ様です」若い職員は一礼した。

名札が見える。『保土ケ谷区役所　生活支援課　生活支援係　ケースワーカー　梶隆《かじりゅう》佑《すけ》』とあった。

「どうぞ、こちらへ」梶が手招きする。

別室へと案内してくれた。狭い部屋だった。

プラスティックのテーブルに、背もたれのついた簡素な椅子が四脚ある。化繊《かせん》が貼られた座面、枠はアルミ製だ。同じものが、隅に重ねられている。窓のブラインドは開いていた。生活保護の相談に使用するらしい。

「おかけになってお待ちください」頭を下げ、梶が退室した。

恭弥と関口は、テーブルに着いた。手前の席だ。真島と汐谷は、予備の椅子を出した。背後に座る。

「どうも」不愛想《ぶあいそう》な声が響く。低く、くぐもって聞こえた。

背の低い男が入ってきた。百五十センチ前後だろう。身体つきも小さい。細い目と、突き出た口は齧歯類《げっし》を連想させる。卑屈《ひくつ》な印象を受けた。恭弥は立ち上がった。ほかの三人も追随する。

「保土ケ谷署刑事課特命チーム係長の剣崎です」恭弥は名乗る。「急造の係ですので、名刺もまだありません。警察手帳の役職も違っていますが、一応お見せしておきます」

警察手帳を提示した。地域課となっている。ほかの三人も名乗り、身分証を開いて見せる。全員、前部署のままだ。

男が覗き込む。暗い目をしていた。

「課長の塙《はなわ》悟朗《ごろう》です」

素《そ》っ気《け》なく告げ、名刺を出す。恭弥は受け取った。確かに、課長とある。関口たちへ渡す気はないらしい。

「例の事件ですか」塙が、小さく鼻を鳴らす。「面倒なことですなあ、お互い。まあ、座ってください」

「今日から、新たに捜査へ加わることとなりましたので」特命チームは腰を下ろす。「ご挨拶と、お願いに参りました」

「ほう」奥の席へ、塙が座った。「お願い、といいますと?」

「名簿の提供に、ご協力いただきたいんです。区役所職員の方並びに、区内の生活保護受給者について。それぞれ全員分をお願いいたします」

「……それは、どうですかなあ」

面倒な輩だ。恭弥の気質が告げる。非協力的な感じを受けた。

「生活保護というのは」塙がせせら笑うような顔になる。「非常にですねえ。高度な個人情報なんですよ。ですので、デリケートな対応が必要でしてね。よほどの緊急事態とでもいうなら別ですが」

「区内で、二週続けて受給者が殺害されています。充分、非常事態といえるはずですが」

「ネットの噂は聞いてますよ」ため息をつく。「ですが、被害に遭うかどうかも分からない状況で、受給者情報を一律《いちりつ》にすべて開示というのはね。軽々《けいけい》には提供できませんよ」

「警察からの照会でも、ですか？」

「特定の人物が、受給者かどうか。個別の問い合わせならば、応じますよ。もちろん、書面は必要ですが。だいたい、本当に連続殺人なんですか？　偶然だと思いますけどね」

「こちらの要請には一切応じられない、と？」

「いえいえ」顔の前で、塙が手を振る。「職員名簿の方は公開情報ですから、喜んで提供しますよ。ただ、データで持っていないんでね。紙ベースのみで。コピーをお渡しします。それで、いいですかね？」

結構です、と恭弥は応じた。

「おい！」課長は、課内に呼びかけた。「宮下《みやした》くん、呼んでくれ」

暫時、沈黙。少して、若い男が顔を覗かせる。

「課長、何ですか？」

大柄で太め、二十代半ばだろう。長めの髪。顔は大きく、鼻や口が目立つ。目だけが小さかった。

「宮下くんさあ」塙が男に命じる。「職員名簿、コピーして持ってきて。全員分」

「……今すぐですか？」

そうだよ、と塙が言った。宮下は、輪をかけて態度が悪い。返事もせず、ふてくされたように戻っていく。

課内を振り返った。Ａ５サイズの冊子を手に、宮下が動いている。向かう先には、コピー機が見えた。

「コピーをお待ちしている間に」塙へ向き直る。「ケースワーカーさんに、お会いしたいんですが。被害に遭われた方々を、ご担当なさっていた」

「もう何度も、ほかの刑事さんにお話ししてますけどね」

塙は、不機嫌に吐き捨てる。挨拶だけでも、と食い下がった。

「倉野《くらの》さんに来てもらって」あきらめたように、塙は課員へ命じる。「私も立ち会いますよ。いいですね？」

「もちろんです」

ノックとともに、女性が入ってくる。やはりポロシャツに、膝丈《ひざたけ》のスカートだ。中背で、極端に痩《や》せている。顔写真と名前は、捜査資料にあった。

倉野桃子《ももこ》。四十四歳。第一被害者である野上丈雄の担当ケースワーカーだ。

特命チームは名乗り、挨拶を交わす。倉野は、全員に名刺を渡した。課長の隣に座る。捜査員側も腰を落とす。

「お忙しいでしょうから、簡単に。以前ほかの者がお聴きしたところでは、〝被害者の野上さんに、特に変わった点はなかった〟ということでしたが。その後、何か思い出されたことなどございませんか？」

「ありません」倉野は、首を横に振る。

頬《ほお》がこけている。憔悴《しょうすい》しているように見えた。怪しい人物にも、思い当たることはないという。捜査資料の内容から変わっていなかった。

恭弥は質問を続ける。倉野は淡々《たんたん》と対応する。機械的でさえあった。感情の起伏を見せようとしない。

「生活上のトラブルなどは、お聞きになっていませんか？　近所づき合いとか」

地取り班の聞き込みでは、〝なし〟となっている。

「聞いていません」倉野も同じ回答だ。「そうしたトラブルは考えにくいです。温厚な方でしたから。大変、真面目《まじめ》でもありましたし。生活上のルールも順守されていたかと。地域の方と、揉めるようなことはなかったと思います。いつも微笑んでいらして」

「野上さんは、心因性の突発性難聴を患《わずら》っていらっしゃったとのことですが」

「はい」少し考える。「ただし、症状が一定していなくて。ひどいときは、会話もままならないほどです。そんなときは、筆談で対応しておりました。補聴器の申請も考えましたが、そういう不安定な状態でしたので。難しいと判断し、ご本人も納得されています」

「呼び鈴の代わりに、来訪者用の電球を設置しておられましたね。ですが、スイッチが非常に見えにくい位置へ取りつけられていましたが」

「元々は、非常にプライドの高い方なのです」声に、少しだけ力がこもる。「優秀な経歴をお持ちですし。ご自分の症状などを、あまり他人に知られたくなかったのでしょう。あんな過酷な労働さえ強《し》いられなければ、今も活躍なさっていたはずです」

「そういう状況を、本人はどのように？」

「〝いい骨休めだ〟と。冗談交《ま》じりに」微笑んだのか、頬が緩む。「ただ――」

「何です？」

「非常に、ご実家のことを気に病《や》んでおられまして」笑みが消える。「ご存知でしょうか。愛媛で、かんきつ農家をされているのです」

「知っています」恭弥はうなずく。

「ご実家は西日本豪雨で、大変な被害に遭われたそうで。かんきつの損害も大きく、復旧も大変だったそうです。それを、ご両親とお兄さん夫婦に任せっぱなしだ、自分が元気なら帰って手伝うのに、申し訳ないと。いつも口にしておられました。そんな方が、どうして――」

声が途切れた。恭弥は視線を上げる。倉野の目から、大粒の涙が溢れていた。表情は変わっていない。号泣ではなかった。自分でも泣いていることに気づいていないような。ただ前を向き、頬を濡らし続けている。

「倉野くん、もういいよ」塙も、涙に気づいたようだ。「何かありましたら、後日改めてお願いできますか？」

塙が眉を寄せている。急《せ》かしているようにも感じられる。部下の涙や、感情を気遣っているようには見えなかった。

はい、と恭弥は答えた。倉野がハンカチで涙を抑え、立ち上がる。

「次、古田《ふるた》くん。呼んで」課長が告げた。塙が、鼻から息を出す。

うなずいて、倉野は去った。

次の男は、倉野より若い。古田雅史《まさし》。三十六歳。第二の被害者となった深川智明を担当していた。

長身ゆえか、猫背気味に見える。縁《ふち》なしの眼鏡をかけていた。生真面目な雰囲気だ。服装も含めて、倉野と似た匂いがする。

ほぼ同じ質問をする。反応も同様だ。捜査資料内容から進展はなかった。態度も相通ずるものがある。平坦で、覇気《はき》が感じられない。

「深川さんは、どのような方でしたか？」

「言葉や、態度はきついですが」表情に変化はない。「気持ちのいい方です。気風《きっぷ》がいいというのでしょうか。元は、板前さんですから。とても、あのような事件を起こした方には見えませんでした」

深川は、同僚の板前を刃物で刺している。かっとなり易い性格だったと思われる。

「実刑となった件で、何らかの恨《うら》みを買っているということは？」

「ないと思います」即答する。「昔のことです。きちんと罪も償《つぐな》われていましたので。本人も充分苦しんだ。家庭を始め生活のすべてを失《な》くされましたが、立ち直りつつありました。アルコール依存症も克服されていましたし」

「デイサービスセンターで、料理指導のボランティアをなさっていたそうですが。その関係で、トラブルのようなことはお聞きじゃないですか？」

デイサービスセンターにも確認済みだ。被害者の背景をたどる鑑取り班からも、報告は上がっていない。念のため、訊いた。

「ないですね」少し、表情が明るくなる。「大変楽しまれていたと思います。家庭訪問すると、その指導した料理をふるまってくれたりして。そうした行為は必要ないんですが。あの嬉しそうな顔を見ていると、どうしても断れなくて」

「それは、良くないね」塙が口を挟む。恭弥に向き直る。「〝お茶一杯出す必要はない〟。受給者には、そう言うようにと。〝出されても手をつけないように〟ともね。部下に、いつも指導してきたんですがねえ」

恭弥も視線を向ける。塙は目を逸《そ》らした。

「まあ。亡くなった方の行動を、今さらどうこう言うつもりはありませんがね」

恭弥は息を吐いた。質問を続ける。

「ご近所との問題なども、お聞きではいらっしゃらない？」

「ありません」断言するような回答だ。視線が向く。力があった。「ご近所にも、センターで作った料理を配ったりと。非常に、評判は良かったと聞いています。何より、本人の人柄がありますから。こちらの厳しい指導にも、真摯《しんし》に向き合っていただきましたし」

「厳しい指導？」恭弥は訊き返す。「それは、どういう――」

古田の表情が強《こわ》ばる。上目遣いに、課長を窺《うかが》う。

「もう、いいですかね？」塙が切り出してくる。苛立《いらだ》ったように腕時計を見る。「あとのスケジュールが押してるんですよ。うちの職員は皆、大変忙しいのでね」

「……結構です」恭弥は了承した。古田は、上司の顔色を見ていた。これ以上の回答は望めないだろう。今は引くしかない。

「では、これでよろしいですね」塙は安心した様子だった。「古田くん、仕事に戻って」

一礼して、古田が立ち上がる。長身を、さらにすぼめていた。一段と、気力が抜け落ちたかに見えた。

官民問わず、抑圧された職場にはよくある光景だった。不穏なものを感じた。被害者担当のケースワーカー。ともに活気がなく、反応も鈍《にぶ》い。性別以外、同様な印象だった。両名は昨日、署でかなり執拗《しつよう》な尋問を受けたはずだ。そのためだろうか。

宮下が、職員名簿のコピーを持ってきた。無言で差し出してくる。表情もない。恭弥は受け取った。

名札を見た。『臨時職員　宮下大毅《だいき》』。

「また、お願いに上がります」

恭弥は言い捨て、立ち上がる。塙が、不愛想にうなずく。返事はない。宮下は呆《ほう》けたように、窓の外を見ていた。

特命チームは、揃って個室を出た。恭弥は視線を巡らせる。明るいのに、沈んだ課内。視線を向けてくる者は、ほとんどいない。机上の作業に集中している。カウンターの職員二名は、対応を続けていた。

生活支援課を退出する。個室の会話を漏れ聞いたのだろうか。去り際、梶がすまなそうな顔をしていた。

13：00

午後の捜査会議が始まる。

正午を過ぎ、気温が上がる。自然光だけで、充分な明るさがある。多少なりともの経費削減か、室内の蛍光灯は半分が消されていた。特別捜査本部は徹夜続きだ。電気代始め、捜査費用もかさみ続けている。

区役所の反応を、恭弥は報告した。職員名簿は入手。生活保護受給者名簿は、一括提供を拒否された。住民個別の対応なら応じる。

「何やってんだ！」小椋が怒鳴った。「子どもの使いか！　それを何とかするのが、お前らの仕事だろ！　いくらお飾りのチームでもなあ、言われたことぐらいはきちんとやってくれよ」

小椋を、捜査主任官がなだめる。恭弥には、顔も向けようとしない。幹部への反発以外、まったく関心がないようだ。

「区役所には捜査関係事項照会書を提出のうえ、継続して働きかけてください。並行して、入手した名簿を基に、区役所職員の洗い出しを実施するように」

会議室の全員が了解した。

終了後、捜査員が千々《ちぢ》に散り始める。恭弥は、事務の〝島《デスク》〟へ向かった。佐久に話しかける。

「汐谷紬って知ってます？」

「ああ」佐久が伸びをする。折れ曲がる背中で、椅子が折れそうになる。膨大な事務作業で疲れているようだ。「生活安全課《セイアン》から今日、恭さんのところに行った娘《こ》だろ？　彼女がどうかした？」

「どうも、態度や目つきが気になりまして。何か心当たりありませんか？」

「知らなかったのかい？」佐久が驚く。「あの娘は、矢木まどかの親友だよ」

矢木まどか――相模原署刑事課の巡査長巡査。

相模原市の県営住宅で、狙撃事案が発生したときのことだ。捜査陣は、ローラー作戦を実施した。恭弥と組んだのが、矢木だった。

恭弥たちは、指揮命令を無視して、被疑者の部屋を訪問した。銃撃戦の末、確保には成功した。だが、矢木は頭部へ被弾、重傷を負った。現在も入院中だ。

跳弾の音と、コンクリートに広がってゆく血だまりが脳裏を過《よぎ》る。頭痛を感じた。眩暈もする。

「……おれを恨んでるわけですか」

「らしいね」佐久が眉をひそめる。「あちこちで吹聴《ふいちょう》してるってよ」

捜査員も人間である以上、関係性が業務に影響する。どうして部下につけたのか。関係ないと判断したか。その余裕さえなくしているか。

今後も、汐谷とは組まない方がいいだろう。係長の恭弥と、主任だが一番若手の真島が組む。ベテラン関口と、巡査長である汐谷の二組に分ける。自然な構成ともいえる。

「外も内部も、敵だらけ」佐久が、ため息をつく。「恭さんも大変だ」

「同情してやってください」

苦笑するしかなかった。上着のポケットに手を入れる。ピルケースを握りしめた。

13：49

美作二郎は、横浜駅西口にいた。

高い背を丸めて歩く。丸刈りだった髪は伸び始めている。五年間の規則正しい生活と計算された食事、適度な運動でより健康となった。頑強でさえある。煙草《たばこ》はやめたままだ。酒は始めているが、肝臓は新品同然といえる。筋肉が落ちなかったのも幸いだった。

囚人は甘いものに飢《う》えるそうだが、二郎にはなかった。元々、極度の辛党だった。砂糖への執着は、幼少時に断ち切られたままだ。

刑務所暮らしも悪くない。飯も別に臭くなかった。

駅から少し離れた通りには、居酒屋等が立ち並ぶ。兄が死んだ場所だ。

食後の散歩程度に考えていた。自然と足が向いた形だった。

兄の太郎とともに襲撃したコンビニエンスストアは、別の店に変わっていた。最近、勢力を伸ばしていると話題のチェーンだ。

晴れ間が広がる。日差しも強い。速足では汗ばむほどだ。二郎は、Tシャツにスカジャンを羽織り、新品のジーンズという格好だった。

秋晴れだ。兄が死んだ春の空は曇っていた。

昼食は、サンマーメンを食べた。駅近くの町中華は、以前から馴染みの店だった。変わらず美味《うま》かった。身体が火照《ほて》っているのは、熱い麵のせいもある。

子どもの頃と比べ、町中華は減っている気がする。逆説的に注目されているそうだ。雑誌で読んだ。今の根城には、その手の読み物がごまんとある。

最後に行ったときは、兄が一緒だった。

今日も、太郎を思い出している。暴れ回っていた十代のとき、横浜最強の半グレ兄弟と恐れられていた。

喧嘩は日課だった。ある日、二郎は奥歯を一本折られた。対立する半グレグループのリーダーに蹴られた。今も、歯はないままだ。

太郎が、仇を取りに向かってくれた。圧勝に終わった。喧嘩のあと、二人でサンマーメンを食べた。同じ店だ。美味かったが、奥歯に染みた。

『慌てて食うなよ、二郎』

太郎と揃って笑った。

どこに行っても何をしても、兄の姿が頭を過る。

二郎はコンビニに入った。内装は変わっている。構造に、変化はないように思えた。実際、配置はどのチェーンも大差ない。

缶ビールを手に取り、レジへ向かう。強盗時、二郎が担当していた箇所だ。兄の太郎は、通路で女を人質にしていた。

作り笑いの店員が問う。

「有料のレジ袋は必要ですか?」

以前と変わったことの一つだ。身振《みぶ》りだけで断る。

勘定を済ませた。外に出て、プルタブを開ける。兄が好きだった銘柄だ。兄の死んだ場所を店外から眺めた。缶ビールを置いた。いや、供えた。

本当は、店内で行ないたかった。そんなことをすれば、店員と一悶着になるだろう。

今、トラブルは避けたい。

剣崎恭弥。

顔も、名前もしっかりと憶《おぼ》えている。一日たりとも忘れたことはない。兄との思い出同様に。保土ケ谷署にいることも摑《つか》んであった。

仇は取る。絶対に。

首に巻いた銀のチョーカー。黒い革紐の先には、角状の飾りがついている。二郎は、きつく握りしめた。掌《てのひら》に食い込むまで。

14：28

捜査本部の隅へ、恭弥は向かう。ノートパソコンが並ぶ。捜査員が、自由に使える設備だ。空いている一台を選んだ。

捜査関係事項照会書を作成しながら、顔を上げる。開かれた窓の外は、午後の色になりつつあった。空が、微かに黄色みがかる。

三度目の修正だった。いくら回しても、小椋のところで直しが入る。

「まだか、剣崎！」小椋が呼びかける。「決裁は持ち回れよ。急ぐんだからな」

見えないように、ため息をつく。区役所が一発でＯＫするような書面を作れ。小椋の言わんとするところは分かる。だが、無駄な作業に思えた。生活支援課長の塙は、〝てにをは〟の変化で納得する純朴《じゅんぼく》な輩ではないだろう。

堂々巡《どうどうめぐ》りの事務処理による疲労感はあった。だが、頭痛と眩暈は治まりつつある。トイレで、抗不安薬を服用した。効果が出始めている。

汐谷の憎しみ——親友を傷つけられた復讐心は、謝罪したところでどうなるものでもない。入院中の矢木まどかが回復すれば、別だろうか。当面は様子を見るしかないだろう。

特命チームは一時的なものだ。事態が収束すれば、解散となる。

喫緊《きっきん》の課題は、事案の解決だ。捜査の支障とならなければいい。問題となるようなら、排除するだけだ。個人の感情が入り込む余地も、余裕もない。

復讐心。仇討ち。美作兄弟を思い出す。

《横浜駅西口コンビニ拳銃強盗事件》。

五年以上前になる。恭弥は当時、戸部《とべ》警察署横浜駅西口警備派出所に勤務していた。ターミナル駅傍《そば》の大型交番だった。

三月の曇った日だった。二人組の拳銃強盗が、コンビニエンスストアに入った。通報は、難を逃れた客からだ。恭弥と年嵩《としかさ》の巡査部長が現着した。

静かな通りに、現場のコンビニエンスストアはあった。呑み屋等が立ち並ぶ夜の街だ。昼間は、大都市の死角となる。

大手のコンビニチェーンだった。現金も多いだろう。巡査部長が裏手に回る。恭弥は、正面から店内を窺った。

レジで、大柄な男が店員を脅《おど》していた。顔には目出し帽、手には古びた回転式拳銃があった。

恭弥は、自動ドアから中に入った。

『動くな』背後から、怒声《どせい》がした。『クソが！　じっとしてろ！』

通路に、もう一人の男がいた。女性を人質にしている。同様な体格で、目出し帽と拳銃も同じだ。兄弟と知るのは、あとのことだった。

男たちは背が高い。通路の被疑者は、人質の背後から頭が丸見えだった。恭弥は迷わず撃った。放った銃弾は、頭部を貫通した。

『兄貴！』

レジの犯人が叫ぶ。恭弥は身を翻して発砲した。男の右肩を貫いた。

捜査員たちが飛び込んできて、レジの男を確保した。通路の犯人は即死だった。

被疑者は半グレの二人組で、美作兄弟と呼ばれていた。横浜では、凶暴な輩として有名だった。

兄の太郎は、二十三歳になったばかりだ。弟の二郎は、まだ二十歳だった。

母は家を出、父親は育児放棄した。両親から見捨てられた過去を持つ若者だった。太郎は、被疑者死亡のまま送致された。二郎は、五年の実刑判決となった。

美作二郎は、夏に出所した。今も、復讐を誓っているのか。

凶悪犯とはいえ、自らの手で射殺した。人質を取っていた以上、断固たる措置はやむを得ない。とはいえ、ほかの方法があったのではないか。いつも考えてしまう。恭弥にとっても忘れられない事件だった。

凶暴な半グレが、拳銃強盗まで犯した。赦《ゆる》されない犯罪だが、生い立ちには同情すべき点もある。貧しさの中、二人だけで生きてきた兄弟だ。弟の二郎が、復讐を誓っているのも理解できた。

恭弥は、むざむざ殺されるつもりはなかった。出所者の再犯も防がなければならない。美作二郎は、どんな手に出てくるのか。今は、どこにいるのだろう。

連行時の様子が、脳裏《のうり》に浮かぶ。

呪詛をまき散らす弟。首では、銀の飾りが閃《ひらめ》く。

兄の遺体が検分されている。同じものが、首に光っていた。

『覚えてろよ！』二郎が連行される。恭弥から視線を逸らさなかった。『兄貴の仇は必ず取る。必ずだ！』

14：53

保土ケ谷区西谷町《にしやまち》に、株式会社《ＤＡＮ電子》はある。

ベンチャーのIT企業だ。社屋は、相鉄線西谷駅から徒歩数分の距離だ。商業地というよりは、住宅街に近い。

貝原啓貴《かいばらひろき》は、CEO室に控えていた。書棚の横で、折り畳み椅子に座る。CEOの團由利夫《だんゆりお》が、TV取材を受けている。最高経営責任者《チーフ・エグゼクティブ・オフィサー》、《DAN電子》のトップだ。

CEO室といっても実務優先、重々しい家具類は置かれていない。対談に使用しているのも、カジュアルなチェアーだった。團は、インタビュアーと向かい合っている。

若き起業家は弁舌爽《べんぜつさわ》やかで、対応も優雅だった。インタビュアーへの回答も、聡明な印象を与えている。視《み》る者の好感度を上げるだろう。単なる宣伝以上の効果がある。

團は三十歳で、貝原のひとつ年上になる。長身瘦軀《そうく》で、発条《ばね》のある身体つきだ。背が低く、野暮ったい自分とは対照的だった。羨望《せんぼう》の眼差《まなざ》しを向けてしまう。

貝原自身はCFOを任されている。最高財務責任者《チーフ・ファイナンシャル・オフィサー》だ。会社の二番手に当たる。

室内は快適だった。一〇月だが、空調が効いている。ガラス窓は閉ざされ、最新のLED設備に照らされていた。

團の目元は涼しげで、さっぱりとした好漢《こうかん》だ。髪は短く刈り込んでいた。もみあげから口の周りにかけて、短い髭《ひげ》がある。青系統のスーツが、清潔感を与えている。Yシャツも高級、白地に細い朱鷺《とき》色のストライプが入る。タイはない。

「……ええ。そうですね」團は、長い脚を組み替える。茶系統の靴は、流行の型だ。顔には微笑が浮かぶ。「これからは、IT業界も荒波へ呑まれていくでしょう。今まで以上に、若く才能に溢れた人材が必要となるでしょうね……」

取材に来ているのは、人気のワイドショーだ。民放のキー局から、全国に向けて放送される。女性アナウンサーが質問する。

「経営者としてのモットーなどは、ございますか？」

「〝常に、先を見据える〟ということでしょうか」團の笑みが大きくなる。「それも近視眼的な未来ではなく、長期スパンに基づくビジョンです。いつも、頭に時間軸の羅針盤《らしんばん》を置く。でなければ、会社という船は遭難してしまいます」

《DAN電子》は、設立から三年が経つ。受託システム開発と、パッケージソフトウェアの作成及び販売が主力だった。ほかにも、コンピューター関連事業全般を行なっている。

大きな会社ではないものの、年間売上高は毎年数百％アップを誇る。急成長してはいる。だが、全国的に注目を集める理由はほかにあった。

「そして、〝経営者自身が夢を持つ〟」團は語る。「そして、志《こころざし》を同じくする者たちと分かち合う。今の日本に欠けているのは夢と希望、未来ですから。その欠落こそが、我が国が恥ずべき低成長となった最大の理由ですよ」

「それは、團ＣＥＯが夢を分け与えていくということでしょうか？」

「一方的に分け与える」少し、言葉を切った「そうした傲慢《ごうまん》な態度では人、特に若者は集まりません。私の理想とも違う。それでは、日本にはびこる老害たちと大差ないでしょう。弊社が必要としているのは、部下ではない。ともに進んでいただける仲間です」

注目ポイントは、CEOのビジュアル及びキャラクターにある。そして、経歴だった。

團は高校卒業後、パチンコチェーンに就職。短期間で店長にまで上り詰めた。数年で資金を貯め、IT企業《DAN電子》を設立した。〝立志伝《りっしでん》中《ちゅう》の人〟と呼ぶ向きもある。〝イケメン社長〟と話題でもあった。

まだ、郊外で小さな事務所を構えるベンチャー企業にすぎない。段階を踏んでいるところだ。今のステージにいるのも、長くはないだろう。さらに、大きく成長していく。

「はい。じゃあ、これでOKです」

TVディレクターが、指で丸を作る。女性アナウンサーが腰を上げた。團も、イヤホンやマイクを外し始める。

懐《ふところ》で、貝原のスマートフォンが震えた。小畑朱莉《おばたあかり》だった。メッセージが届いている。

〝もう、入ってもよろしいでしょうか？〟。

メッセージを團に見せた。

「いいよ。終わったから」

CEO室は完全防音だ。入って構わない旨、貝原は返信する。男性社員を伴って、小畑が入室してきた。セールス・マネージャー、いわゆる営業部長だ。重役の少ない《DAN

電子》では、経営陣の一角を担《にな》う。

中背で、痩身の三十一歳。独身なのは、團や貝原と同じだ。CEOに倣《なら》ってか、〃美人部長〃と評判だった。社内や取引先からは、切れ者と見られている。

薄いベージュのスーツを着ている。清楚かつ高級、スカートの丈も上品だ。

男性社員は、営業部の部下だった。同じくスーツを着ている。それなりの金額はする代《しろ》物《もの》だ。

「CFO」小畑は、貝原に近づいてきた。男性社員を促す。「報告して」

特に、緊張は感じられない。口調にも表われていた。経営陣は、フランクな社風を心がけている。

男性社員は、不審な電話があったと話す。

「従業員の数とか、男女の割合とか」男性社員は報告を始めた。「何か、会社の内情を探るような内容で。まともには回答しなかったんですが、何か気持ち悪くて、報告すべきだと思いました」

「どんな感じの奴？」團が訊く。

「若い男の声でした」男性社員が首を傾《かし》げる。「最初は名乗らなかったんですけど。イタ電みたいな内容ですし、何か気味悪くて。何度も名前を訊いたら、やっと〃ジュンヤ〃とだけ。普通、下の名前言いますか？　マジ、変な奴で」

「あと、奇妙な報告も上がっていまして」小畑が補足する。「別の社員からですが、社屋を窺う不審な男を見た、と。目撃情報は一回ではありません。すべて、長身の若い男ということです」

「どうしますか？」

貝原は、團に指示を求める。ＴＶクルーは撤収作業中だ。

「そうだね」少し考え、團は指示した。「今後、不審な電話はＣＦＯ対応としてください。その都度、私に報告を。不審な人物を見かけたら、すぐセールス・マネージャーかＣＦＯへ報告するように。以上の二点を、社員全員に徹底をお願いします」

「大丈夫ですか？」ディレクターが、團に声をかける。「大変ですね。そんなときに、お邪魔しまして申し訳ありません」

「自分のような成り上がり者は、何かと妬《ねた》まれまして」團は自嘲《じちょう》気味に嗤《わら》う。「お気になさらずに。では、放送を楽しみにしています」

15：14

区役所生活支援課長宛ての捜査関係事項照会書が完成した。生活保護受給者名簿の提供を依頼する内容だ。

「簡単に引き下がるんじゃないぞ」小椋が活《かつ》を入れてくる。「名簿もらうまで、絶対に帰ってくるなよ」

「区役所さんも手続きがあるんですよ」隣の捜査主任官が、きつい口調で言う。小椋への対抗意識は、毎回の恒例となりつつある。恭弥を気遣ったわけではない。「すぐには出してくれたりしませんよ。お互い公務員だ。常識でしょう？　そんなこと」

「大丈夫だよね、今度こそ、もらって来られるだろ？」

刑事課長が、おずおずと告げる。部下をかばったわけではない。県警本部の機嫌を損なうのが怖いだけだ。

ひな壇から離れた。照会書の正本には、捜査第一課長の角印が押されている。クリアファイルに入れ、公用封筒へ納める。デスク傍に、真島が立つ。

「一緒に来てくれ」真島に指示する。「お願いの体《てい》を整えたい」

真島をつれて区役所へ向かった。別館三階の生活支援課に入る。一五時を過ぎ、点《とも》された蛍光灯の数が増えている。

「あ。先刻はどうも」

ふたたび応対したのは、梶隆佑だった。快活だが、空元気《から》かも知れない。

ほかの職員は、うつむいて作業に没頭する。数名が、やはり相談対応をしていた。一様に活気がない。疲れ果てているようにさえ見える。生活保護を受けに来て、ケースワーカーが芸人みたいに明るくても困るだろうが。

「真島、書類を」

捜査関係事項照会書は、角二の茶封筒に入っている。真島が、梶に差し出す。

「区内の生活保護受給者」恭弥が説明する。「全員分の名簿に関しまして、提供を依頼する書面です」

「了解しました」梶は封筒を受け取る。「検討のうえ、処理いたします」

梶が、中の照会書を引き出す。目を通していく。

梶の後ろから、顔を覗かせる男がいた。課長の塙悟朗だった。

「捜査関係事項照会書って任意ですよね」斜めから視線を送りながら、塙が言う。「強制力ってないんでしょう？」

「市や県など公共団体の方々には、ご協力いただいてますが」恭弥は舌打ちを堪《こら》えた。

「ほぼ百パーセント」

「提供するかどうかの決定権は、こちらにある。ですよね？」

「県内の自治体には、県警の捜査に協力するよう通達も出ているはずですが。確か、県庁から一括して」

「もちろん、存じ上げてますよ」塙は、鼻から息を抜く。「でもね。先刻お話ししたとおり、生活保護は特殊なんですよ。その辺は、ご理解いただかないと」

「殺人捜査も充分、特殊かと思いますが」

「それは、そうですがね」塙は、辟易《へきえき》したという表情だ。「まあ。書類はお預かりしておきますよ。受け取りまで、拒否はできませんからね。対応は、おって回答します。梶くん、頼むよ」

言い捨てて、塙は席に戻っていく。梶がすまなそうに、何度も頭を下げる。照会書を封筒ごと手にしたまま、下がっていった。

「どうします？」真島が、こちらを覗き込む。不安そうな顔だ。

「仕方ないだろう」恭弥は踵を返す。「帰るぞ」

真島とともに、早々に退散した。

16：00

大会議室に、特別捜査本部におけるホットラインが開設された。

回線工事と、電話機の設置が完了していた。テストも終わっている。同時に、すべての電話機が鳴り響く。

捜査本部帰着後、恭弥は区役所の反応を報告した。

『やる気あんのか！』小椋の叱責《しっせき》が飛ぶ。『その場で現物が出なくても、せめて確約ぐらいもらって来いよ。書類のデリバリー屋か、お前は』

本部中の視線が集まっていた。恭弥は黙って聞いている。ため息も出ない。

デスク傍の空席に向かう。佐久が口だけで言った。〝気にしなさんな〟。

数十分前のことだ。今は室内にいる捜査員の大半が、電話機に取りついている。

「はい。こちら特別捜査本部です」同じ台詞《せりふ》が、口々に告げられる。

ホットライン対応は、本部すべての捜査員が交替で行なう。電話応対は、疲れる作業だ。当番表は、佐久たちデスクが作成した。特命チームも参加する予定だった。

無数の電話連絡が入ってくる。どれだけ有益な情報が寄せられるか。疑問だった。今日は、泊まり込みとなるだろう。

併せて、区役所職員の身元洗い出しも実施する。ケースワーカーだけで三十五名。さらに管理職や臨時職員、他課の職員も加えると数百人単位となる。

はたして、職員内に被疑者はいるのか。徒労感だけが募っていく。微熱と頭痛を感じ始めていた。

新たに、電話が鳴る。ホットライン以外の回線だった。捜査本部の番号を知っている者からだろう。恭弥のほかに対応できる者はいないようだった。恭弥は受話器を取った。

「はい、こちら特別捜査本部」

※　※　※

14.《バッドルーザー》【生活保護】　20xx - 10 - 22　23：03：47

生活保護は、国民にとって当然の権利といえる。最後のセーフティネット。誰もが、陥る危険性を孕《はら》んでいる。払った税金を、困ったときに返してもらうだけだ。税金を払ったことのない者などいない。第一、消費税の税収は社会福祉《ソーシャル・ウエルフエア》等に充てられるはずではなかったのか。

※　※　※

一〇月二三日　土曜日

09：15

週末の朝だが、捜査本部には関係がない。

特命チームの男三人は、泊まり込みとなった。女性の汐谷だけは自宅で仮眠をしたが、すでに捜査本部へ戻っている。

ホットラインの電話は鳴りやむことがない。何度か、パンクもした。ほかの回線にも連絡がある。態勢の立て直しを迫られている。

遅くになってからも、情報提供は続いた。落ち着きを取り戻すのに、夜明け近くまでかかった。深夜から早朝に、警察へ電話する。自らの身が、危険に直面しているわけでもないのに。どのような人間なのだろうか。

おびただしい数の連絡があった。寄せられた情報は、すべて記録する。整理だけでも、追いつかない状態だ。

電話の内容は、大きく五つに分けられた。

一つめは、ただのイタズラ電話。即座に切る。記録だけは残しておく。

二つめは、自分が犯人だというもの。犯人しか知り得ない情報——ごみ袋で、ふるいにかける。結果、有力なものはなかった。完全に排除できない場合は、チェックを入れる。

三つめは、当該《とうがい》事案特有といえる生活保護に絡《から》む個人的意見だ。批判的なものが多い。どうして、税金で捜査するのか。〝ナマポ〟殺しなど放っておけ。犯人に対する礼賛《らいさん》まであった。すべて応対する。無視はできない。犯行に関わった者という可能性もある。

四つめは、県警に対する苦情だった。捜査の遅れを責める者や、過去の不祥事を持ち出してくる者もいた。恭弥が絡んだ事案もあった。苦笑するしかなかった。だが、犯人もしくは何らかの関係者かも知れない。記録も丹念に残した。

最後こそ、求めている情報だ。ホットラインを開設した理由ともいえる。

犯人を知っているという通報だった。数も多い。あやふやな話が大半だった。気に入らない人間の名を挙げているだけのものもある。すべて確認する必要があった。人員も割《さ》いている。夜明けを待ち、動き出す。

電話の波は、少しだけ凪《な》いでいる。準備を終えた捜査員が配置につく。

徹夜明けだ。疲労に加え、体調も万全とはいい難《がた》い。頭痛と微熱に、倦怠《けんたい》感もある。恭弥は、窓の外へ視線を向けた。

曇り空だった。外が白い。少し蒸し暑かった。室温に加えて、湿度も高い。昨日と同じく、開かれた窓に風はない。

電話のベルが、ふたたび数を増す。全員が対応を始めている。特命チームは、電話番から外れていた。

「あと、よろしくお願いします」

言い置いて、恭弥は席を立つ。今日も、真島とともに区役所へ向かう。

生活保護受給者名簿の準備はできたか。督促《とくそく》を兼ねて、問い合わせるためだ。電話で済む案件ではあった。塙の態度から見て、足を運ぶことにした。直接会って、念を押す。

「……すみません」生活支援課に着くと、ケースワーカーの梶が飛んできた。本当に、すまなそうな顔だ。「昨日のうちに作業はしたのですが、まだ課長の決裁が下りなくて」

押しつけられたのか。照会書の処理は、梶の担当となったようだ。

恭弥は課内を見た。土曜だが、ほぼ全員が出勤している。いないのは、課長と臨時職員ぐらいか。塙と宮下は見当たらない。

「昨日も思いましたが」恭弥は梶に言う。「すごい人数ですね」

「そうですね」梶が微笑《ほほえ》む。「これでも、ケースワーカー始め職員数は全然足りていません。仕事が溜まる一方です。だから、休日返上で出勤してるんですよ」

「確か、ケースワーカーの方は総勢三十五人でしたね」

「ええ」梶がうなずく。「それぞれ、約八十の被保護世帯を担当しています。三十五人かける八十世帯ですから。保土ケ谷区内には、約二千八百世帯の受給者がいる計算になりますね」

「生活保護を受けられている方が、そんなに」驚嘆《きようたん》したのか、自分でも分からぬままにうなずく。「かなりの数ですね」

梶は理想家肌なのだろう。熱く語り始めた。快活《かいかつ》な表情に、実直さが加わる。

「不正受給は確かに問題ですが、金額ベースでは0・5%に過ぎないんですよ。それに、保護費は払えばいいというものではありません。受給者の実情に合った、きめ細かな自立方法を検討することが必要です。いくら忙しくても、〝水際作戦〟は絶対に許されませんし」

〝水際作戦〟とは、生活保護申請を窓口で却下する行為の俗称《ぞくしよう》だった。予算の抑制や、手間をかけないなどの理由から行なわれる。識者等からは、批判されている行為だ。

「ご熱心なんですね」

恭弥は感心して見せる。会話を終えるためでもある。話し続けかねない勢いだった。

「いえ、僕なんて下っ端《したっぱ》ですから。まだまだですよ」梶は自嘲《じちよう》気味だ。「若手ですからね。いろいろと、雑多な業務も押しつけられまして。区長報告用に、経過記録の概要を取りまとめるとか。生活保護費の一覧を作らされたり。日々、大変です」

「なるほど、お忙しいわけですね」真島が応じる。

「でも、やりがいはありますよ。ナショナル・ミニマム――」

「えっ？」真島が訊き返す。恭弥にも意味は分からない。

「すみません。役人は、すぐカタカナ言葉を使いたがる癖《くせ》があって。最低限度の生活水準、憲法二五条にある生存権のことです。それを保障する仕事ですから。自分たちがその人の命にとって最後の砦《とりで》だと思えば、きついなんて言ってられません」

真島がうなずく。恭弥も、自然と首肯《しゅこう》していた。照れ臭そうに後頭部を掻きながら、梶が言う。

「顔色がお悪いようですが、徹夜明けですか？」

「ええ、まあ……」曖昧《あいまい》に答え、真島がこちらを窺う。

恭弥はうなずく。梶は、協力的な姿勢を見せている。不興《ふきょう》を買わないに越したことはない。

「捜査の進捗状況は、いかがですか」梶の質問は続く。

「……昨日、ホットラインが開設されまして」考えながら、真島が回答する。「かなりの数、情報が寄せられています。今、取捨《しゅしゃ》選択していますから。飛躍的な進展が見られるかも知れません」

「道場で仮眠を取るって、本当ですか？」

「そういう場合もありますね」

真島の回答は、当《とう》を得ていた。照れながらも、そつがない。一般論に終始する。頭がいという噂《うわさ》は、本当のようだ。

「警察に、ご興味がおありなんですか？」恭弥が問い返す。

「恥ずかしながら、子どもの頃から刑事ドラマが好きで」梶は照れ臭そうに言う。「大変なお仕事ですよね。お疲れ様です」

「皆が、梶さんみたいに協力的だといいんですけどね」

真島が微笑む。梶もにこやかだ。

恭弥は課内を見渡す。ケースワーカーたちが音もなく、うつむいて仕事に没頭している。重苦しい雰囲気は、土曜でも変化がない。

「お忙しいことは承知しています」恭弥は告げる。「休日出勤までなさっているところ、大変申し訳ないんですが。人命にかかわることです。よろしくお願いします。必要であれば、課長さんへ当方からお願いに上がりますので」

「いえ、すみません。お役に立てなくて」梶が頭を下げる。「課長には再度、かけ合ってみます。業務がありますので、失礼します」

「我々も行こうか」

　階段を下り、区役所を出た。梶の態度から類推《るいすい》する。恐らく、今日も名簿は入手できないだろう。当面は、ホットライン対応に注力するしかない。

軽い頭痛を感じた。

10：02

　ホットライン対応に戻っていた。休憩は、交替で取ることとなっている。

　区役所訪問は、休憩時間中に行なった。ほかの業務に時間を割《さ》く余力がない。

　恭弥の番は続く。頭痛は治まる気配がなかった。程度は軽い。ほかの症状もない。抗不安薬《デパス》を飲むか、我慢するか。思案《しあん》している。

　受話器を置く。一〇時からは休憩だった。通話が、二分だけ長引いた形だ。

　通報内容のまとめは、あとに回す。有力な情報とは思われなかった。犯人の名前を知っているというが、強い関西弁だった。ナンバーディスプレイに表示された番号も、大阪の局番だ。だが、確認だけはする必要がある。

「一段落《いちだんらく》つきましたよ」事務作業中の佐久に、声をかけた。

「こっちもＯＫ」佐久が親指を立てる。「廊下に行こうか」

揃って、立ち上がる。捜査本部を出る。視線を向けてくる者はいない。今まで、タイミングが摑《つか》めなかった。

電話対応の休憩が来たら、声をかけるよう佐久に言われていた。

廊下は薄暗い。窓の外は曇ったままだ。湿度も高かった。蛍光灯は灯《とも》されていない。人影もまばらだ。本部から距離もある。念のため、隅へ移動する。

「何か、ありましたか？」

「川崎の信用金庫強盗。情報《ネタ》が入ったよ」

恭弥は目を瞠《みは》る。銃のレンタル組織に繫がる情報だろうか。

「川崎署に捜査本部《ソウホン》が立ってるんだけど」佐久が壁にもたれる。「そこに、古い知り合いがいてさ。そいつが提供してくれた」

「どうでした？」時間がない。先を促す。

「川崎で使用された拳銃は、九ミリ・セミオート」佐久が首を回す。「銃種は不明。見た感じは最新の代物《しろもの》だよ。ポリマーフレームってやつかい。どうやら珍しい型らしい。壁に残された銃弾の旋条痕《せんじようこん》を、全国の都道府県警に照会してたんだけど、一致したって。一か月前に、函館《はこだて》市内で発生した地銀強盗と」

「なるほど」恭弥はうなずく。「北海道ですか」

函館で使用された拳銃が、川崎へ。恭弥は確信した。全国レベルで、銃器を融通《ゆうずう》する存在がある。

「銃レンタル組織の件」佐久の目も、真剣みを帯《お》びる。「間違いないんじゃないかねえ」

「引き続き、情報収集してもらえますか？」

恭弥の言葉に、佐久はうなずく。二人で捜査本部に戻った。

電話は、鳴りやむ気配がない。大会議室内には、沈鬱《ちんうつ》な空気が流れる。暗い雲が空に留まったまま、侵食してくる感じだった。

10：19

出所以来、美作二郎は定住所を持っていない。簡易宿泊所や、ネットカフェを転々としていた。

仮釈放となり、今は保護観察中だった。身寄りも、住居もない。保護司《ほごし》がつき、更生保護施設への入所が決まった。刑務所内で、就職先も内定した。身元引受人は、半グレ時代の友人に頼んだ。

保護司には、最初に顔を出したきりだ。更生保護施設にも、一晩泊まっただけだった。就職先には、立ち寄ってさえいない。

身元引受人も、名義を借りただけだ。数歳年上で、現在は会社員をしている昔の仲間だった。仮釈放の可能性を高めるため依頼した。いろいろと〝貸し〟があった。問題となっているだろう。だが、知ったことではない。

昨日から、横浜駅西口のネットカフェに、寝泊まりしている。パソコン付きの個室だ。回転式の椅子は、大ぶりで深い。充分、寝床となる。多少狭いが、ぜいたくを言うつもりはない。ちょうどいい根城だった。

居所を悟られるわけにはいかない。計画を完遂《かんすい》するまでは。

「住めば都ってやつだな」

二郎は、タオルで頭を拭く。ドライヤーは必要ないだろう。シャワーを浴び、個室に戻ったところだった。床に胡坐《あぐら》をかく。

Tシャツに短パンという格好だった。エアコンは稼働していない。湯上りには、ちょうどいい室温と服装だ。シャワーは、熱めに設定していた。

髪は、まだ丸刈りに近い。昔と違い、現在は出所準備中に伸ばせる。あえて、短いままにしておいた。髭は伸ばし放題だ。

懲役前は長髪だった。髭は、几帳面《きちようめん》に剃っていた。逮捕前や入所中と、人相が変わっている。狙いどおりだ。

床には、借りてきた漫画や雑誌が散乱している。ネットも見られる。退屈することはなかった。娯楽には飢《う》えていた。五年分を取り戻さねばならない。

二郎は、スポーツバッグを引き寄せた。柄《がら》は、白地にアルファベット。意味は分からない。デニムシャツとジーンズを取り出す。一〇月だ。半袖に半ズボンでいたら、風邪をひく。計画前に、湯冷めなど論外だ。

着替えた服は、隅に積んであった。夕方にでもコインランドリーへ行こう。指先で、右肩の傷跡に触れる。刑事に撃たれた箇所。今でも時おり痛む。

シャツを着て、ジーンズを履く。靴下を忘れていた。

ふたたび、バッグを開く。中には予備の下着と、いくばくかの現金が入っていた。札を輪ゴムで巻いたものが数束ある。そして、拳銃。

ＣＡＮｉＫ《カニック》　ＴＰ９　ＳＦＸ。

最新型の九ミリ・セミオートだった。ポリマー製でストライカー式だ。トリガー・セイフティを採用している。スライドは濃いグレーで、フレームは黒。ツートンカラーになっていた。下部には、フラッシュライト等各種アクセサリーが装着可能な、ピカティニー・レールがある。

ＣＡＮｉＫは、トルコのメーカーだった。本体には〝MADE IN TURKEY〟と刻まれている。古くから、多くの銃器会社が存在する国だ。優れた製品を発表し、注目を集めていた。人気ブランドを引き合いに、同シリーズは『グロック・キラー』とも呼ばれる。

フルサイズで、重さは八五〇グラム弱だ。一八連マガジンの底部には、大型ベース・パッドがある。ゆえに、グリップは長い。バックストラップの交換により、太さも調整可能となっている。手の大きい二郎にも、握り易くできる。

拳銃を手にする。ホルスターに入っている。ほかのパーツもセットで、五五〇ドル程度と聞く。納めていたケースは処分してあった。いくらで購入し、どのように日本へ持ち込んだのか。二郎には知る由《よし》もない。最新型を希望しただけだ。

前回の強盗時は、古びたリヴォルヴァーだった。旧式すぎた。最新型ならば、兄は助かっていたのではないか。犯行は成功したのでは。

代わりに、死体となっていたのは――

今さら悔やんでも仕方がない。行動で示せばいい、今度こそ。

剣崎恭弥――仇《かたき》の刑事を死体にしてやる。

拳銃を戻し、靴下を履く。シャツとジーンズも身につける。チョーカーを首にかけた。

もう一つのチョーカーは拳銃に巻いた。

13 : 14

「涼《りょう》真《ま》！」

横浜市立保土ケ谷東中学校校門前。門脇《かどわき》ひなのは、男子生徒に声をかけた。

同じ三年二組の北里《きたざと》涼真だ。ともに下校中だった。

ひなのは涼真にとって、関わりにくい女子かも知れない。

一学期の学級委員だ。今年度前期は、生徒会長も務めた。成績は、学年でも上の方になる。一位となることもある。運動も苦手ではない。

絵に描いたような優等生と皆、思っているだろう。自ら望んだわけではなかった。来週には、また面倒な用事を仰せつかっていた。

涼真も、成績は優秀だった。中学三年生の標準から見れば、背は低い。体格はバランスがよい。端整《たんせい》な顔立ちをしている。髪は、男子生徒の中でも長めだろう。運動も得意だ。

入学当初の一時期、涼真は生活が荒れていた。服装も乱れ、成績も下降した。だが、しばらくして、すべてが持ち直した。

『正社員です』涼真の言葉が忘れられない。将来の夢を訊かれたホームルームでの一幕だった。『それ以上の夢がありますか？　今の日本に』

クラスメイトが、一様にどよめく。担任も絶句した。妙に痛快だったことを、ひなのは覚えている。

涼真はひとり親家庭で、父親と二人暮らしのはずだ。

同じクラスになった今年度から、少しずつ話し始めるようになった。素《そ》っ気《け》なさは相変わらずだ。以前よりは、親しくなった気がする。

校門は、西に向けて開く。空は、朝から曇ったままだ。

「何？」涼真がふり返った。白く濁った空気の中で、輪郭が際立つ。

「あの……」反射的に声をかけてしまった。何か、用事を考えなければ。「この前さ。先生が言ってた卒業文集の編集委員だけど。一緒にやらない？　手伝って欲しいんだ」

「おれ、文章とか無理」

あっさりと吐き捨て、涼真は歩き出した。

「え、待って。ちょっと……」

「ああ、涼真。帰るんなら言ってよ」

背後から、女子の声がした。ひなのはふり返った。

三年四組の岡村《おかむら》美玲《みれい》と、三年一組の寺井《てらい》優斗《ゆうと》だ。

美玲は大人びた少女だ。整った顔立ちが、そう見せている。背は、涼真より少し高い。髪は、肩にかかる位置で切り揃えられている。少し悪ぶっているが、成績は普通だった。

優斗は、中学生としては長身だ。体格も発達している。その分、老けて見えた。顔は大きいが、各パーツは小さい。髪はスポーツ刈りにしていた。

学業、運動ともに苦手だった。成績は、最下位争いをしていた。少し前から、急激に持ち直した。生徒はもちろん、教師でさえ驚いたほどだ。

ひなのと涼真、優斗に美玲。皆、同じ小学校から中学へ進んだ。クラスが一緒だったこともある。親しくしてはこなかった。

優斗と美玲は、涼真と同じアパートに住んでいる。そのためか、いつも三人でつるんでいる。

ひなのの顔を、優斗と美玲が覗《のぞ》き込んでくる。

「何、生徒会長」美玲が口を開いた。視線が嫌だ。「涼真に、何か用？」

「別に」あんたには関係ない。「じゃ。文集の件、考えといて」

それだけ言って、ひなのは踵《きびす》を返した。

どうして、もっとうまく話しかけられないのだろう。ひなのは煩悶《はんもん》する。後悔と恥ずかしさが、頭の中で入り混じる。

月曜になれば、また会える。失点は取り返せばいい。

卒業文集を、涼真と作成する。悪い考えには思えない。希望はある。

14：33

ふたたび休憩時間を迎えた。

恭弥は廊下に出た。耳が痺《しび》れる。心身の不調によるものではない。単なる通話疲れだ。

立て続けの電話対応は、なかなか過酷に感じた。最後の女性は、特に執拗《しつよう》だった。〝捜査の遅れは、県警の怠慢《たいまん》だ。生活保護受給者に対する偏見を表わしている〟。何度も繰り返した。

頭痛と微熱もある。不調も増したようだ。精神安定剤を服用するタイミングらしい。

窓の外は曇ったままだ。雲の黒さが増した気もする。明日は、雨との予報も聞いている。恭弥は、スマートフォンを取り出した。電話をかける。

「何?」応答した男の声は、不機嫌そうだった。「土曜に仕事の話じゃないよね?」

「おれは仕事だ」

電話の相手は、生活安全部サイバー犯罪捜査課の大泉《おおいずみ》だ。巡査部長で、恭弥の同期だった。

「で、どうしたの?」大泉が怪訝《けげん》な声を出す。

「例の件」恭弥は言う。「どうやらマジみたいだ」

「例の件って、《レンタガン・ドットコム》?」

そうだ、と恭弥は答えた。銃のレンタル組織はネット上、《レンタガン・ドットコム》の通称で呼ばれている。

「本格的に、そいつの追跡をお願いしたいんだ」

※　※　※

《レンタガン・ドットコム》については、以前から相談してあった。県警本部近くの喫茶店で、話をした。

大泉は、中背で痩身《そうしん》。極度の近視で、分厚い眼鏡をかけていた。髪はぼさぼさ、服装も適当。イメージどおりの科学者といった雰囲気をしている。

『ダークウェブだろうね』大泉は腕を組んだ。紅茶を飲んでいた。『いわゆる闇サイトさ』

恭弥は説明を求めた。アイスコーヒーで頭を冷やした。

『ネット空間は、三つの層に分けられるのさ。表層《サーフェス》ウェブは一般的なウェブサイト等』

大泉は、噛《か》んで含めるように話した。「深層《ディープ》ウェブは中間層だよ。通常の空間だけど、検索エンジンによるアクセス等が禁じられてるんだ。ダークウェブは、最下層に当たる」

『誰でも、アクセスできるのか？』

『匿名性が高いからね。通常ではアクセスできないよ。特殊なソフトウェアが必要になる。Tor《トーア》って聞いたことない？』

『言葉だけなら』

『TORは、〝The Onion Router〟の略さ。無料で、簡単に利用できる。ダークウェブへアクセスするために、必要なソフトウェアだよ』

なるほど、と相槌《あいづち》を打つ。分かったような、分かっていないような。メモでも取るべきだろうか。

『〝オニオンルーティング〟って技術があってね』大泉の説明は続く。『たまねぎの皮みたいに通信を重ねることで、発信元を匿名化《とくめい》しているのさ。元は、情報機関の秘匿《ひとく》テクニックだっていわれてる』

『《レンタガン・ドットコム》は、そこにあると？』

『銃のレンタルなんて、やばいことやってるとしたら。ダークウェブを使ってるとしか、思えないけどね』

※　※　※

「お前に、頼むときが来たようだ」恭弥は、携帯に口を寄せる。「上にも内密にしてくれ、同期のよしみで。おれでは手に余る」

「それ、丸投げっていわない？」

「だから、何か？」

「もう、分かったよ。やるだけやってみる。でも、ダークウェブの匿名性は、堅牢《けんろう》で半端《はんぱ》ないから。あんまり期待しないでよ」

「それでいい」ほかに、あてもない。「よろしく頼む」

恭弥は通話を終えた。トイレへ向かう。抗不安薬を服用するためだった。

※　※　※

15.《バッドルーザー》【子供の貧困】 20xx - 10 - 23　23 : 36 : 24

子どもの貧困は、国家の損失に直結している。貧困を放置された子どもは、低賃金の大人へと成長する。税収は下がり、国家予算規模の減益となる。既得権益に群がる年寄りは、手を着けたがらない。分かっていながら、目先の利益を後生大事に守るためだ。

※　※　※

一〇月二四日　日曜日

10：38

真島流星は、保土ケ谷区役所職員の身元を洗っていた。

捜査本部の隅に、署内のパソコンがかき集められている。事務処理だけでも人手が足りない。

ホットラインは、変わらず鳴り響いている。一時間もすれば、電話対応に戻らなければならない。作業を一区切りつける必要がある。

隣で、汐谷が同じ業務をしている。二人とも、パソコンの画面に向かっていた。事務担当《デスク》の下請けだ。住基ネットその他、公開情報を整理していく。ネットで、名前も検索する。何かが、ヒットしないとも限らない。気になる場合は、戸籍謄本《とうほん》の申請等へ進む。身元を洗うというより、整理に近い。前段階の作業だ。

明日の月曜からは、職員全員に対する聴取が始まる。その準備も兼ねていた。記録用資料の作成も含まれる。

区役所職員の洗い出しを、分担して行なっている。だが、人数が多すぎた。通報の数も同様だ。電話の応対か、パソコン作業か。ほとんどの捜査員が、どちらかを行なっていた。インドア派の真島には、苦にならない状況だった。

剣崎係長は、関口主任と区役所に出かけた。用件は、昨日と同じだ。受給者名簿の提供に関する依頼だった。年嵩の方が、圧力になると考えたか。真島は同行されなかった。

窓外へ、真島は視線を向けた。朝から、雨が降っている。かなり強い。室内も暗いため、蛍光灯が煌々《こうこう》と点《とも》る。秋雨《あきさめ》前線の影響らしいが、長雨とはならないそうだ。

窓は閉ざされている。大会議室内に、空調は稼働していない。不快な空気だった。気温と人間の体温。湿度も高い。少し動くと汗ばむ。衣服が身体にまとわりつく。

「やったよ、流星」汐谷が、鋭《するど》い声を漏らす。音量は低いため、周囲には聞こえていない。「ヒットした」

「……何です、紬先輩？」真島は、目を汐谷に移した。

「覚えてる？　一昨日、区役所に態度の悪い臨時職員がいたの？」

「ああ。確か、宮下とかいう……」

区役所臨時職員の宮下大毅は、真島たちの担当だ。

「あいつ、様子が変だったから。いろいろ試してみたんだ。そしたら、見事に当たったよ。これ、見てみ」

汐谷が、ノートPCのディスプレイを向ける。思わず声が出た。

「何ですか、これ？」

映し出されたのは、生活保護に対する罵詈雑言《ばりぞうごん》のオンパレードだった。

生保叩きの掲示板で、生活保護バッシングが展開されている。受給者を〝ナマポ〟と呼び、〝氏ね〟〝転す〟等の文字が並ぶ。〝死ね〟と〝殺す〟の意だ。隠語が使用されていた。不穏当な発言として削除されないようにだろう。

「宮下も、同じような発言してるんだよ」

汐谷がマウスを動かす。ハンドルネームは〝ダイキ〟。同様の発言が並ぶ。

〝ナマポは血税泥棒！　詩ね〟〝今日、税金たかりに来たナマポ、マジムカつく〟〝ケースが、エラそうに命令すんな。何が正職員だ！　あいつら、ナマポの奴隷〟〝社会のゴミを皆語呂し〟等々。

読んでいて、真島は気分が悪くなった。匿名《とくめい》のネットとはいえ、ここまで悪意を剝《む》き出しにできるものだろうか。

「こいつだよ」汐谷は笑みを浮かべる。「流星も、そう思うだろ？　ハンドルネームは、奴の名と一緒だし。〝今日、たかりに来た〟とか、〝ケースがエラそう〟とか。職員じゃないとできないような書き込みじゃん？」

「……確かに」真島はうなずく。

「間違いない。奴で、当たりだよ」

「……上には言わないんですか？」

「言うわけないじゃん！」汐谷が鼻で嗤《わら》う。「しっかりしろよ、流星」

「でも……」言葉が続かない。

「これで、剣崎を出し抜ける」汐谷の笑みが大きくなる。「あいつが、いかに無能か。県警中に思い知らせてやれる」

汐谷と係長の因縁《いんねん》は真島も知っている。六月に発生した相模原の狙撃事案。剣崎は、単独行動を取った。結果、相棒に重傷を負わせた。矢木まどかは汐谷の親友だ。今も、入院生活を続けている。

剣崎を憎む気持ちは、真島にも理解できた。できれば協力したい。だが、やれるだろうか、自分に。

「気合い入れろよ、流星！」

背中を叩かれた。汐谷が、にこやかな視線を向けてくる。真島は戦慄《せんりつ》していた。いつもは好ましく思う笑顔が、今日は邪悪に見えた。

14：01

美作二郎は、赤レンガ倉庫にいた。

指定されたカフェで待っている。約束の時刻から一分が過ぎた。テーブル席だった。あとから連れが来る、と店員には言ってあった。

朝から雨だった。大粒だ。傍《そば》に置いた傘は、床に水たまりを作っている。

ネットカフェから出かけようとして、雨天に気づいた。コンビニは、走って数秒の距離だ。駆け込んで、ビニール傘を買った。一番安い代物だった。デニムシャツは両肩が濡れ、肌に張りついた。

雨の日は、肩の銃創が痛む。貫通したはずの銃弾が、中に留まっているかのようだ。

横浜駅から地下鉄で、馬車道《ばしゃみち》駅まで移動した。あとは、傘を差して徒歩だった。

横浜港きっての観光名所だ。日曜日でもある。悪天候にもかかわらず、混雑している。

二郎は、二〇分前に到着していた。カフェへ直行したが、列に並ばされる羽目となった。

来客名簿に記名して、待った。席に着けたのは、数分前だった。

「くそっ」二郎は小さく悪態をつく。「あの野郎、まだか。花見の席取りじゃねえんだぞ」

注文したアイスコーヒーが届く。胸ポケットで、スマートフォンが震える。記憶にある番号が表示されている。登録はしていない。

「おれだ」聞き覚えのある声。「間違いなく、見つけてると思うが。念のため、右手を挙げてくれ」

二郎は右手を挙げる。周囲に視線を巡らせた。対角線上のカウンターで、立ち上がる人影がある。

男が近づいてくる。三十代後半から四十代前半といったところか。髪型や、顔立ちに特徴はない。白いポロシャツに、ベージュのチノパンを着けている。普通の勤め人に見えた。休日に、家族サービスする子連れのサラリーマンにしか見えない。

周囲に溶け込んでいた。どこにでもいる社会人という風情だった。伸びた丸刈りに無《ぶ》精髭《しょうひげ》の、二郎の方が異物感がある。

売人だ。名前は知らない。知る必要もなかった。茶色のボストンバッグと、アイスラテを手にしている。

反射的に、二郎は手を背中に回す。拳銃――ＣＡＮｉＫが差してある。シャツの裾で隠してあった。屈むときは気をつけないといけなかった。背中のものが見えてしまう。

向かいの席に、売人が腰を落とす。〝落とす〟という表現が合う、乱暴な所作《しょさ》だった。商売柄かも知れない。一見、堅気《かたぎ》に見えても。

手に提《さ》げられていたボストンバッグが、床に置かれる。

「ご注文の品にございまする」

小声で、嘲《あざけ》るような口ぶりだった。昔の自分ならば、切れていただろう。兄だったら殴《なぐ》りつけていたはずだ。相手が誰だろうと関係ない。

「テーブルの下から渡せ」売人の口元が歪《ゆが》む。

二郎は感情を抑えた。指示に従う。

売人の視線が、客の群れを向く。二郎は、金の入った封筒を差し出した。受け取られる気配がする。手を放す。

「バッグはサービスだ」

変わらぬ小声。売人の顔は笑っている。声は多少、真剣みを帯《お》びた。封筒を、チノパンの後ろにねじ込む。

「駐車位置は？」二郎は訊く。

「馬車道のコインパーキング」小声で告げる。「これを」

テーブルの上に、折り畳んだメモを差し出してくる。二郎は開いた。コインパーキングの住所と駐車位置番号、車のナンバーが書かれていた。

「車は、ホンダのアコードだ」売人が告げる。「ボディの色は青。車種は、何でも良かったんだよな？」

「ああ」二郎は、メモ用紙を元どおり畳む。ジーンズのポケットに入れた。「セダンで、ちゃんと走るなら」

「心配ない」売人の口元が歪む。「ンなポンコツ売るかよ。信用に関わるじゃねえか。中古だし、型は古いけどな。中身はしっかりしたもんさ。おい！」

ボストンバッグを開けようとしていた。売人に制される。

「こんなところで開けるなよ。おれも、金の確認は控えてるんだから。いいだろ？　お互い、逃げられやしねえんだ」

二郎は、バッグから手を放した。売人に視線を据える。

「じゃあな」売人が立ち上がる。「何するつもりか知らねえが。ま、元気でな。ここの勘定は頼んだぜ」

言い捨てて、売人が去る。テーブルには、伝票が残されていた。

ボストンバッグへ手を伸ばす。二人分の伝票も摑む。立ち上がってレジへ向かう。支払いを済ませ、カフェを出た。

人混みを避けながら歩く。赤レンガ倉庫の陰へ向かう。人目のない場所だ。雨も当たらない。二郎はボストンバッグを開けた。中身を確認する。

ボイスチェンジャーと車のインテリジェンス・キー、さらにトバシの携帯が多数ある。

二郎は、ほくそ笑む。バッグを閉じ、傘を広げた。馬車道へ向かう必要がある。

順調に進んでいる。二郎には、実感があった。

17：21

保土ケ谷区神戸町《こうどちょう》。

寺井優斗は、自宅アパート前にいた。若葉《わかば》荘という名だ。二階建ての木造で、昭和の頃からあるらしい。老朽化したアパートだった。

格安の家賃は、今どき良心的の枠を超えている。貧乏人ばかりが、入居しているためだろう。近所から〝枯葉《かれは》荘〟などと揶揄《やゆ》されていた。

夕刻を迎えた。一日中、雨だった。今も小雨が続く。西の空は明るくなりつつある。微《かす》かなオレンジとグレーが層をなす。

優斗は外に出ていた。室内は蒸し暑い。エアコンを入れる時期でもない。家計が苦しいことは身に沁みている。

父親はデザイン会社勤務、母親は専業主婦だった。DVにより、優斗が小学校二年生の頃に離婚した。母親に引き取られた。

月三万円の養育費は、支払われていなかった。父が退職したためだ。激務により、うつ病を発症した。

生活は困窮《こんきゅう》を極めた。優斗を頭に子どもは三人、妹と弟だ。春や夏は、帷子川で採った野草を食べた。母は四国の生まれで、安全な植物かどうかの正しい知識があった。

母は、定時制高校を卒業している。四国の実家は生活が苦しく、働きながら通うしかなかった。いい職が見つからないのは、学歴のせいだといつも言っていた。居酒屋と、会計事務所のアルバイトをかけもちした。食べるので精一杯だった。経済力は追いつかない。多忙な中、優斗たちへの教育は疎《おろそ》かになっていった。

家庭環境は、優斗の成績に大きく影響した。学年でも最下位争いをする状況で、高校進学も諦めていた。いくら無償化されても、学力がなければ意味もなかった。

優斗は、隣に座る少年を見る。北里涼真――救ってくれたのは、こいつだ。

二人は、若葉荘一〇二号室の前に座っていた。涼真の部屋だ。玄関前はコンクリートの段になっていて、二階の外廊下が雨を防いでくれる。

優斗の部屋は二階、二〇一号だった。何気に問う。

「順調？」

「うん」気のない返事。また何事か考えているのだろう。いつものことだ。おもむろに涼真は口を開いた。「……まあ、ぼちぼち」

涼真は、地面の石ころをいじる。直径五センチ程度の青く、大ぶりのバラスだった。ところどころ鈍《にぶ》く尖《とが》っている。

派遣社員の父親と、涼真は二人暮らしだった。母親は、五歳のときに病死した。乳癌らしい。死後、生活は困窮していった。家計の多くを、母のパートに頼っていたからだ。父親は、酒浸《びた》りの生活となった。仕事も転々とし始めた。育児放棄《ネグレクト》気味で、ときに激しく暴力をふるった。

幼い頃の涼真は、平気で万引きするような子どもだった。薄汚れた衣服で登校していた。優斗同様、成績も悪かった。未来に希望も持っていなかった。

「これ、美玲の兄貴から。頼まれてたものだって」

優斗は紙袋を渡した。涼真が中身を確認する。

美玲には兄がいる。一〇五号室で、兄妹二人きりで暮らしている。

両親は離婚していた。引き取られた母とは不仲で、別居した。兄が高校に通いながら、アルバイト漬けの生活で支えている。

トラック運転手だった父親は、無職となった。金の無心に現われるようになった。パチンコ代に使うらしい。兄妹は、通帳まで取り上げられた。

日に弁当一個を、二人で分け合うような暮らしぶりだった。

「道具も入ってるって」優斗は、紙袋に目を据える。「これからバイトだから、渡しといてくれって言われた。〝大丈夫か?〟って。自分でできるか、心配してたみたい」

美玲の兄は、頼りになる男だった。高校では、情報処理を専門としている。特に、パソコンの扱いを得意としていた。多くのアルバイトを経験してきた関係か、広範なコネも持つ。短大生とつき合っていた。二〇三号室の住人だ。風俗嬢でもある。

兄の恋人は、自立援助ホームの出身だった。中学生の頃、父が家を出た。母は、精神的に不安定となった。自殺未遂を繰り返したため、施設に入った。

高校卒業後は、風俗店に勤務しながら短大に通っている。

「やめるんなら、今だぞ」座ったまま、涼真は紙袋を持ち上げる。「こいつを張り替えたら、もう後には引けなくなる」

不安がないといえば、嘘になる。最近の優斗は、高校進学さえ視野に入れられるようになった。成績がアップしたからだ。涼真のおかげだった。恩義を感じている。こいつがやるというなら、ついて行くしかなかった。すべてが駄目になったとしても、後悔はない。

「何を、今さら」優斗は微笑《わら》う。かなり強がりではあった。「ここで見捨てられたら、こっちが困るよ」

涼真の視線が、優斗を向く。不安を押し殺し、うなずいた。

19：09

寺井優斗は、涼真の部屋にいた。畳の上で、胡坐をかいている。手持ち無沙汰《ぶさた》だった。窓の外を見る。暗い。夜の帳《とばり》はすでに下りた。

朝からの雨は、小降りになった。小雨も断続的だ。窓からの風も心地いい。TVによると、明日の月曜は晴れるそうだ。

外での作業は終わらせてあった。傘を差しかけ合いながら行なった。思ったより時間がかかった。最後は、周囲が暗くなった。涼真と交代で、懐中電灯を照らした。

ふたたび、漫画に手を伸ばす。日本で、もっとも発行部数の多い週刊雑誌だった。幼い頃から好きではあった。買ってもらうことはできない。家に余裕がなかった。いつも、友達の家で読ませてもらった。古いものは、もらって帰る。妹や弟に読ませるためだ。

涼真の家には、いつもあった。父親が読むらしい。

その父親はいない。部屋の中には、二人だけだ。

静かで、室内は少し暗い。涼真はパソコンで作業に没頭している。少し旧式のノート型だ。優斗も通っていた〝施設〟から、譲り受けてきた物だった。

若干のバージョンアップがなされている。技術は美玲の兄、費用はその恋人が提供してくれた。

優斗はパソコンに暗い。ウェブサイトを見られる程度だった。家にも置かれていない。母親が、古いスマートフォンを使っているだけだ。

〝施設〟で教わることもできた。勉強だけで忙しかった。おかげで、成績は上がった。高校へ進学できる学力は、今や充分にある。

涼真は集中し、作業に没頭していた。話しかけるのがはばかられる。背中からも伝わってきた。

「目的達成のためには、ネットが不可欠なんだ」涼真は言っていた。「現代では、もっとも有効なツールさ。今は、まだ準備段階だけど。早く作業を終えて、環境を整えておく必要がある。行動に移すのは、それからだ」

ウェブの中でも、特殊なものを使っている。説明されたが、優斗には意味不明だった。見守るしかできない。

優斗は、くしゃみをした。鼻をすする。

涼真が、ティッシュの箱を差し出してくる。一枚取り、鼻をかむ。

「この国じゃあ」涼真が言った。「鼻かんだって、無料《タダ》じゃないんだぜ」

「あ」優斗は手を止めた。「ごめん」

「違うよ」涼真は微笑む。「言い方が悪かったな。チリ紙のこと言ったわけじゃないんだ。そこまでケチじゃないさ、おれは。金に渋いのは世の中だよ。何でも銭次第だ。貧乏人は搾り取られるだけ。まったく、ふざけた社会さ」

ティッシュの箱が引っ込められる。涼真は、またパソコンに向かう。

それでいい。優斗は再確認した。涼真を信じて、ついて行く。それだけだった。

19：22

国道一六号を、車で走っていた。

陽はすでに暮れ、空は黒く染まっている。進行方向には、横浜市中心部の灯火が見える。光が、夜空を押し返す。

国道沿いは明るい。無数の街灯がある。

雨は上がっていた。濡れたアスファルトが、ヘッドライトを反射する。

久々に強い雨だった。水たまりが随所に残る。左の前輪が、水飛沫《しぶき》を跳ね上げた。歩道に通行人の姿はない。視線を運転席に向ける。

「順調か？」

「マジ、心配いらねえよ」いつものお気楽さだ。「借金なんか、一発完済だし」

眩《まぶ》しさに、目を細める。対向車がハイビームにしていた。

「穴や抜けは、ないだろうな？」

「あるわけねえ。それにもう、あとには引けないだろ。そんな甘ちゃん連中じゃないから、あいつら。第一、闇金の追い込み。かなりきついんだろ？」

無類のギャンブル好きだ。競馬、競輪、パチンコ、ボートにオート。およそ賭け事と呼ばれるものは、すべて手を染めている。近づいていないのは、闇カジノぐらいだ。危険も伴う。素性が明るみになれば、何を要求されるか分からない。

勝ちには見放されていた。闇金に一千万単位の負債がある。追い込みも、日ごとに過激さを増している。

すでに足を踏み込んでいる。今さら、あとには引けない。

後部座席のトートバッグには、拳銃が入っている。

CANiK　TP9　SFX。

「頼んだぞ」視線を横顔へ向ける。

返ってきたのは、鼻を鳴らす音だけだった。

大丈夫だろうか。不安を拭《ぬぐ》えなかった。

※　※　※

16.《バッドルーザー》【居場所】　20xx - 10 - 24　20 : 41 : 03

誰にとっても、《居場所》は大切だ。家庭や学校、職場など。人によっては、それ以外の場合もあるだろう。《居場所》は、人間の生そのものといえる。そこを奪われるのは、存在自体を否定されるに等しい。当然、命がけの反撃が行なわれることになる。

一〇月二五日　月曜日

08：22

「相変わらず、早いな」

保土ケ谷署の玄関前にいた。出勤と退勤が、交互に錯綜《さくそう》する。徹夜が続く職場ならではの光景だった。平穏な日々は遠い。

今日は、恭弥から芳根に声をかけた。制服に着替え、交番へ向かうところだった。

二日ぶりの秋晴れだった。雲も少ない。雨の痕跡《こんせき》は、微《かす》かなアスファルトの染みだけだ。大半は乾いている。

「どう、新しい〝ハコ長〟とは？」

「まだ三日ですから」芳根はうなずく。表情は明るい。「今日で、やっと四日目。でも、いい人ですよ」

恭弥の着任前、芳根は人間関係に悩んでいた。前任のハコ長と上手《うま》くいっていなかった。佐久からの情報だ。

上司は岩本《いわもと》という警部補で、五十一歳。現在は、西谷交番に転属されている。恭弥は話したことがない。

岩本は長身だった。若い頃は鍛えていたそうだ。今は、身体もたるみがちだ。一見いかついが、小心な面もある。上司の顔色ばかり窺っているとの評判も聞いている。

一か月半ほどだが、恭弥と芳根の間に問題はなかった。自身は、そう思っている。

「それはよかった」恭弥もうなずく。「安心したよ。それはそうと。佐久さん、見た？」

「一階のトイレにいましたよ」

「そう」踵を返す。「ありがとう」

「あの、係長」

後ろから、芳根の声がする。歩き出そうとして、恭弥はふり返る。

「……いえ」芳根が眉を寄せた。表情が暗くなる。「ちょっと、お話ししたいことが……。でも、いいです。お忙しいでしょうから」

「急ぎなら、今ここで」恭弥はいぶかった。

「いや」芳根は、首を左右に振る。「落ち着いたら、お願いします。大変でしょうけど、係長も頑張ってください」

芳根が一礼し、立ち去った。交番までは、自転車で一〇分とかからない距離だ。今日も、三〇分前の到着となるだろう。

恭弥も歩き出す。確かに、安穏《あんのん》としていられる状況ではない。

佐久の体調が心配だった。昨夜も徹夜だろう。生活保護受給者配布用のチラシ作成を、数名で担当していた。恭弥自身も早朝、着替えとシャワーに帰っただけだ。

トイレの前に着くと、佐久が出てきた。目の下に隈《くま》がある。

「ちょうど良かったよ、恭さん」佐久は欠伸《あくび》交じりに言う。「捜査会議、一時間開始をずらすってさ。九時半のスタート」

「何か、問題でも？」

「問題っていえば、全部が問題だけど」

「それは、そうですが」二人揃って、苦笑するしかなかった。

ホットラインは鳴りやまない。区役所職員の聴取準備は完了している。本日午前中から取りかかる予定だ。前段階の洗い出しでは、怪しい人物は挙がっていなかった。

「県警本部からね」佐久が唇《くちびる》を曲げる。「刑事部長と捜査第一課長が、やって来るんだってさ。捜査会議に臨席するために」

「何しに来るんです？」恭弥の眉間《みけん》に、しわが寄る。

「そりゃあ」佐久が苦笑する。「あと、二日だからねえ」

あと二日。

ネットの炎上は続く。捜査の遅れに対する批判、逆に犯人への賛美もある。生活保護賛否による対立は絶えることがない。

マスコミも大騒ぎだ。土日のワイドショーは、連続殺人に関する話題がトップ扱いだった。犯人像に加え、生活保護とは何か、県警の対応云々《うんぬん》。大衆の興味を掻《か》き立てるような内容が目立った。

県警は、常に矢面《やおもて》へと立たされ続けた。

今日が月曜だ。二日経てば、また水曜が来る。

今週、新たな被害者が出れば、県警は集中砲火を浴びる。刑事部長と捜査第一課長は、活《かつ》でも入れに来るのだろう。

「鞭《むち》を入れに来るだけでしょう？」頭痛、微熱も感じる。

「素直じゃないねえ」佐久が嗤った。「心配で来てくださるとか思えないかね？」

「その辺の上役たちには、あまりいい思い出がないもんで」

佐久と別れ、恭弥は特別捜査本部の大会議室へ向かう。

その時、けたたましく一一〇番指令が鳴り響いた。通信指令本部からだ。

「通信指令本部から各局。保土ケ谷区星川一丁目において、轢《ひ》き逃げと思われる事案発生。制服警察官が、車と衝突しているとの通報あり。運転手は車を残して、現場を立ち去った模様。繰り返す。警察官が受傷。被疑者は逃走中――」

署内が騒然となった。所属に関係なく、捜査員の表情が強《こわ》ばる。

恭弥は大会議室を飛び出し、一階へ駆け下りる。

「場所、どこ?」随所から怒号《どごう》が飛ぶ。

「地図出せ、地図!」

「あんな連絡じゃ分かんねえよ! 通信指令本部にFAX送ってもらえ!」

制服及び私服の捜査員が入り乱れる。朝の陽光が、ブラインドを抜ける。人だかりは逆光となり、黒い塊《かたまり》と化す。恭弥は近づいていく。集団がFAXを取り囲んでいた。

「来たぞ!」

捜査員が叫ぶ。FAXが、A4ペーパーを吐き出す。具体的な位置が送信されてきた。恭弥も、背中越しにのぞき込む。地図に×印が記されている。署から、星川駅前交番への動線上になる。

まさか、芳根が――

捜査員の一団から、恭弥は離れた。玄関へ走り出す。背後で、ふたたび怒声がする。

「位置、分かった!」

「出動準備!」

「車、回せ! 車」

恭弥の動きに気づく者はない。署の外へ出る。陽光に目を細める。動悸が高まる。頭痛と微熱、構う余裕はなかった。

08：51

現場は、徒歩で向かえる距離だった。恭弥は走って現着した。

芳根が被害者なら、元上司の恭弥は関係者となる。ＰＣ等公用車の使用は禁じられるだろう。無断で現場にいるだけでも問題行為だ。

途中の道路は広くない。中央のアスファルトは乾き、路肩だけが湿っている。慌てていたか、わずかに残る水たまりを踏んだ。黒いスニーカーに雨水が染《し》み込む。秋の朝だ。日差しは軽い。薄くもある。額《ひたい》の汗は、暑さによるものではなかった。

生活保護受給者連続殺害は重大事案だ。捜査も行き詰まっている。放置はできない。捜査会議には、出席する必要があった。芳根の無事と、状況だけ確認できればいい。時間はある。開始時刻が延びたのは、幸いだった。

現場は、古びた二車線道路だった。国道一六号と、相鉄線星川駅の傍《そば》を繋いでいる。交番に直線で向かえる通りだ。閑静な住宅街に沿っていた。通勤ラッシュが落ち着いたか、行き交う車は少ない。人通りも多くなかった。歩道はなく、ブロック塀によって道路と住宅が隔《へだ》てられている。

二車線道路の途中、左側で事案は発生していた。

すでに、複数の捜査員が現着している。制服に私服、鑑識と機動捜査隊が見えた。全員が腕章をつけていた。捜査第一課はまだのようだ。

機動捜査隊は、二十四時間体制で巡回している。重大事案発生時には、現場に先んじて急行する。ゆえに、危険も伴う。屈強《くっきょう》な者が選抜される部署だ。

捜査員たちが、青いビニールシートで一帯を覆う。捜査上及び被害者救出の観点から、現場の保全は最優先だ。ビニール製シートの〝歩行帯〟が敷かれる。

消防も到着している。救急隊員がシート内へ入る。さらに、オレンジ色の制服が続く。レスキュー隊だろう。

被害者が救急搬送されれば、検証に入る。まず鑑識作業が行なわれる。出動服の鑑識課員が列をなす。

完了まで、近づける捜査員は限られる。全員が、ビニールキャップを被る。毛髪を落とさないためだ。手には、物が摑みやすいゴム手袋をつける。〝歩行帯〟の上を歩いていく。

邪魔をするつもりはない。被害者は無事か、芳根なのか。様子だけでも窺いたい。

恭弥は、シート前の私服捜査員に近づく。まだ若い。機動捜査隊のようだ。腕章がないため、警察手帳を見せる。

通常、検証時には手帳を提示しない。腕章のみで識別する。

「外で待っててください」私服捜査員は、恭弥が中に入ることを拒《こば》んだ。

風でシートの端が舞う。少しだけ中が窺える。ブロック塀の前に、軽自動車の尾部が見えた。スズキ・アルト。かなり前の型だ。古びたアイボリーの車体は陽に灼《や》け、塗装が一部剝《は》げていた。

ビニールシートから、見覚えのあるごつい男が現われた。身長は百九十センチある。体格は格闘家を思わせる。

機動捜査隊の秋元《あきもと》だった。八月までは、同じ県警本部捜査第一課強行犯捜査第七係に所属していた。三十七歳の巡査部長で、恭弥にとっては年上の部下だった。

夏の事件後、第七係は六人中四人までが異動した。恭弥と佐久、秋元もその一人だ。残っているのは、係長と一番の若手だけだった。

「秋元さん！」恭弥は呼びかける。

「あ、恭さん」秋元が顔を上げる。短髪の、いかつい顔に微笑が浮かぶ。「そうか。保土ケ谷署でしたね」

気さくで、気持ちのよい男だった。互いの呼び方にも表われている。当時から、関係は良好だったと思う。

「忙しいところ悪いんだけど」秋元の傍で、声を落とす。「どんな様子か教えて欲しい」

「どうしたんです?」

「マル害の制服」恭弥は、短く息を吸う。「おれの元部下かも知れないんだ」

秋元の顔から、微笑が消える。

「恭さん、こちらへ」

少し離れたところへ移動する。道路沿いから路地へ。ほかの捜査員からは死角となる。

青いビニールシートは、視界の隅に映るだけとなった。

「マル害の名は、芳根倫也」秋元は話し始める。「間違いないですか?」

「そいつだ」頭痛が鋭くなる。眩暈もした。「容体《ようだい》は?」

「息はありますが、重傷です。現在、消防が救出中」秋元の眉間に、しわが寄る。

生きていたか。自然と息が出る。

「状況は?」

「マル害は、交番へ向かう途中、自転車に乗っているところを」秋元の顔が苦くなる。

「軽四、古いスズキのアルトですが。そいつに突っ込まれたようですね。車と、ブロック塀の間に挟まれた状態です」

「救出は順調に?」

「自転車にまたがったままの不安定な姿勢なので、慎重に行なわれています。車道沿いを通行中に、犯行に遭《あ》った模様です。現況から見た推測ですが」

「目撃者《マルモク》はいないの？」

「多いです。事故の瞬間を見た者や、衝突音を聞いた人間は多数います。通勤や通学の人間が多い時間帯ですから。ただ、運転手は顔を見られていません。背中だけです」

「そいつの人着は？」

「中背で、スーツ姿。頭には、野球帽を被っていました。大ぶりなスポーツバッグを所持していたそうです。現時点では、それ以上は不明ですね。衝突後に芳根へ近づき、少しかがみ込んでから、すぐに車を残して立ち去ったとか。逃走したまま、まだ発見されていません」

「通報者は？」

「最初の通報は、四十代の会社員男性です。そのあと続々と。多すぎて、現時点で事件との関連は不明ですね」

「被疑者《マル被》につながるものは、何か？」

「軽四は大破、ナンバープレートも付け替えられています。偽造品のようですね。ボルトカバーも外れていますし。あと、車検証も見当たりません。マル害救出後、車台番号を探り、車の所有者を照会する予定です」

　ナンバープレートは偽造、車検証もない。

「故意に、芳根を狙ったと？」

「現場の状況から見て、偶然の事故とは思えません」顔の苦みが増す。「タイヤ痕《こん》や目撃情報から見て、一度衝突し、バックして再度突っこんだようです。その点から判断して、マル害を狙ったものではないか、と」

「強い殺意を感じた？」

「そうですね。個人への怨恨《えんこん》か、制服警察官なら誰でも良かったのかは不明ですが」

恭弥は思い出す。芳根と会った今朝、何かを話そうとしていた。相談したがっているようでもあった。何だったのか。

「最後に」秋元が告げる。意を決したかのような顔つきだ。「最大の問題が」

「何？」

「拳銃が見当たりません」

恭弥は一瞬、言葉を失った。唾を飲み、口を開く。

「拳銃には吊り紐《ランヤード》がついてる」

恭弥や芳根に貸与《たいよ》されているのは、ニューナンブM六〇だった。一九六〇年に新中央工業――現ミネベアが開発し、九〇年代まで生産された。

現在は、アメリカ製S＆W《スミスアンドウエッソン》リヴォルヴァーの輸入品が主流となっている。県警本部で恭弥が使用していたのも、同様な拳銃だった。転勤時に返却している。耐用年数の問題か、保土ケ谷署では配備が遅れているようだ。

ニューナンブM六〇は回転式の三八口径だ。装弾数五発で、ダブルアクション。銃身七十七ミリ、全体でも二十センチに満たない。重量は六七〇グラム。量産六型と呼ばれる、最後期に配備されたタイプだ。

昔のニューナンブは、グリップが小さい。握ると、小指がはみ出すこともあった。量産六型は、プラスティック製のグリップにフィンガーレストもある。指が収まりきらない点は改善されていた。シリンダーラッチが、長く大きいのも特徴だ。

「グリップ下のランヤードリングに留められているだろ。目撃情報から考えても、芳根に近づいた時間は短い」

「ランヤードごと切断されてました」

「伸縮性のゴムだが、ワイヤーが仕込んである。簡単に切れたりしないはずだ」

「ボルトクリッパーでも使ったんでしょう。大きな植木鋏《ばさみ》ぐらいの大きさで、鎖を切ることもできます。ニューナンブなら、拳銃入れも旧式のままでしょうし」

最近、拳銃強奪目的に警察官を襲撃する事案が多発していた。対策として、拳銃入れの改良がなされた。樹脂製で、携帯している者以外は出しにくいロック加工となっている。二インチ仕様のみのため、芳根には配備されていなかった。

「そんな特殊な鋏まで用意してたってことは――」

「そうです、恭さん」秋元が大きくうなずく。「マル被は、初めから拳銃が狙いだった。

当該警察官に、遺恨があったかどうかまでは不明ですが」

09：29

「遅いぞ、剣崎」ひな壇から、管理官の叱責が飛ぶ。「どこに行ってた？　こんな会議開始ぎりぎりまで」

「すみません」軽く頭だけ下げた。

恭弥は、満員の会議室を見回す。特命チームの三名を探した。

署内最大の会議室から、人があふれ出しそうだった。本日から、さらに捜査員の増強が図られている。外からの陽光に加えて、蛍光灯も点る。明るくはあった。

ハンカチで汗を拭う。気温が上がっている。人の多い室内はなおさらだ。走ってきた身には厳しい。開いた窓は、換気だけで限界だ。

「まあ、いいじゃないですか」捜査主任菅が、隣から小椋に声をかける。「今の状況、ご存知でしょう。無理ないですよ」

「あんた。こいつが、どれだけ問題児か知らないから――」

「定刻です」遮るように、捜査主任官は告げる。「始めましょう」

「……はい。了解です」小椋は、渋々といった感じで始めた。「全員起立」

会議室内の全員が立ち上がる。恭弥は歩を止めた。

「ただ今から、捜査会議を始めます。一同、礼」

小椋の号令が、マイクを通して響く。統率された動きで、会議室の全員が一礼する。この辺りは、警察官の真骨頂《しんこっちょう》だ。

捜査員が各々《おのおの》、着席し始める。恭弥は、会議室後方に向かう。立てかけてあったパイプ椅子に座る。立ったままでは、また叱責を食らう。特命チームは、会議後に探せばいい。

ひな壇には、上席から幹部が並ぶ。

刑事部長の鴨居《かもい》は、体格が良い中背の男だった。ひな壇では、トップの地位にある。五十七歳の警視長だ。幹部連とは距離を置く。保身に走るタイプでもない。読めないところがあった。

捜査第一課長の永尾《ながお》も見える。五十五歳の警視だ。肥満気味の長身。出世欲は感じられないのに、上司には従順だった。職場の平穏だけを願っているようだ。

次席の高岡《たかおか》は、ぽっちゃりした中背。警視で五十歳だ。マスコミ対応を担当している。己の所掌《しょしょう》範囲には細かい。永尾同様、よくいる地方公務員といったところか。

保土ケ谷署長の内木《うちき》は、警視の五十六歳。痩せた中背で、神経質な印象だった。目鼻立ちはくっきりしているが、しわが多い。上層部の顔色ばかり窺っている。県警本部の部長クラスなど、さらなる昇進も諦めていないとの噂だ。

ほかには、保土ケ谷署刑事課長に捜査主任官がいる。小椋が声を上げる。

「捜査本部長から訓示《くんじ》があります」

捜査本部長は、刑事部長の役割だ。マイクを渡された鴨居が立ち上がる。

「皆様、当該事案につきましては、鋭意《えいい》捜査中のことと存じます。ですが、目覚ましい成果が上がっていないことも事実です――」

言葉を切り、会議室を見回す。視線を合わせる者はない。

「……皆さまが日々、粉骨砕身《ふんこつさいしん》努力なさっていることは重々承知しております。疲労も限界でしょう。ですが、もうひと頑張りしていただきたい。無理を承知で、お願いするものであります」

鴨居が一拍置く。息を吸い込む。

「……今朝、貴署管内におきまして、新たな重大事案が発生いたしました。現役の警察官が受傷し、拳銃まで所在不明となっている。犯罪に使用させないよう、迅速な対応が必要です。皆さんもご心配のことでしょう」

会議室内の反応を窺っている。微塵《みじん》も動きは見えなかった。

「保土ケ谷署の方々にとって、被害者は身内です。心痛お察しして余りあるものがございますが、あえてお願いします。個人的感情は抑え、当該事案に集中していただきたい」

捜査員から反応はなかった。躾《しつ》けられた犬に反抗は赦《ゆる》されない。骨身に染みている。

「保土ケ谷署警察官の事案に対しましては、私が責任を持って万全の態勢を構築します。ご心配は要《い》りません……」

捜査本部長の訓示が終わった。小椋がマイクなしで、声を張り上げる。

「続いて、副本部長からお願いします」

マイクが、保土ケ谷署長の内木に渡る。

「私の考えは、捜査本部長とまったく同じであります。皆さまの徹底した捜査をお願いするだけでございます」

短く切り上げ、マイクを捜査第一課長の永尾に渡す。ふたたび小椋が言う。

「捜査一課長から、今後の捜査方針に関しまして、ご指示があります」

「皆さんには手分けして、〝堤防作戦〟をお願いしたい」永尾が告げる。

〝堤防作戦〟とは、今回のミッション用に作られた造語だ。保土ケ谷区内の生活保護受給者に対し、戸別訪問を行なう。単身世帯か否《いな》かを問わず、全世帯を対象とする。

水曜の夜は、いかなる訪問者とも接触しない。その旨、徹底した指導を行なう。細かい注意事項を記載したチラシも、併せて配布する。佐久たちが、徹夜で作成したものだ。イラストの図解入りで、分かり易い。

被害が想定される者に〝堤防〟を構築する。そうした意味合いから名づけられた。

当初は〝水際作戦〟と呼ばれるはずだった。生活保護における当該用語の意味が、上層部に伝わり変更された。生活保護受給者の殺害事案において使用するにはふさわしくない。当然の判断といえる。

「そのためにも、区役所から受給者の名簿を取り寄せることが必須となります」永尾の口調は厳しい。「担当部局の責任者が難色を示しているとのことですが、殺人事案です。そこを理解していただくよう、心してかかるように」

「名簿入手のため」小椋がマイクなしで述べる。「県庁から、横浜市に対し働きかけることとしております」

上層部は県担当部局経由で、市に圧力をかけるつもりらしい。決定事項のようだった。どんな手を使ってでも、入手する意向だ。

「本日から、区役所において関係職員の聴取をお願いします」永尾が言う。「さらに、警察官傷害事案対応のため、一部捜査態勢を変更します。本日から応援に来た強行犯捜査第六係は、新たな特別捜査本部設置を担当してください。それから――」

机に視線を落とす。書面を確認しているようだ。

「……第五係は第六係担当の世帯訪問、並びに区役所職員の聴取を行なってください」

両係長が立ち上がり、一同に礼をする。

「なお、追加の強行犯捜査係を」永尾の指示は続く。「新たに保土ケ谷署へ派遣できないか、県警本部捜査第一課において調整中です。併せて、拳銃捜索に関しては、組織犯罪対策本部の薬物銃器対策課にも応援要請しています」

捜査主任官が、永尾からマイクを奪う。ひったくるような動きだった。これ以上の会議は、時間の無駄とでも言わんばかりだ。ほかの幹部は、一様に不満顔を作る。

「時間もありません。早速、与えられた業務に取りかかってください。以上です」

会議室内が騒がしくなる。捜査員たちが一斉に動き始める。

恭弥は特命チームを見つけ、近づいていく。

会議室中ほどに関口と真島、汐谷がいた。同じ長机に、並んで座っていた。気づいた三人の視線が向く。

関口と真島に、悪意は感じない。今朝は、汐谷の目も穏やかだった。

「デスクへ行こう」恭弥は声をかける。「今日の分担を決める」

事務の〝島〟へ移動した。佐久始め担当捜査員と打ち合わせを始める。

「はい」開始後すぐ、汐谷が手を挙げる。「区役所で職員聴取を行ないたいのですが」

異存のある者はいない。ほかに希望する者もなかった。汐谷には何か考えがあるのか、と恭弥が内心いぶかっただけだ。

分担が決まった。二手に分かれる。

恭弥と真島は受給者名簿入手後、戸別訪問用に捜査員の分担を作成する。

関口と汐谷は区役所に赴き、職員から聴取をする。アリバイの確認に主眼を置きつつ、各人の反応を見る。ほかにも、複数の捜査員が同行する予定だ。

どういう心境の変化か。汐谷の視線は、いつもの敵意に満ちた目とは違う。

だが、今回も汐谷とは組まない。余分な要素は排除しておく。表情の変化だけでは、担保として不充分だ。

真島は頼りないと思う。汐谷を〝紬先輩〟と呼ぶ。自身は〝流星〟と呼び捨てにされている。

真島が年下とは聞いている。だが、巡査部長の主任であり、巡査長の汐谷を指導すべき立場だ。恭弥も、階級や年齢にこだわる方ではない。それでも、少し特異すぎるように感じていた。ともに生活安全課からの配置転換で、長いつき合いではあるようだが。

「芳根くんの件はいいんですか？」

汐谷の鋭い声。ＨＳＰの恭弥には、悪意を含むものに聞こえた。

「捜査一課が、万全の態勢を組んでくれるそうだ」

芳根の容体は心配だった。頭の中から締めだすのは無理だろう。両事案を天秤《てんびん》にかけることもできない。汐谷の反応は無視するしかなかった。与えられた業務に専念するだけだ。

「それでは、よろしくお願いします」

「行ってきます」相変わらず、関口の声は小さい。

「あ、ちょっと待って」恭弥は呼び止めた。

関口たちが、区役所へ赴《おもむ》くところだった。汐谷が、怪訝な視線を向けてくる。

「全員に、行なって欲しい質問があるんだ」恭弥は、関口に依頼する。「県本部の責任者を通して、お願いしてもらえるかな」

聴取の責任者は、県本部の第五係長だ。特に、異論は出ないだろう。

「……分かりました」いぶかしげではあったが、関口も了解した。「そのとおりに」

関口たちは出発した。恭弥と真島は待機したままだ。名簿入手までの時間、ホットライン対応のサポートを行なう。

刺すような頭痛と微熱、軽い眩暈もある。精神安定剤を服用すべきか。症状は治まる気配がない。耐えられないほどでもなかった。

懐で、スマートフォンが震える。機動捜査隊の秋元だった。

「芳根の救急搬送が終わりました」秋元が報告する。「詳しくは、病院で検査してみないと分からないそうですが。救急隊員によると、全身の随所で骨折しているそうです。内臓の損傷も激しいとか。予断を許しません」

「……そう」恭弥は目を閉じる。「また何か分かったら、連絡くれると助かる」

「それと、軽四の持ち主が判明しました……」スマートフォンのメモ帳でも見ているのか、言葉が途切れがちだ。「……名前は北里誠三《せいぞう》。心当たりないですか?」

「ない」初めて聞く名前だ。「芳根の口からも、聞いたことはないと思う」

「北里は秋田県出身。親族に関しては、秋田県警に照会しています。住所は、神戸町にある若葉荘一〇二号室で、同居する家族は息子が一人。保土ケ谷東中学校の三年生、十五歳です。名前は、えーと……」

間が空く。確認しながら喋《しゃべ》っているのだろう。

「……あった」秋元が言う。「北里涼真」

恭弥は、心の中で反芻《はんすう》する。北里誠三。中学生の息子がいるという。一体、何者か。

「北里誠三は派遣社員、本日は出勤していません。先週半《なか》ばから、無断欠勤していると か。携帯にも出ないですし、GPSも反応なし。所在不明です」

「何か、手がかりは?」

「近くにいる親族が、中三の息子しかいないので。中学校に連絡のうえ、これから聴取に伺《うかが》うところなんですが。恭さん、一緒に来ませんか?」

「それは、まずいだろう?」

「そんな殊勝《しゅしょう》な言葉が、恭さんの口から聞けるとは」秋元が短く笑う。「大丈夫ですよ。何といっても、マル害の元上司ですからね。芳根にも詳しい。我々だけが向かうより、いいでしょう？　来られるなら、こちらから依頼した形にしますよ。どうです？」

気を遣われている。ありがたい話ではあった。

「ありがとう」礼を言う。「邪魔はしないので」

「いえいえ。手が足りないから、手伝ってもらうだけです。こき使うから、覚悟してください。では、あとで」

スマートフォンを切る。佐久に事情を説明する。芳根を襲撃した軽自動車の持ち主が判明した。本人は行方知れず。秋元とともに、中学生の息子を訪問してみる。

「秋元ちゃん今、機捜だったね」佐久がうなずく。「人手足りないから、初動の延長って扱いか。恭さんには好都合だね。いいよ、行ってきなよ。こっちは任せてさ」

「すみません」恭弥は立ち上がる。「区役所から名簿が届いたら、連絡ください」

10：17

恭弥は保土ケ谷東中学校の校長室にいた。

機動捜査隊の秋元と初対面の相棒、二人とともに待つ。

相棒は、まだ二十代の巡査長という。秋元に負けず、屈強だ。上着の下で、ポロシャツがはちきれそうだった。長い巻き髪は天然パーマらしい。

土足禁止だった。本館玄関で、スリッパに履き替えた。

保土ケ谷署で、秋元にピックアップされた。機動捜査隊の覆面PC、薄いグレーの日産ブルーバードだった。かなり使い込まれている。運転は相棒が行なった。敷地内の外来用駐車場に入れた。

案内板を見る。一番大きい校舎が本館だ。職員室や、校長室も一階にある。

職員室で挨拶《あいさつ》し、身分を告げた。教頭が対応に出てきて、校長室へ案内された。

「何ごとですか?」校長は慌てたように、立ち上がった。

「ちょっと、お話がございまして」相棒が言った。なだめるような話しぶりだ。

「……どうぞ、おかけください」教頭が、ソファを手で示す。こちらも顔面蒼白《そうはく》だ。恭弥たちは腰を下ろした。校長たちと向かい合った。

「今朝、警察官が交通事故に遭いましてね」

必要以上に警戒させないためか。秋元は多少、ソフトに表現した。

「運転者は車を置いたまま、所在不明です。所有者は北里誠三氏。貴校の生徒、北里涼真くんの父親でして。お話を伺えないかと。相手は少年ですから、もちろん相応の配慮はいたします」

「分かりました」校長が応じる。「私と教頭も、立ち会わせてください」

「結構です」秋元は了解するように、うなずいた。

任意の聴取となる。校長や、教頭の立ち会いは避けられないだろう。

校長の名は、二階堂剛《にかいどうつよし》といった。六十近い。背丈は普通。小太りな好々爺《こうこうや》といった感じだ。実際、対応も穏やかだった。

二階堂が校長室を出ると、教頭も退室した。刑事と同じ部屋にいるのは、気づまりのようだ。

茶を飲みながら待つ。数分が経った。明るい部屋だ。合板だが、重々しい机が見える。同じ素材の戸棚には、トロフィーや盾《たて》類が並ぶ。上には、額に入った賞状の列がある。向かいの壁を、額装された写真が彩る。歴代の校長らしい。

窓は開いている。横に回し、ストッパーで止めるタイプだ。運動場が見えた。遠くで、男子生徒が体操をする。校庭からの風は生温かい。

恭弥は、壁にかかった時計を確認する。区役所から、名簿は入手できたのか。芳根の容体は。不安は膨《ふく》らむ一方だった。

10：21

「北里くん」

本館四階は、三年生の教室が並ぶフロアだ。今は、一〇分の休憩時間になる。

陽が上り、入ってくる日差しも強い。教室内には、光が満ちる。蛍光灯も、半分が消されている。

北里涼真が呼ばれた。教室の外、廊下の方だ。門脇ひなのは顔を上げる。名前を聞くと、自然と反応してしまう。

ひなのは、三年二組の教室にいた。席に着き、二日後のイベント資料を見直しているところだった。窓は曇りガラスで、廊下の様子は窺えない。立ち上がって、開かれた出入口に向かう。

廊下のガラスは透明だ。カーテンやブラインドもない。外の景色が広がっている。さらに明るかった。

涼真に声をかけたのは、校長の二階堂剛だった。

「悪いんだけど、ちょっと校長室に来てくれるかな?」

目尻を下げて、微笑する。いつもの温和な笑みだった。髪は、側頭部に少し残っている程度だ。定年まで、残り一年と聞く。

中背で小太りの、よくある中年としか見られない。父親と同じだ。

「そのあとは」校長が、さらに微笑む。「保健室で、休んでもらって構わないから」

廊下には、ほかに寺井優斗と岡村美玲がいた。三人でたむろしていたようだ。話を中断し、校長を見ている。

「何ですか？」涼真は、いつも平静だ。「何かありました？」

「お父さんのことでね……」校長は話しにくそうにしている。「ここでは、ちょっと。ほかの生徒もいるし」

「いいですよ」変わらぬ調子で、涼真は首肯《しゅこう》する。「行きます」

「あ、おれも行きますよ」優斗が手を挙げる。「何があったか知らないすけど、涼真一人じゃ不安だろうし。保健室で待ってますよ。美玲、お前も来いよ」

「うん、いいよ」美玲がうなずく。

「待ってください」教室から、ひなのは廊下に出た。「寺井くんと岡村さんは、これから授業が始まるでしょう？　私が行きます」

涼真以外の二人が、露骨に嫌な顔をした。美玲が吐き捨てる。

「授業があんのは、あんたも一緒じゃん」

「私は同じクラスだし、適任だと思います」

顔をしかめ、優斗と美玲は校長を見る。二階堂も困った顔をしていた。涼真だけが、他人事《ひとごと》のように無表情だ。校長が言う。

「いやあ。それはどうかな。門脇さんには、お願いしていることもあるし。そのイベントでいらっしゃるのは、大事なお客さんなんだよ」

「でも――」

反論しかけた美玲を、二階堂が笑顔で抑える。

「ありがとう。お気持ちだけいただいておくよ。寺井くんと岡村さん、お願いできるかな？　先生方には、校長先生から話しておくから。悪いけど、頼むね。北里くんも」

「全然ＯＫっす」涼真は平然としたままだ。

校長と生徒三人が、連れ立って歩き出す。美玲が、ひなのをふり返る。声に出さず、唇だけ動かす。〝バーカ〟。

ひなのはむかついた。人目がなければ、壁を叩いていただろう。

「何か、あったの」四十半ばの女性、担任が入ってくる。「北里くんは大丈夫だから。席に着きなさい」

従うしかない。ひなのは、無言で腰を下ろした。

10：26

ノックと同時に、校長室のドアが開く。恭弥は顔を上げた。

「お待たせしました」校長と教頭、制服姿の中学生が続く。二階堂が紹介する。「北里涼真くんです」

北里涼真。最近の中学生としては、小柄な方だろう。体格は均整が取れている。頭も小さい。顔も整っていた。髪は長めか。聡明な印象を受けた。

校長と教頭、北里が並んで腰を下ろす。刑事三人は向き合う形となった。窓からは、濃い日差しが入る。

秋元が質問を始める。顔の半分がシルエットとなる。恭弥は、あくまでオブザーバーだ。余計な口出しは極力、避けるつもりだった。

「お父さん。どこにいるか知らないかな?」

「仕事じゃないんですか?」

北里は平然としている。詳細な事情は知らせていない。自然な反応を見るためだ。秋元は一呼吸置く。

「……お仕事、行かれてないみたいなんだよね」

「じゃあ、知りません。朝、出かけるのを見たのが最後ですから」

「おかしいね、それ」秋元は優しく微笑む。こわもての機動捜査隊員としては、だが。

「今日だけじゃないんだ。先週の半ばから、欠勤されているそうなんだよね。無断で」

「知りません」驚きや恐れ、ほかの感情も読み取れない。「僕には毎日、〝仕事に行く〟と言ってましたので」

「連絡とか来てない?」

「ありません」

「どこにいらっしゃるか、心当たりない？」

「分かりません」

北里は淡々と答える。態度は頑《かたく》なというより、落ち着きがある。顔は陰影が濃い。表情からは、何も読みとれなかった。室内が明るくても、同じだろう。

気丈《きじょう》すぎる。恭弥はいぶかった。刑事から、父親について質問されている。何かあった、と察してはいるはずだ。

相手は十五歳、中学三年生だ。現時点では、参考人の息子という立ち位置にすぎない。どこまで問い詰められるか。

秋元も悩んでいるようだ。一呼吸置く。恭弥にも打開策はない。

「じゃあ、お父さんと会うか、連絡があったら、知らせてもらえますか？　えーと――」

「おれの名刺を渡そう」恭弥が名刺を出す。校長、教頭とは事前に交換済みだ。「ここに連絡ください。私がいなければ、署にいるほかの者でも構いませんので」

分かりました、と北里は名刺を受け取る。軽く目を向けただけだ。ほとんど関心を示さない。半分シルエットの能面に、変化は見えなかった。

中学生が刑事の名刺を渡されれば、慄《おのの》くか、珍しがるか。何らかの反応があってしかるべきだ。度胸があるのか、肝《きも》が据わっているのか。恐らく、性格によるものだけではない。確かめる術《すべ》はなかった。

「じゃあ。今日はこの辺で。何かありましたら、よろしくお願いします」秋元が言う。

聴取を終了する。暇《いとま》を告げた。校長と教頭が、同時に安堵《あんど》の表情を見せる。北里だけが平静なままだ。

恭弥と秋元、相棒は校長室を出た。揃って歩き始める。

廊下は眩しいほどだった。外光が入るよう設計されている。解放的な感じはしない。明るい閉塞感といったところか。学生時代から感じてきた。学校特有のものだろう。

「愛想《あいそ》のないガキでしたね」秋元がぼやく。

「聞こえるぞ」恭弥は、肘《ひじ》で秋元を突いた。

懐で、スマートフォンが震える。佐久だった。

「名簿が入手できてさ」佐久の声は明るい。「県からの圧力が効いたみたい」

「それはよかった」早く帰らなければ。「すぐ戻りますよ」

「急いだ方がいいよ」少し声を落とす。「幹部が探し始めてるしさ。それに――」

「？」口調に、緊張が感じられる。「何です？」

「半倉さんが来てる」

11：02

本館一階保健室前の廊下に、寺井優斗は美玲と立っていた。

涼真が戻ってくる。一人だけだ。校長や教師の姿はない。

「どうだった?」待っていたように、優斗は質問した。

「中に入ろう」涼真の様子に変化はない。惚《ほ》れ惚《ぼ》れするほどクールだ。「話はそれから」

揃って保健室内に入る。中には、涼真たち三人だけだ。養護教諭は席を外している。

部屋は白く見える。棚の機材と消毒液の匂いは、病院を思わせた。優斗はあまり行ったことはなかったが。

家計の状況は、病院代も惜しむほどだった。風邪ぐらいなら、我慢する。妹や弟も同じだ。治らないときだけ、医者にかかる。以前、通院したのは何年前だったろう。

涼真は、仕切りのカーテンを開く。空のベッドが二つ並ぶ。

「校長なんだって?」美玲がガラス窓を開ける。暖かい風が、薬臭さを吹き払う。ベージュのカーテンは閉じたままだ。蛍光灯も点《つ》けない。

「刑事が来てた」涼真は平然としている。いつもどおりの無表情を貫き、ベッドに尻だけ載せる。「親父のこと、いろいろ訊かれた」

「大丈夫なの？」

隣のベッドに、美玲も腰かける。優斗は立ったままだった。

「心配なら抜けてもいいぞ」涼真は告げる。淡々としているが、冷たくはない。「優斗、お前もだ。感謝してる。美玲の兄貴やその彼女、二人の援助にもな。ここまでしてくれたら充分さ。恨んだりしないよ」

「今さら、おれだけやめられるかよ」優斗は苦笑する。「それより、涼真。ひなののことはいいのか？」

「ひなの？」涼真がいぶかしむ。「どうして？」

「生徒会長ね」美玲が舌打ちする。「あの女さあ。絶対、涼真に気があるよ。いっつも色目使ってんじゃん。さっきだって、何が〝私が行きます〟だよ！　邪魔すんなっつーの」

門脇ひなの。見た目は、小柄で細い。髪は、襟足で切り揃えられている。すっきりした顔立ちは、男子にも人気だった。優斗も嫌いではない。清潔感がある。

「いいのかよ、涼真？」

「だから、何が？」涼真が薄く嗤う。「関係ねーし」

「北里くん、帰ってる？」

ノックとともに、保健室のドアが開く。養護教諭が入ってくる。三十代半ばの女性だ。温和で優秀、生徒からの人気も高い。

美玲の表情が明るくなる。いまだに、恩義を感じているようだ。

元気にしていられるのは養護教諭のおかげだ、と美玲はいつも話す。相談するまで、まともに病院へ通ったことさえなかった、と。

症状と原因、すべて知っている。優斗と涼真、美玲の三人は何でも語る仲だ。

「お話、何だったの？」養護教諭が優しく話す。

「大したことじゃないです」涼真も微笑みで返す。

「校長先生がね、おっしゃってたわよ。授業に出なくていいから、三人ともここで待機するようにって」

「ありがとうございます」涼真が一礼する。「でも、少ししたら授業に戻ります。四時限目なら間に合いますから。クラスの連中に、心配かけても悪いし」

「大丈夫？」

養護教諭は心配そうだ。はい、と涼真は一礼する。

ほかの同級生に、不審を抱かせないためだ。涼真の考えが、優斗には察しがついた。

涼真が耳元で呟く。小さいが、強い意志を感じさせる口調だった。

「計画は絶対にやり遂《と》げる。必ずだ」

11：21

恭弥は保土ケ谷署に戻った。捜査本部に向かう。

署と中学校は、さほどの距離でもない。

『《ハング・マン》が来てるんなら』秋元が言った。心配そうだ。『急いだ方がいいですよ、恭さん。車で送ります』

機動捜査隊の覆面ＰＣで、署まで送ってくれた。秋元によると、機動捜査隊は捜査本部には加わらない。通常どおり初動捜査対応のみで、従来の体制に戻る。

『保土ケ谷署も非常事態ですから』秋元は説明した。『状況が変われば分かりませんが。北里の息子を聴取したこと自体、異例の応援ですよ』

礼を言い、署の前で車を降りた。

大会議室内は明るい。風も入る。秋らしい空気が流れる。

ひな壇には幹部が揃っている。小椋に捜査主任官、署長の内木と刑事課長が見える。県本部に帰ったのか、鴨居と永尾は見当たらない。

そして、首席監察官の半倉がいた。《ハング・マン》または《首吊り監察官》。

長身で痩せている。顔のパーツも、すべてが細い。髪はオールバックだ。乱れは、まったくなかった。黒の上下に白いシャツ、ネクタイはしていない。背筋を伸ばして立っていた。変わらず悪魔的な印象だった。

隣に、若い監察官職員を連れている。少しだけ顔を合わせたことがあった。

「ご無沙汰してます」恭弥は、頭だけ軽く下げる。「先日は美作の件、ご連絡ありがとうございました。首席は、どうして保土ケ谷署に？」

「現役警察官が襲撃され、拳銃が行方不明となっている」半倉は冷静に告げる。「監察官室としては、看過《かんか》できない事態だ」

「そうですか……」恭弥も平静を装った。

「剣崎！　どこに行ってた？」小椋が噛《か》みつく。

「北里涼真という少年と会っていました」恭弥は平然と答えた。先刻会った中学生を見習うこととする。「芳根を襲撃した軽自動車の所有者、北里誠三の息子です。機動捜査隊から応援要請を受けましたので」

「それはいい」半倉は小椋を制する。「襲撃された警察官、芳根倫也は先週まで君の部下だったな。何か心当たりはないか？」

「ありません」今朝の芳根を思い出す。何かを話しかけていた。

「美作だが現在、行方不明となっている。保護司《ほごし》のところにも、一度顔を出しただけだそうだ。そちらは、何か知らないか？」

「いえ」言うことは何もない。

「美作はコンビニ強盗の件で、君に対して兄の復讐を誓っていたという。関連については、どう思う？」

「分かりません」芳根が襲撃されたのは、恭弥に対する復讐の一環だろうか。頭痛が響き、微熱も感じる。上着のポケットには、ピルケースが入っている。

「まあ、いい」半倉は淡々と告げる。「私はしばらく、保土ケ谷署に詰める。何か思い出したり、気がついたことがあれば報告してくれ。至急だ」

分かりました、と恭弥は踵を返す。ひな壇から離れた。

デスクの〝島〟に向かう。受給者名簿のデータが送信されている。

「相当、区役所の課長は渋ったらしいよ」

佐久が言う。課長の塙が、渋る理由は何だったのか。結局、市当局の圧力に屈した。

「殺人事件だからねえ」佐久がぼやく。「今まで出さないって方が非常識なのさ。それとも、何か出せない事情でもあったのかねえ」

生活保護受給者の情報を引き出せるという点で、ケースワーカー始め区役所生活支援課職員は重要な被疑者候補だった。特に、課長の態度には不可解な点が多い。塙には、保土ケ谷署刑事課強行班係長が対応する。聴取は執拗を極めるだろう。

新設の〝島〟では、真島が受給者訪問の分担作業を始めている。いつ、どの捜査員が、誰を訪問するか。表計算ソフトで一覧を作る。

「おれもやるよ」恭弥は、真島の隣に腰を下ろす。ノート型のパソコンに向かう。「LANで、様式を送ってくれ」

恭弥は作業を開始する。芳根の件は、新設の捜査本部に任せる。自分に言い聞かせた。当局の動きが鈍い場合は。拳銃の使用される恐れが高くなった場合は。最悪、新たな事態が発生した場合は。

恭弥は、自分自身が動くつもりだった。

16 : 17

真島流星は最終チェックを終えた。〝堤防作戦〟分担表が完成する。

眼の疲労を覚える。瞼《まぶた》の付け根を揉む。ゲーム、アニメに漫画なら何時間でもふけっていられる。目を酷使するインドア派の強味だった。視力が落ちないのは、不思議なくらいだ。だが、仕事となれば話は別だった。

係長と二人、半日で約二千八百に及ぶ被保護世帯を振り分けた。二日で終わらせるには、捜査員の数が足りない。

〝堤防作戦〟が実施できる期間は、二日しかない。移動時間を切り詰め、ねじ込んだ。訪問担当者からは、不満が出るだろう。

　捜査本部は慌ただしい。ホットラインも鳴り響く。進展はない。

「じゃあ、LANで送るから。分担表を一つにまとめてくれ」係長の剣崎も、作業を終えたようだ。ずっとパソコンに集中していた。

「分かりました」ふたたび、ディスプレイに目をやる。

送られた表をパソコン内で貼り合わせ、再度のチェックを行なう。係長が作成した分担も、移動時間に負荷がかかっている。確認を依頼のうえ、返信した。

「ただ今、戻りました」

　関口の声に、真島は視線を向ける。汐谷とともに、捜査本部へ戻ってきた。ほかの捜査員たちと連れ立っている。

　区役所職員の聴取を終えたようだ。明日も行なわれる。本日分の結果を、ペーパーにまとめる作業へ入る。様式は準備済みだ。

　二人一組で聞き取りした。一人が質問し、もう一人がノートパソコンへ入力していく。といっても、メモレベルだ。聴取後、清書しなければならない。一覧に取りまとめる必要もある。管理職報告用に、要約も作成する。

　真島は、パソコンに視線を戻す。背中を突かれ、ふり返る。

　汐谷が背後に立っていた。耳元に口を寄せてくる。

「ちょっと、廊下に出て」

新設と事務の〝島《デスク》〟。双方を見回す。全員、自分の業務に集中している。剣崎係長も、ノートパソコンに目を落としたままだ。

真島はうなずく。トイレに立つふりをして、離席する。

廊下に出た。ガラス窓の向こうは、少し赤みがかっている。夕暮れが近い。汐谷は、先に待っていた。

「何かありましたか?」真島は声をかける。

「区役所訪問してきたんだけど」汐谷は話し始める。「やっぱ気になるんだよ」

「気になるって?」予想はついたが、あえて質問する。

「臨時職員の宮下大毅」汐谷の口元が歪む。「昨日、言ったじゃん」

宮下大毅。臨時の区役所職員で、二十六歳だ。生活保護バッシングの書き込みをしている。ハンドルネームは〝ダイキ〟という。

「関口や県警本部の責任者に進言してさ」汐谷の笑みは大きい。「宮下を担当したんだよ」

「どうでした?」

「あいつ、絶対怪しいよ」汐谷の声は、確信に満ちた響きがある。「アリバイも曖昧だし」

宮下は一人暮らしだ。事件当夜は二日とも、家でゲームをしていた。証明する人間はいない。生活保護受給者を誹謗中傷した件には触れなかったという。

「でも、態度がね」汐谷が眉を寄せる。「こっちと目を合わそうとしないし。終始、ふてくされたみたいな態度でさ。臭いんだよね」

宮下に関する周囲の評判等も、汐谷は聞き込んでいた。

「宮下は公務員志望らしい。大学を卒業してから県庁や市役所とか色々受けてるらしいんだけど、合格できないんだって。で、臨時職員をしてる。当然、給料も安いよね。同世代の正職員と比べたら、半分以下なんだってさ」

宮下は、自分の境遇を憎んでいた。〝官製ワーキングプア〟と自称している。臨時職員を安く便利に使う、そんな官公庁の姿勢が間違っている。公言してはばからないそうだ。

「で、そのルサンチマンを」汐谷が短く鼻を鳴らす。「ネットで、生保叩きにぶつけてたってわけさ。でも、それだけじゃ我慢できなくなった。そこで――」

汐谷は言葉を切る。真島にも、続きは分かる。

「……でも、物証が。それに、上層部《うえ》に言わなくていいんですか?」

真島の言葉を、汐谷は聞いていないようだった。窓の外に視線を向けている。

真犯人は宮下なのか。汐谷の言うとおりかも知れない。だが、いや、だからこそ上層部に報告しなくていいのだろうか。

「二人でパクろう、流星」

汐谷の視線が、真島を向く。決意に満ちた目だった。

「あとは、どうやって剣崎を撒《ま》くかだな」

息を吐き、汐谷は腕組みする。窓の外に、傾く陽が見えた。真島は不安を覚える。うなずくしかなかった。

※　※　※

17.《バッドルーザー》【オーバーキル】　20xx - 10 - 27　00 : 08 : 53

攻撃し易い者を見つけたとき。今の日本では、寄ってたかって完膚なきまで叩きのめす風潮がある。数の論理を駆使して。異常な《オーバーキル》が常態化している。そうした流れに、少数の弱者として反抗する。生き抜いていくために。

※　※　※

一〇月二七日　水曜日

08：30

捜査会議が始まった。

水曜日の朝を迎えていた。事件発生から三週目。今までのペースなら今夜、犯人は次の犯行に及ぶ。新たな被害者が出る。すべての捜査員が考えたくもないだろう。恭弥も、だ。会議室内の緊張は、頂点に達している。

昨日の火曜日。今まで同様に大きな進展は見られなかった。

好天も同じ、三日続いての秋晴れだった。巨大な会議室は陽に満ちている。窓は開かれ、風も爽《さわ》やかだ。人間だけが暗い。表情も、空気も。

特命チームは、昨日も二手に分かれた。

恭弥と真島は、揃って〝堤防作戦〟を開始した。生活保護受給世帯を回り、訪問者を中に入れないよう指導した。チラシも配ったが、どこまで効果があるか。やっていること自体は、単なる〝ビラ配り〟だ。

関口と汐谷は、引き続き区役所職員の聴取を行なった。昨日の夕刻で終了している。携《たずさ》わった捜査員は、徹夜で結果をまとめ上げた。目覚ましい成果は上がっていない。半分近い職員のアリバイが曖昧《あいまい》だった。強い犯行動機等も感じられなかった。協力的な者、迷惑そうな者、無関心な者、怯《おび》える者など様々だった。怪しい人物は浮かんでいない。

今日から、関口と汐谷も〝堤防作戦〟に参加する。コンビで動く予定だ。二日目であり、最終日でもある。

《警察官襲撃及び拳銃強奪特別捜査本部》。

芳根の事案も、〝戒名《かいみょう》〟が決まった。別室に設けられている。成果は聞こえてこなかった。犯行に使用された軽自動車以外に、重要な手がかりは発見されていない。所有者の北里誠三も行方不明のままだった。今日から、公開捜査に切り替える予定だ。名前と顔写真を、マスコミ等へ公表する。

恭弥はジレンマを感じる。芳根の容体《ようだい》は心配だ。気持ちのいい男で、部下としても優秀だった。無事を祈っていた。

奪《うば》われた拳銃が、いつ使用されるかも分からない。捜査に加わりたい気持ちはある。だが、生保の事案も放置できない。時間もなく、人手も限られる。

朝から頭痛に悩まされていた。微熱もある。軽いが、眩暈《めまい》と倦怠感《けんたい》も感じる。万全とはいい難い。抗不安薬《デパス》を服用する必要があるだろう。

同じ長机には、特命チームの三人が並ぶ。気づかれないよう、恭弥はこめかみを揉《も》む。

鴨居と永尾も、捜査会議に臨席している。月曜から三日連続となる。小椋を始め幹部も揃っていた。

「今日も、錚々《そうそう》たる顔ぶれだねえ」

着席前のデスクに寄ると、佐久が呟《つぶや》く。無理もない。生活保護受給者の連続殺人に、拳銃強奪が加わった。

連日の報道は、過熱する一方だった。ネット始め世論も沸騰している。今夜の結果次第では、県警は十字砲火に晒《さら》される。

会議が開始された。捜査本部長からの訓示が始まる。

「……被疑者が今までどおりのパターンで犯行に及ぶならば」鴨居は、連日と同じ調子だった。「本日の夜、新たな被害者の出る可能性が非常に高い。それは、絶対に防がなければなりません」

会議室の静けさは、沈鬱《ちんうつ》でさえあった。恭弥も、聞くともなく聞いている。訓示《くんじ》は、次第に熱を帯《お》びていく。

「皆さまの、不断《ふだん》の努力は承知しております。神奈川県の治安を預かる以上、〝頑張りましたが駄目でした〟は通用しません。今一度、各位自覚していただきたいと……」

捜査本部は、犯罪心理学者に分析を要請している。

〝ごみ袋で顔を覆い隠すという手口から、犯人は殺人という行為を嫌っている〟

そんな見解が示されていた。だが、採用はされていない。

〝生活保護受給者に、嫌悪感を持っている者の犯行〟と上層部は考えているからだ。ネットにおける《ナマポ・キラー》騒ぎは、捜査にも影響を及ぼしている。

生活保護バッシングを行なう層は、犯人に対して好意的な感情を抱いている。被疑者は、同様の人間ではないか。犯罪心理学者の意見より、県警独自の筋を採用した理由だ。

刑事部長は続けて、芳根の件にも触れた。連日と同じ内容だ。いや、少し焦りの色が増しているか。進展がないのは、拳銃強奪事案も同様だった。

一呼吸置き、鴨居は息を吸う。声に力を込める。

「本日中に、被疑者を挙げる。最低でも、次の被害者を出さない。それに尽きる。すべては、諸君の双肩《そうけん》にかかっています。私の方からは以上です！」

09：52

「剣崎くんはいるか？」

刑事課長だった。息せき切った声が、背後から響く。

真島流星はふり返る。捜査会議は終了している。部長訓示のあとは、各担当業務の確認を行なった。特命チームは揃って、捜査本部を出たところだった。

「ここです、課長」剣崎係長が応じる。「何かあったんですか？」

課長が近づいてくる。いつもどおり微笑《ほほえ》んではいるが、急いでいた。焦ってもいる。頰《ほお》が、若干引きつって見えた。

「悪いが、ちょっと体を貸してくれないか？　刑事部長がお呼びなんだ」

「鴨居――」呼び捨てにしかける。思い留まったようだ。「捜査本部長が私を、ですか？」

真島は、係長の悪評を思い出す。〝神奈川の狂犬〟。刑事部長ぐらいは、屁《へ》とも思っていないのだろう。

「ああ」課長がうなずく。「少し時間がかかりそうなんだ。業務は特命チーム員に任せて、いっしょに来てくれ」

「分かりました。関口さん」剣崎は顔を振り向ける。関口の視線が上がる。「〝堤防作戦〟

の方、お願いできますか？」

「了解です」

「訪問は、おれの担当分を関口さんで。汐谷は真島と組んで、残りの担当分をこなすように。何か質問は？」

ありません、と汐谷が答えた。関口と真島もうなずく。

「ほら、急いで」刑事課長に先導され、剣崎は立ち去る。

真島は汐谷を見る。その顔は、ほくそ笑んでいる。

「じゃ、行くよ」やる気の感じられない口ぶりで、関口が告げる。

真島はあとを追おうとして、足を止めた。

汐谷がついて来ていない。牛歩戦術のように、ゆっくりとした歩調だった。スマートフォンで、誰かと話している。

「……そうですか。分かりました。……はい、ありがとうございます」

「紬先輩」通話終了を待ち、真島は声をかける。「どうしたんです？　早く行きましょう」

「流星」汐谷の視線が向く。スマートフォンを、上着の懐《ふところ》にしまう。「これで、剣崎を出し抜ける」

「え？」真島は言葉に詰まる。目も丸くなっているだろう。

「前に話した計画」汐谷の笑みが大きくなる。「実行に移そう。剣崎の奴に、吠《ほ》え面《づら》かかせてやれる」

「いや、それは……」

「何が〝神奈川の狂犬〟だ」汐谷の瞳孔《どうこう》は開き気味だ。「独断専行？　ふん。ただのわがままじゃない。自分がやられてみればいいさ。気分が分かるから」

「先輩……」情けない声しか出ない。

「今、区役所に電話で確認した」汐谷は微笑んでいる。「宮下の野郎、今日は休みだってさ。病欠してる。絶対、仮病《けびょう》だよ。幸い、剣崎がいなくなった。〝堤防作戦〟は私とあんたがコンビだから、自由に動ける。千載一遇《せんざいいちぐう》のチャンスじゃない」

真島は、汐谷に背中を叩かれる。かなり強い。軽く息が詰まった。

「行こう、流星」汐谷が駆け出す。「宮下の自宅へ。あいつ、とことん追いつめてやる」

やむなく、歩きだした汐谷のあとを追う。

大丈夫だろうか。身体が小刻みに震える。戦慄《せんりつ》ではない。武者震《むしゃぶる》いだ。真島は、自身に言い聞かせた。

09：55

恭弥は、刑事課長のあとを追った。署長室に着く。

刑事課長がノックする。どうぞ、と反応があった。

「はっ。失礼します」刑事課長が、かしこまってドアを開ける。「じゃあ、入って」

促されて中に入る。背中から、バックパック状にしたブリーフケースを下ろす。室内は、奥に署長席があった。窓は開かれている。中央には応接セット、壁に一〇脚程度のパイプ椅子が立てかけてある。

中途半端《はんぱ》な日差しの部屋だ。中央の蛍光灯だけでは薄暗い。窓際は消されている。

ソファには署長の内木と、刑事部長の鴨居が並んで座る。向かいに捜査第一課長の永尾、そして首席監察官の半倉がいた。

補助用のパイプ椅子に、馴染み深い男が座っていた。

「旦那」恭弥は、思わず呟く。久しぶりの再会だった。

第七係時代の同僚である衛藤《えとう》だった。特殊犯捜査第一係主任で、四十二歳の警部補だ。

「よう」衛藤が手を上げる。変わらず威勢《いせい》がいい。体格の良さも同じだ。中背で、豪放《ごうほう》な性格そのままのいかつい顔が笑う。短かった髪は、多少伸びたか。「久しぶりだな」

第七係から異動した四人中、最後の一人だった。

課長がパイプ椅子を出して、恭弥とともに腰を下ろす。

「旦那が来てるってことは」恭弥は鴨居と永尾、半倉を見回す。「まさか――」

「そのまさかだ」鴨居が引き取る。その顔は、苦痛に歪《ゆが》んでいるように見えた。

「保土ケ谷署管内で本日、誘拐事案が発生した」

特殊班――衛藤の係は誘拐や立てこもり、恐喝等に対応するスペシャリスト集団だ。

「具体的な状況は、衛藤の方から」永尾が衛藤を見る。

「はいはい」衛藤がスマートフォンを見る。メモ帳に経緯を記録してあるようだ。

「本日九時一一分。通信指令本部に一一〇番通報あり。通報者は、株式会社《DAN電子》社員の貝原啓貴だ。内容は〝会社あてに女性社員を誘拐した旨《むね》、脅迫電話があった。具体的な要求は、改めて連絡すると言っている〟とのこと。続けて、犯人は――」

恭弥はいぶかしむ。同席する全員の反応がおかしい。室内の暗さは、光量だけによるものではない。

「〝ただし、警察には至急連絡しろ。要求に従わない場合は、人質を殺す〟」

「警察に連絡しろ?」反応がおかしかった理由は、これか。「何だ、それ?」

「おれにも分からん」衛藤が首を傾《かし》げる。「表示された携帯番号に心当たりはないそうだ。今、こっちでも当たってる。当該社員の名前は小畑朱莉、三十一歳。同社のセールス・マネージャー、平たくいえば営業部長だ。重役に準ずる役職みたいだな。中小企業のため、経営陣の一員らしい。本日は、まだ出社していない」

恭弥はうなずく。衛藤も、同じく首肯《しゅこう》する。

「通信指令本部は、誘拐事案と判断。誘拐専用電話で特殊班に指令があった。特殊犯捜査第一係が臨場して、係長の梅澤《うめざわ》さんと捜査員が《DAN電子》に入ってる。すでに、被害者指導を進めている。CEOや重役など社員は皆、協力的だそうだ」

「その後、脅迫電話は？」

「かなり入ってる」衛藤の視線が向く。「まず、第二の連絡だが、内容は〝郵便受けを見ろ〟。社員が行ってみると、中には数世代前のスマートフォンがあった」

「トバシの携帯？」

トバシとは、不法に取引される携帯端末だ。

「捜査員が確認したところ、そのとおりらしい。指紋はなし。使用者情報等も一切登録されていない。三回目の連絡は、そのスマートフォンに来た。メールだ。〝今後は、こちらのスマホへ連絡する。身代金は一億円〟だとよ」

「発信元は？」

「不明。確認中だが、Tor《トーア》とやらを使用しているらしい。説明を受けたが、おれにはよく分からねえ。若いお前の方が、そっちの分野は得意だろ？　サイバー犯罪捜査課にも協力させてる。特定には、時間がかかる見込みだとよ」

「態勢作りは、どこまで済んでる？」

「現在、特殊班が手分けして、《DAN電子》に前線本部を設けてる。保土ケ谷署に指揮本部も設営中。併《あわ》せて、携帯会社に逆探知要請書を提出した。受理済みだ」

「状況は、よく分かったけど」一同を見回す。全員、特に表情は見せていない。「おれが呼ばれた理由は？　旦那」

「心当たりがあるんじゃないか？」永尾が視線を向けてくる。「マル被は、君を交渉役《ネゴ》に指名してきた。名指しで、だ」

　交渉役は通常、特殊班の主任——衛藤のような警部補が担《にな》う。企業誘拐の場合、社員を装うことが多い。誘拐犯は、恭弥を直接指名してきた。顔見知りである可能性が高い。

〝警察に連絡しろ〟。恭弥を呼び出すのが目的か。何のために。

　被疑者割り出しの方へ、恭弥を回したい局面だろう。誘拐犯だけが、一方的に捜査員を知っている可能性は低い。こちらにも、心当たりがあるはずだ。替え玉を使う方法もある。だが、下手《へた》をすると、人質の危険性が高まる。最悪のケースも想定される。交渉の中で、被疑者を特定できる可能性も考えられた。総合的判断から、恭弥自身を交渉役に充《あ》てたようだ。

「マル被は」半倉の視線も向く。「強い恨《うら》みを、君に抱いている。そういう想定も成り立つ状況だ。予断《よだん》は許されないが。ならば、ある人物が思い浮かばないか？」

「……美作二郎」

　恭弥は息を呑む。頭痛と微熱、眩暈が強まる。軽い難聴の兆《きざ》しもある。

「美作が君に対する復讐のため」表情を変えずに、半倉はうなずく。「事を起こしたとしたら。あり得ることだと、私は思う。現時点で断定するには、まだ弱いが。さらにマル被は、すべての交渉期限を切ってきた。過ぎれば、人質の安全は保障されなくなる」

半倉は一呼吸置いた。

「正午だ」

10：04

衛藤と連れ立って、恭弥は署長室を出た。

「剣崎」鴨居が命じた。「君には、生保の事案から外れてもらう」

「特命チームの業務は」刑事課長が引き取る。「関口を窓口にすればいい」

保土ケ谷署の廊下を歩く。速足だ。衛藤は急いでいる。

「次の連絡は、一〇時三〇分ちょうどだ」衛藤が、状況を補足する。「マル被からメールが入ってる。次は、また電話に戻すそうだ。それまでに《DAN電子》へ到着していないと、面倒な話になる」

「時間がないな」恭弥も歩みを速める。「でも、なぜ電話？　Ｔｏｒを使っているなら、メールの方が匿名《とくめい》性は高いはずだろ」

「本人だと確認したいんだろう。それに」衛藤が鼻を鳴らす。「交渉役のお前を、いたぶりたいんじゃないか？　半倉が言ってたとおり、復讐が目的なら。お前の声を直《じか》に聞いて、振り回したいんだろう。特殊班の車両で来てる。そいつを使おう」

署の駐車場に入る。衛藤が指差した先には、濃紺のスポーツワゴンがあった。スバル・レヴォーグ。まだ新しい。ボディが陽光を反射して、眩《まぶ》しいほどだ。

「すげえ」恭弥は目を瞠《みは》る。「新車かよ。これ、〝特殊車両〟？」

「そうだ」特殊班は、誘拐捜査用に特注の車を所有している。〝特殊車両〟と呼ばれる。文字どおり、特別な機能を備えていた。

身代金の運搬にも使用する。一千万の札束は、大きさがウイスキーの箱一つ分ある。重さは一キロになる。一億円なら、一〇箱分で一〇キロの計算だ。ラゲッジルームが広いワゴン車は、有効といえた。

運動性能も無視できない。スポーツワゴンは賢明な選択だ。

「一・八リットル水平対向四気筒ターボ。４ＷＤ」衛藤が開錠する。「先進安全装備もついてる。先週、納車されたばかりさ。まさか、筆下ろしがお前とは」

「光栄だね」恭弥は、助手席のドアを開けた。ブリーフケースを後部座席に放る。「こいつを使うことになるかな？」

交渉役が、身代金運搬も担う可能性は高い。署長室でも、幹部から釘《くぎ》を刺された。

「車を使うか、電車になるか。半々だな」衛藤も運転席を開く。「当該企業は、国道一六号に近い。相鉄沿線でもある。どっちになるか。正直、読めない。とりあえず乗れ。使い方は、あとで説明してやる」

二人は、〝特殊車両〟に乗り込む。衛藤が発進させる。恭弥は助手席だ。

スバル・レヴォーグは国道一六号に入る。軽やかな走りだった。道路も混み合ってはいない。アスファルトの上で、秋の陽が躍る。

頭痛に微熱、倦怠感もある。症状は和《やわ》らいでいるが、小康《しょうこう》状態はいつまで続くか。抗不安薬を服用するタイミングはあるだろうか。

「しかし、あの半倉だけはアレだな。煮ても焼いても食えねえな」

乗り込んで一分。衛藤が口を開く。

「食いたいとも思わないよ」恭弥は嗤う。

「気をつけろよ」衛藤は軽く加速させる。「あの野郎は半端じゃねえ。てめえが首席監察官として居座り続けるために、警察庁《サッチョウ》指定ポストだった刑事部長の席を、神奈川に返還させたぐらいだ」

聞いたことがある。佐久からの情報だ。刑事部長の鴨居は元々、地方《じかた》の職員だった。神奈川の巡査からスタートして、登りつめた地元のエリートだ。

「それぐらい頭が回るし、切れる」

衛藤の横顔に、視線を向けた。面白がっている風にも見える。

「本庁には、まだ警視長や警視監といった上役がいる。そいつらを説き伏せたってことだからな」

「別に珍しいことじゃないだろ」恭弥は口元を歪める。「ちょくちょくあるって聞くけど。県庁とか、特に」

「お前が羨《うらや》ましいよ。余裕があって」衛藤が、ため息をつく。「それはともかく。例の美作ってコンビニ強盗の兄弟だろ。お前が一人射殺して、もう一人も撃ったんだったよな」

そう、と恭弥は答える。誘拐は、美作の犯行だろうか。

「となると、割り出しチームも放っとくわけにいかねえだろうな」

県警本部刑事総務課に、対策本部が置かれている。その特命班が、被疑者の割り出しに全力を挙げている。関係者全員の周辺を洗っているはずだ。恭弥も含まれ、美作二郎も追跡対象となる。

恭弥は、スマートフォンを取り出した。

「誰にかける？」衛藤が訊く。

「サイバー犯罪捜査課に、同期がいてね。頼んでおいたことがある」

大泉が出た。恭弥は、即座に質問する。

「状況は？」

「もうちょっと、優しく言ってよ」大泉が愚痴《ぐち》る。「同期に対する労《いたわ》りの気持ちがないよ。まあ、いいや。《レンタガン・ドットコム》は、かなり強固な匿名性がある」

「それで?」急かす。時間がない。

「でも、尻尾《しっぽ》は見えてきたよ。今日の午後には、新たな一手が打てると思う。具体化して、もう少し確信が持てたら連絡するよ」

「ずいぶん、もったいぶるじゃないか」

「自信がないだけだよ。それに、目が回るほど忙しいしね。本日発生した誘拐事案の脅迫メールだよ。あれも、Ｔｏｒじゃん。今、課員が総出で発信元を当たってる状況だから」

「今、その被害企業に向かってるんだ」

「どうして、また?」大泉がいぶかしむ。同期とはいえ、話せる段階にない。

「いろいろあるんだよ」気がかりな点を確認する。「《ＤＡＮ電子》ってＩＴ企業らしいんだけど、どんな会社だ?」

「……ＣＥＯは、團由利夫といって」思い出しながら口にする。「業界では、そこそこ有名な人物さ。見た目は、爽やかな青年実業家って感じ」

高校卒業後パチンコ店に勤務し、数年で店長となった。資金を貯め、起業した。

「小さい会社だけど、業績は順調に上昇してる。ＩＴ業界でも、指折りの注目株さ。急成長しただけに、悪く言う人間もいるみたい。〝金に汚い〟とか。やっかみだと思うけどね」

「分かった、ありがとう。例の件も、引き続き頼む」スマートフォンを切り、座り直す。

衛藤が吐き捨てる。

「お前が絡むと、いっつも面倒になるな」

鼻を鳴らして、恭弥は車窓に視線を移した。

10：17

保土ケ谷区西谷町。

株式会社《DAN電子》は、三階建ての瀟洒《しょうしゃ》な建物だった。外壁は薄いクリーム色、窓枠は淡い黄だ。秋晴れに映《は》える。オフィスというより、箱型の住宅に近い。外観からは、IT企業とは窺《うかが》えなかった。

衛藤は〝特殊車両〟を駐車した。少し離れたコインパーキングだった。

「まず、おれが降りる」衛藤が告げる。「数分したら来てくれ。マル被は、〝警察を呼べ〟と指示した。こっそり動く理由はないんだが、とりあえず〝原則〟どおりにいく」

「はいはい」昔は宅配業者等に変装して、被害者宅へ入ったという。今は、一人ずつ裏口を使うことが多い。

「営業のサラリーマンっぽくしろよ」衛藤が降車する。

「そうは見えないか?」背中に皮肉を返した。

三分後、恭弥も車を離れた。施錠し、キーとブリーフケースも持っていく。

徒歩で《DAN電子》に向かい、裏口へ回る。建物の構造は、衛藤から聞いていた。

オフィスから少し離れた位置に、黒いホンダ・オデッセイが停車している。〝マル遊〟と呼ばれる特殊班の遊撃車両だ。ワゴン車が多い。ドライバーとナビ役も乗っている。何かあれば、すぐ動けるように待機中だった。

アルミ製の門扉を開く。玄関には、小さく社名が刻まれている。石畳の通路があった。両脇には、鶏頭《けいとう》のプランターが並ぶ。

右脇には駐車場がある。オフィスの敷地より広い。手前に白いトヨタ・ヤリスが三台、社用車だろう。ドアには企業名が書かれている。ほかは自家用車か、高級な車種が多い。特に目立つのが、奥のアウディR8とレクサスLSだった。

恭弥は裏口前に立つ。指示された回数だけ、短くノックする。

「剣崎か?」

知らない男が告げる。中年らしきだみ声は小さく、周囲には聞こえないだろう。特殊班で話したことがあるのは、衛藤と梅澤だけだ。あとは、顔を知っている程度だった。

「ここの出入り口には、金属探知機が取りつけてある。玄関と裏口、すべてだ。会社の方針らしい。何か持ってるか?」

「スマホと車のキーに、ブリーフケースです」

「横の挿入口から入れろ」

ダストシュートのような挿入口があった。金属製の蓋《ふた》を開く。スマートフォンと、キーを落とし込む。数秒して、捜査員がドアを開けた。声のとおり、四十代半《なか》ばの男だった。中に招き入れられる。

「靴脱ぐんですか？」

土足でいい、と回答があった。靴のまま進む。

外観と違い、内部はオフィスの体《てい》をなしている。内壁とドアは、薄いベージュだ。窓には、ブラインドが下りている。

部屋は、部門ごとに分かれているようだ。ドアの上に表示がある。英語で、かつＩＴ用語らしい。

ドアは、すべて閉ざされていた。各室に、生体認証の電子ロックがある。親指の指紋を読み取るタイプらしい。

「保秘《ほひ》のため」捜査員が言う。「社員は全員、オフィスで待機中だ。通常どおり業務を続けるよう言ってあるが、こんな状況だからな」

《ＤＡＮ電子》の基本情報を、恭弥はスマートフォンで検索してあった。

設立は三年前で、資本金一億円になる。従業員数は二十三人だ。売上高は、年平均で数十億円を超える。業務内容はコンピューター関連事業全般だという。

恭弥には、暗い世界だった。捜査員とともに、エレベーターで三階に昇る。

CEO室に案内される。ほかの部屋と同じく、ごく薄いベージュの壁紙が貼られている。明るい部屋だった。カジュアルな印象だ。デスクや椅子は機能性重視のようだ。応接セットも今風に見える。起業家としての箔《はく》は二の次らしい。すべてにおいて、使い易さが優先されている。

中には、四人の男がいた。合成繊維のソファに、二人ずつ向かい合っている。知っているのは左側の二人、衛藤と特殊班捜査第一係長の梅澤だった。

男が立ち上がる。長身だった。細身だが、身体つきはいい。短い髪、口元には髭《ひげ》がある。薄いグレーのスーツに身を包んでいる。ネクタイは着けていない。

「あなたが、犯人の指定した刑事さんですか？」

「はい。剣崎恭弥と申します」

「CEOの團由利夫です」

求めに応じ、恭弥は握手する。團は三十歳、事前に確認してあった。真剣な表情だが、重苦しさはない。涼しげで、落ち着いた態度だった。慌てふためいた様子はなかった。大泉の言うとおり、爽やかな青年実業家だ。

「こちらは、CFOの貝原啓貴です」

貝原が立ち上がる。名乗って、一礼した。

同じく痩《や》せているが、背は低い。髪は七三に分けられている。茶色の眼鏡は縁《ふち》が太い。奥から、卑屈《ひくつ》な上目遣いで見上げてくる。スーツも茶系統、タイはなかった。團とは対照的に、終始そわそわして見える。

「彼は、パチンコ屋に勤めていた頃からの相棒でして」團が補足する。「あ、パチンコ屋というのは――」

「簡単な経歴は、お聞きしています」

「そうですか」團がうなずく。「おかけください」

「CEO」恭弥は、衛藤の隣に腰を下ろす。長いソファだった。「美作二郎という人物に心当たりはありませんか？」

「ああ」團は渋い顔をする。「先刻もほかの刑事さんから訊《き》かれたのですが、存じ上げなくて。その方が犯人なのですか？」

いいえ、と恭弥は言葉を濁す。

「剣崎」衛藤の向こうから、梅澤に呼ばれる。「一〇時三〇分に、次の電話が入る。時間がない。こっちに来てくれ」

衛藤とともに、梅澤が立ち上がる。恭弥も倣《なら》った。

梅澤は、警部で五十一歳だ。短軀だが、逞《たくま》しい体つきをしている。こわもてに加えて、五分刈りにもしていた。髪が薄くなってきたので、本人は剃り上げたいらしい。誘拐担当の特殊班という性質上、被害者を萎縮《いしゅく》させないため我慢している。

優秀なベテランの特殊班捜査員で、県警きっての誘拐事案に対するプロだ。昔から、衛藤に目をかけてきた。強行犯捜査第七係の解散時も、引っ張ったと聞いている。

衛藤が素直にいうことを聞くのは、梅澤ぐらいだろう。全幅《ぜんぷく》の信頼を寄せている。恭弥とも以前から顔見知りで、よく話もする。悪意を感じない、つき合いやすい人間だ。

挨拶《あいさつ》し、CEO室を出た。三人で、廊下を歩く。梅澤が訊く。

「人質の小畑朱莉については、衛藤から聞いてるな?」

「役職ぐらいですが」恭弥は答える。「重役に準ずる存在だとか」

「なかなかの切れ者と評判だ」梅澤は、二つ隣の部屋で足を止める。「〝美人部長〟とマスコミに取り上げられたこともある。今どき、女性を見た目で扱うのはどうかと思うが。静岡の実家には、特殊班から連絡してある。両親が、こっちに向かっている途中だ」

衛藤がノブを回し、ドアを開く。CEO室と同じ色合いだった。プラスティック製のテーブル二つに、数脚の椅子が並んでいた。打ち合わせに使う小会議室だろう。数人の捜査員が、各種機器と向き合っている。

梅澤が室内に入る。衛藤に促され、恭弥も進む。テーブルの中央を見る。少し古いスマートフォンに、小さな機器が取りつけられていた。

「こいつが、例のトバシ？」

「そうだ。郵便受けに入れられていたスマホさ。これは」衛藤が小型機器を指差す。「逆探知用じゃない。会話内容を、リアルタイムで無線送信する機器だ」

「《DAN電子》の前線本部」梅澤が引き継ぐ。「保土ケ谷署の指揮本部と、県警本部刑事総務課の対策本部に繋がっている。同時に、会話内容を聞くことができる」

特殊班を所管する管理官と、課長代理の捜査主任官が指揮本部に詰めている。対策本部には、さらなる上層部が控える。

生活保護受給者連続殺人。警察官襲撃及び拳銃強奪。企業誘拐。

保土ケ谷署を中心に、混乱の極地にあった。どの幹部を、どこに配置するか。セオリーどおりには進まない。各捜査員も同様だった。

「逆探知に関しては」梅澤は、奥の機械に目をやる。「携帯会社は準備済みだが、こっちの動員態勢が構築できていない。やっと、最終段階に入ったところだ。機器さえスムーズに動けば、問題はないが」

「会話は引き延ばせよ」衛藤がトバシを持ち上げる。

「今の時代に？」恭弥はいぶかしむ。「電話があった瞬間に、逆探知完了だろ？　GPSで位置まで分かるはずだ」

「まあな」衛藤がうなずく。「逆探知の所要時間は一秒だ。コンピューターが瞬時に行なう。現在のデジタル交換機には、入電時に記録が残る。即座に番号が判明する。電話に相手が表示されるのと同じ仕組みさ。切られても、通話記録から追える。公衆電話でもな」

「携帯電話なら、三つの基地局から三角測量で居所が判明するだろ」恭弥は衛藤を見る。

「番号を非通知にしても無駄だからね。電源が入っていれば、基地局と通信を継続してるし。GPSを使えばなおさらだ。居所はもちろん、移動履歴まで把握できるはずだ」

GPS――全地球測位システム。電話連絡を選択した時点で、世界中どこにも被疑者の逃げ場はない。

「通話中のマル被を押さえたいのさ」衛藤が口元を歪める。「電話かけてる最中なら、言い逃れできねえだろ? 追跡班と、捕捉班が現着するまでの時間稼《かせ》ぎだ。頼んだぞ」

「了解」

10：30

スマートフォンが震える。

恭弥と衛藤、梅澤は小会議室に控えたままだった。團など会社関係者は、持ち場で待機させてある。感情的になって、交渉を邪魔されても困る。

梅澤が、専用無線で指揮本部に連絡する。

「マル被から入電。番号に変更なし」

恭弥はディスプレイを見た。相手の携帯番号が示されている。見覚えはない。誘拐犯は隠すつもりさえないようだ。

「出ろ」衛藤が言った。

恭弥はスマートフォンを手にする。通話を開始した。

「剣崎恭弥か？」

甲高《かんだか》い機械的な声が耳に届く。ボイスチェンジャーを使用している。

「そうだ。人質は無事か？」

「ああ。ぴんぴんしてるよ」鼻で嗤《わら》う声がする。「逃げずにやって来たか。いい度胸だな。金は？」

「なぜ、おれを交渉役に指名した？」

「おれの自由さ。お前の知ったことか」

「美作太郎という人物を知っているか？」

一瞬、間が空く。答えはない。

「コンビニで強盗《タタキ》やらかしたんで」恭弥は、あえて挑発的な口ぶりをする、「おれが撃ち殺してやった。間抜けな野郎だったぜ」

「……うるせえんだよ」口調が荒くなる。相手は、美作二郎か。確信は持てないが、疑念は深まる。「金はどうした？　くだらねえことくっちゃべってねえで、さっさとしろよ。人質が、どうなっても知らねえぞ」

衛藤始め捜査員たちを見る。全員が、イヤホンで会話を聞いている。

声に出さず、梅澤が指示する。〝まだだ〟。

「まだだ」

「今すぐ出発しろ。車を使え。そのスマホを持って、次の指示を待て」

「聞こえなかったのか？　金は、まだだと言ってるんだ」

「とにかく出発して、車で走り回れ。金ができたら、お前のところへ届けさせろ。パトカーでも使えばすぐだろ？　命令する場所に持ってこさせればいい。金が遅れたら、お前の運転時間が延びるだけだ」

「そんな面倒な真似《まね》は、ごめんだ」

「わがままな奴だな。いいだろう。一一時まで待ってやる。それまでに金を用意できなかったら、手ぶらで出発だ。気をつけろよ。おれは、気が短かいんだ。金が遅れるほど、機嫌が悪くなる。人質がどうなっても知らないぜ。じゃあな。また、一一時に電話する」

一方的に、通話は切られた。

「分かりました」梅澤が無線を切る。「マル被は区内の和田町、国道沿いだ。いま捕捉班《レポ》の〝トカゲ〟が向かってる。その場ではマル被に触らず、泳がせる予定にしてる。連絡役に過ぎない可能性も高い。間に合えばいいが」

〝トカゲ〟はオートバイ追跡部隊の通称だ。運転技術が高く、優秀な捜査員が選ばれる。通常は刑事部の各課等に所属し、誘拐や企業恐喝時に緊急招集される。女性捜査員も、数人が含まれている。

「これで決まりだな」衛藤が腕を組む。強い視線が向けられる。「マル被の狙いは金じゃない。剣崎、お前だ」

10：42

衛藤始め特殊班は、出発準備で手が離せない。和田町に向かったトカゲは、被疑者を捕捉できなかった。

「身代金には、團所有の一千万円を使う」衛藤が説明した。「緊急時のため、金庫に保管してあった。通常、企業恐喝では偽券を使用するんだが。銀行員が〝練習紙幣〟と呼ぶやつだ。身代金誘拐でもあるため、真券を用いる。用意するのは、被害者サイドだけどな」

「おれ、ちょっとＣＥＯと話したいんだけど。いい？」

「ああ」衛藤が、軽く手を挙げる。「おれたちは、身代金運搬の準備を進めとくよ。〝採取活動〟さ。札ナンバー記録したり。以前は手で書いてたが、今は撮影するだけだからな。

金にアトラセンも塗らなきゃならねえ。忙しいが、これが特殊班の仕事だからな」

アトラセンは、蛍光に反応する特殊な塗料だ。肉眼では視認できない。現金を証拠として保全するために必要だった。

並行して、使用する車の手配等も進めている。乗ってきた〝特殊車両〟も含まれる。

「マル被には」梅澤は、ゴキブリを噛《か》んだような顔をしていた。「残金は、移動しながら用意すると言ってくれ。その方向で引き延ばしを図《はか》るんだ」

作業は続いている。恭弥だけ、外れた形だ。

「ちょっと、CEOとお話ししたいんですが」恭弥はCEO室を訪れた。「お時間よろしいでしょうか?」

「いいですよ」

團の許可を得て、部屋に入る。ほかには、貝原がいるだけだった。

「美作という人物は、ご存知ないとのことでしたが」恭弥は訊く。「ほかに、何か不審な出来事はありませんでしたか?」

「そういえば」團が貝原をふり返る。「なあ、あれ……」

「不審な電話があったんです」貝原が眉を寄せる。「〝ジュンヤ〟と名乗る男から。先週の金曜です。ちょうどTVの取材があった日なので、よく覚えています」

「〝ジュンヤ〟」恭弥は繰り返した。「何者ですか?」

「さあ」團が両掌を天井に開く。芝居がかった真似が、嫌味に見えない。「それが、分からないんですよ」

「会社の内情を探るような内容でした」貝原が述べる。「従業員の内訳や、経営状況等を根掘り葉掘りと。対応した社員は、まともには答えなかったと言うんですが。名乗らなかったので、社員がしつこく問い詰めたところ、やっと〝ジュンヤ〟とだけ答えたそうです。下の名前ですよ。まったく、何を考えている奴なのか」

「電話対応した社員も」團が補足する。「男に心当たりはないそうです。声にも聞き覚えがない、と。苗字や漢字でどう表記するかなども、まったく分かりません」

「通話の録音は？」

「それが、一度あっただけでして」貝原が、こめかみを掻《か》く。「弊社の苦情専用フリーダイヤルは対応向上を目的に、お客様にお断りしたうえで録音しております。それは、一般回線に入りました。嫌がるお取引先もございますもので、記録が残っていないのです」

「複数あったといえば」團が思い出す。「同じ頃、若い男を見たという社員がおります。会社の様子を窺っているような感じだったとか。何回かありましたが、同じ人物のようですね。複数の者が目撃していますよ」

「話は変わりますが」恭弥は質問を続ける。「経営状態その他、会社の方は順調でいらっしゃいますか？」

「ええ。お蔭さまで」團の口元が歪む。微笑《わら》ったようだ。「何か、悪い評判でもお聞きになりましたか？」

「いえ、そういうわけでは」

「私も、若い頃は」微笑が苦笑に変わる。爽やかさに変化はない。「多少の悪さはしましたが、それについては反省するしかありません。でも、今言われている悪評は、大半がやっかみですよ。ガキの頃から、いろいろありましたから」

「……そうですか」

「親父は清掃会社で働いてましてね。お袋は主婦、これが揃って浮気しましてね」團の苦笑が大きくなる。自嘲《じちょう》にも見えた。「ダブル不倫です。で、泥沼離婚になって。洒落《しゃれ》にもなりませんよ。ま、それはいいんですが。どっちも、僕の引き取りを拒否しましてね」

「…………」

「結局、父方の祖母に引き取られました。が、小四のときに亡くなりまして。それからは、児童養護施設や自立援助ホームのお世話になって。高校卒業するまでは相当、荒れた生活をしてましたよ。環境のせいだとは言いたくありませんが。何とか、パチンコ屋に雇ってもらって。こいつと——」

親指で、背後の貝原を指す。ＣＦＯがうなずく。

「知り合えたおかげですよ。ここまで来れました。ですからね、刑事さん」

言葉を切った。恭弥に視線を据える。

「邪魔する人間は、誰であろうと赦《ゆる》すわけにはいきません。手に入れたものを失うつもりもありません、絶対に。こんなこと、刑事さんに申し上げるべきではないのかも知れませんが」

礼を言って、恭弥はCEO室をあとにした。

「準備できたぞ」衛藤が、廊下に出てくる。小会議室を親指で差す。「装備等の説明をしてやる。中に入ってくれ」

あとについて、会議室へ入る。大型の機器は、奥のテーブルに据えられていた。手前には小型のものが並ぶ。

「これは知ってるな」衛藤がスマートフォンを指す。「犯人が送ってきたトバシに、無線転送装置をつけたものだ。それから――」

二種類のワイヤレス・ヘッドセットがあった。どちらもマイクがついている。小型で、耳にかけるタイプだ。

「運転しながら話せるよう、左右の耳につけろ。一つは小型無線機《メガ》。前線本部、指揮本部、対策本部と繋がっている。無線系統は、一般警察無線とは切り離してある。通常は傍受防止のため、三ルート程度に分割するんだが。お前の無線系統は一つだ」

通信によるタイムラグ防止のためらしい。恭弥は、二つのヘッドセットを手にする。

「そいつは」衛藤が補足する。「マル被が送ってきたスマートフォンと接続してある。運転しながら話せるようにするためだ。各本部へも、リアルタイムで会話内容が伝わる」

「車は？」

「〝特殊車両〟を使用する」衛藤が告げる。「今日乗ってきたスバル・レヴォーグだ。充電機能つきの携帯ホルダーがある。例のトバシは、ここにつけとけ。カーナビの使い方は分かるな」

「まあ、それぐらいは」

「その他の装備は、だな」衛藤が続ける。「リモコンによる強制停車ができる。アクセルを踏んでも、低速しか出せないシステムもある。そのほか遠隔操作によるドアロックなど、どれも犯人確保を目的とした機能だ」

続けて、操作方法を聞く。先進安全機能についても説明を受けた。

「こいつは、採取活動済みの身代金」

衛藤は、青いバッグを手にする。薄い布製で、かなり大ぶりだ。

「一千万円ある。このバッグには、最大一億入る。薄いが、特製の布を使ってるからな。かなり丈夫だ。追加の身代金も入れられる。その前には、マル被を確保したいが」

「そうだね」恭弥はうなずく。

衛藤が、防弾ベストと拳銃を差し出す。

「これも着けとけ」

恭弥は上着を脱ぎ、防弾ベストを着用する。拳銃はS＆W《スミスアンドウエッソン》・M360J、通称SAKURA《サクラ》と呼ばれる。三八口径で、装弾数五発だ。ホルスターに収まっていた。ゼロ年代半ばから、輸入されたモデルだった。主力装備となりつつある。

「保土ケ谷署にあるお前の拳銃は、取りに帰らせる暇がない」衛藤が言う。「おれのを貸してやる。梅澤さんも了解済みだ。失《な》くすなよ。拳銃はダッシュボードに入れとけ。携帯するか否かは指揮本部の判断によるが、んな悠長なこと言ってられるかどうか」

「準備できたか？」梅澤が入室する。

「係長」恭弥は視線を向ける。「CEOたちに聞いたんですが。先週、〝ジュンヤ〟と名乗る素性《すじよう》不明の男から、会社あてに不審な電話があったそうです。また、若い男が会社を窺っていたとか」

「その件は、電話を受けた男性社員から聞いてる」梅澤がうなずく。「対策本部にも伝達済みだ。犯人割り出し班も動いている。美作二郎の相棒かも知れん。それも含めて、洗い出しに全力を挙げてる」

「マル被は、金に執着してない」衛藤の視線が向く。「身代金が揃わなくてもいいから出発しろなんて、前代未聞だ。並行して金策には走らせるが、マル被が何を仕掛けてくるか分からん。本当に美作なら、金じゃなくお前自身を狙ってくる。気をつけろ」

「分かってるよ、旦那」

10：55

すべての準備が完了した。

10：56

真島流星は、汐谷の軽自動車内にいた。助手席に座っている。ダイハツ・ムーブキャンバス。車体は、白とクリーム色のツートンカラーだ。

運転は汐谷が行なった。真島は、自家用車を持っていない。

横浜市旭《あさひ》区二俣川《ふたまたがわ》一丁目のアパート、運転免許センターの傍《そば》だ。タナカハイツという。一〇八号室に、宮下大毅が住んでいる。

二人で張り込み始めて、一五分経つ。それまでの時間は、近所の聞き込みに費《つい》やした。

成果はなかった。

〝近所づき合いは、ほどんどない〟〝挨拶《あいさつ》しても、返事がない〟〝特に、問題行動等はない〟など。決め手に欠ける。

　空は晴れたままだ。少し波状の雲が増えた。真島は呟く。

「宮下は室内ですかね？」

　部屋はカーテンが閉ざされている。TVの光その他、灯りも漏れていない。外が明るいのもあるだろう。出入りするところも見ていなかった。電気メーターは動いていたが、冷蔵庫等の可能性もある。

「ああ」真島の問いに、汐谷は答える。「間違いないと思う」

「どうしてです？」

「勘だよ」汐谷は腕を組む。「刑事の勘。加えて、女の勘」

「大丈夫ですか？」

「私が信用できないっていうわけ？」

「そうじゃないですけど」不安が抑えられないだけだ。

「とにかく、ここで待つ。宮下が動き出すまでね」

　真島のスマートフォンが震える。慌てて、内ポケットから取り出す。関口からだ。

「どう、順調？　何軒終わった？」

「順調です。今までに、五軒終わりました」

　関口からの問いに、真島はとっさに嘘をつく。一軒も回っていないとは言えない。

「そう。急いでね」淡々と、小さい声が告げる。関口の方から、電話を切った。

「関口？」汐谷が声をかけてくる。「どうだった？」

「大丈夫。信用したみたいです。でも……」

「心配要《い》らない。こんなもん、いちいち回らなくったって」汐谷は、チラシの束を叩く。

生活保護受給者へ配布するため、作成されたものだ。「宮下をパクれば終わりだから」

宮下のアパートに動きはない。汐谷が、少しずつ焦《じ》れていくのが分かる。

ふたたび、真島のスマートフォンが震える。確認する。また、関口からだ。

「捜査本部に報告したんだけどさあ。少し、ペース上げろって。かなり焦ってるみたい。おれも急ぐから、そっちも頼むよ」

分かりました、と電話を切る。

「関口、何だって？」

「もっと、ペース上げろって」

「うるさいな」汐谷は吐き捨てた。「じゃあ、そうするよ」

汐谷は車のドアを開いて、降り立つ。真島は焦った。背中に声をかける。

「どうするつもりですか？」

「わざと姿を見せる」汐谷が微笑む。悪戯《いたずら》を企《たくら》む子どものようだ。「刑事にマークされてると知れば、宮下も泡食うでしょ？　そうやって、ぼろを出させるよ」

「ちょっと待ってください」慌てて、真島もあとを追った。

11：00

「準備はできたか」

恭弥は電話に出た。ボイスチェンジャーの声が響く。

「金は、一千万しか用意できなかったぞ」相手の出方を窺う。「それでも、出発させるのか？」

「すぐに車で出ろ。お前の一台だけだ、お供はなしだぜ。国道一六号を流せ。とりあえず、市内中心部へ向かえ。あとは、おって指示する。だが、間違うなよ。車で移動しながら、残りの九千万は用意させるんだ。ほかのお巡りや会社の奴らに、よく言っとけ」

「金は、青い布のバッグに入れてる。それでいいな」

「好きにしろ」

また、一方的に切られた。恭弥は、特殊班の捜査員たちを見る。衛藤が言った。

「行け！」

二種類のヘッドセットは、左右の耳に装着済みだ。それぞれ、スマートフォンと無線につながっている。通話する方のマイクを、口へ下ろす。今は、両方上げた状態だった。

防弾ベストの上には、上着を着た。車のキーと、トバシのスマートフォンはポケットに入れた。ブリーフケースを背負い、身代金入りのバッグを提げる。一千万とともに、拳銃も入っている。

社屋から、駐車場へ向かう。濃紺のスバル・レヴォーグは、移動済みだった。近づき、開錠する。ドアを開く。バッグは助手席、ブリーフケースは後部座席に置く。乗り込んで、先にドアを閉じた。バッグを開ける。拳銃を取り出し、ダッシュボードに収める。スマートフォンを、ホルダーにセットした。エンジンをかける。

恭弥は〝特殊車両〟で出発した。国道一六号へ出る。平日午前の幹線道路は、混雑していない。市内中心部へと上っていく。

ＣＥＯの團は、社内に待機している。ＣＦＯの貝原は、金策に金融機関へ向かった。身代金残額確保のためだ。残りの社員は通常業務を続けていた。全員、気が気ではない様子だった。

県警の態勢は整っている。追跡班及び捕捉班はともに、配置完了との連絡があった。突発的事態に備え、移動指揮本部も出動した。白いワゴン車で、中は見通せない。恭弥も車種は知らなかった。変装用具その他誘拐捜査用資機材に無線一式、周辺地図等を完備している。幹部を乗せ、数台が移動または待機する。現場と、指揮本部の中継を担う。トバシとの無線連携も終えている。恭弥に入電すれば、移動指揮本部でも聞こえる。

捕捉班にはトカゲのほか、各種警察車両を配備した。国道に沿って巡回中だった。保土ケ谷署始め、応援に駆《か》り出された各署の白黒PCや覆面だ。さらに、ミニパトや白バイその他が加わる。地域課PC三台も出張っている。

制服及び私服の警察官も、国道沿いに配置されている。いつでも緊急配備ができる。所定の位置で検問も行なえる。

被疑者は〝警察を呼べ〟と言った。通常の誘拐捜査と違い、検問等配備のない方が不自然ともいえる。

ヘリ数機も展開している。ドローンも準備済みだ。移動指揮本部から操作する。地上の撮影が可能だった。身代金授受もしくは被疑者捕捉と同時に、陸と空から迫る。

誘拐事案のため、専属で集められた者たちだ。生保の事案や警察官襲撃の関係者には知らされていない。混乱と情報漏洩を避けるためだ。各捜査に集中させる意味もある。

今夜、新たな被害者が出るか。拳銃がいつ使用されるか。どの本部にも、余裕や時間はなかった。

対向車に、白黒PCが目立つ。進行方向沿道にも、ミニパトと白バイが見える。覆面も混ざっているだろう。素人《しろうと》でも、厳戒態勢と分かる。

恭弥のスバル・レヴォーグにも、別の警察車両数台が張りついているはずだ。つかず離れず、被疑者に悟られないようついて来ていた。どこかで停車した場合は、距離を置いて待機する。

赤信号で停止する。フロントガラスへ、軽く身を乗り出す。上空を見た。ヘリが一機視認できる。胡麻粒《ごまつぶ》ほどの大きさだ。

県警のヘリだろう。所属を示すものは見えない。高度がある。被疑者に悟られることを警戒しているのか。飛行音も耳に届かなかった。

無駄だろう。現役警察官を、交渉役に指名した。被疑者も、厳重な警戒は想定済みのはずだ。どういう手に出てくるか。恭弥にも予測はできない。

国道に入って数分、着信があった。番号が変わっている。移動指揮本部の無線が叫ぶ。

「マル被から入電！」

ヘッドセットに手を伸ばす。スマートフォン側のマイクを下ろす。

「南浅間町《みなみせんげんちょう》のコンビニへ向かえ」ボイスチェンジャーが、チェーン名を告げる。「三分で行け。遅れたら知らねえぞ」

「間に合わない。こいつは緊急車両じゃないんだ」

「知るかよ」嘲笑《あざわら》う声がする。「ぜいたく言うなって。三分あれば、カップ麺だってできるぜ。飛ばせばいいじゃねえか、お巡りなんだ。さっさと行けよ」

電話が切られた。代わりに、無線が騒ぎ出す。

「西区南浅間町！」

「戸部署に連絡。署員派遣のうえ、現況確認のこと」

「トカゲ一、二号及び覆面は急行！　ヘリも向かわせろ！　現場手前上空にて待機。ＰＣは、周辺を巡回のこと」

　恭弥はアクセルを踏み込む。高齢者夫婦の運転らしき軽トラックを、強引に追い越す。

　ふたたび無線が騒がしくなる。

「逆探知成功。発信者は相鉄線上星川駅前広場」

「トカゲ三、四号向かえ。周辺のＰＣは警戒態勢を取れ」

「ドローン飛ばせ！」

「連絡役《レポ》の可能性あり。マル被確認しても、撮影のみ。絶対に触るな！」

　目的のコンビニエンスストアが見えてくる。以前から知っている店だ。恭弥には土地鑑のある地域だった。自宅アパートが近い。マイクを交換し、無線に吹き込む。

「コンビニ到着」

　移動指揮本部から返答はない。代わりに、無線の会話が聞こえる。

「トカゲ三号！　マル被、捕捉したか？」

「それらしき人物、車両ともに見当たりません」

「ドローンは？」

「同じく、捕捉できず」

「何やってる?」幹部の怒号が響く。「しっかりしろ! やる気あるのか!」

左折して、恭弥はコンビニ駐車場へ入る。少し早く昼食を購入するためか、満車状態だ。日当たりの良い立地だった。居並ぶ車両が、陽光を反射する。スバル・レヴォーグを徐行させた。

着信があった。また、番号が違う。無線が反応する。

「入電あり!」

ボイスチェンジャーの声は、いきなり切り出す。

「金は用意できたか?」

「まだだ」

「さっさとしろよ!」相手がいきり立つ。「いつまでかかってんだよ! 寝ぼけてんのか!」

「今、準備中だ。関係者が金策に走ってる」

「いつ用意できる?」

「分からん」

わざと惚《とぼ》けた。話し方が違う。人間が替わっているようにも聞こえる。ボイスチェンジャーを使っているため、声音《こわね》だけは同じだ。誘拐犯は複数だろうか。

「お前、先刻電話してきた奴か?」

ボイスチェンジャーが絶句した。口ごもり、一瞬の間が空く。

「……次はファミレスだ。川辺町《かわべちょう》の——」店名を告げる。落ちついた声になっていた。

通信は途切れなかった。番号も変わっていない。「二分で行け」

「ふざけるな！」恭弥は声を荒らげる。「来た道、戻れってのか！」

電話は切れた。無線が続く。

「川辺町、ファミレス！」

「逆探知は？」

「剣崎、マル被を刺激するな！」捜査主任官が叱責《しっせき》する。特殊班所管の課長代理だ。

移動指揮本部も混乱している。恭弥はバックし、方向転換した。〝特殊車両〟を駐車場から出す。国道へ、強引に右折する。無線の声が響く。

「当該ファミレス。ピロティ構造のため、上空からの撮影不可能」

「トカゲと覆面で対応しろ！」

当該ファミリーレストランは二階建てだ。上階が店舗となるピロティ構造で、一階部分は駐車場だった。空からの撮影はできない。

被疑者は、そこで待っているのか。考える前に、アクセルを踏む。

無線は鳴りやまない。被疑者からの入電時に途絶えるだけだ。

「逆探知成功。今度は、和田町商店街」

覆面PCとトカゲ、ヘリに指示が飛ぶ。ドローンも舞ったようだ。

ファミリーレストランが見えた。恭弥は、ウィンカーを左に出す。正午近く、日差しは明るい。駐車場入り口の影も深い。暗闇のポケットだった。念のため、ヘッドライトを点《つ》ける。ヘッドセットのマイクを、無線分と交換した。

「ファミレス、到着」

頭痛と微熱、倦怠感は続いていた。眩暈は少し治まった。抗不安薬を飲まなかったのは、正解だった。副反応の一つとして、眠気が挙げられている。運転前の服用は不可だ。非常時ゆえ、万が一の事態は避けなければならない。

「捕捉できない？　どうして？」移動指揮本部の幹部が問う。

和田町商店街でも、発信者を確認できないようだ。

「そんなわけあるか！　よく探したのか！　馬鹿も休み休み言え！」

「検問、敷きますか？」

「時期尚早！　マル被を刺激するな！」

同じ疑問を、恭弥も抱いていた。発信者は、どうやって包囲網をすり抜けているのか。

駐車場は、九割程度埋まっていた。手前の空きスペースに、バックで入れる。

着信があった。番号は変更されている。無線が怒鳴《どな》る。

「入電！」

「そこを出て」ボイスチェンジャーの声は、落ち着きを取り戻している。「国道を下れ」

「どこへ向かえばいい」

「まあ、慌てんなよ」軽く鼻を鳴らす。「また連絡するよ」

電話を切られた。無線から、幹部の声が響く。

「どういうことだ？　マル被は、どこへ向かわせる気だ！」

無線は続く。だが、行先不明では的確な指示は出ないだろう。

犯人の指示に従い、国道一六号を移動させられている。右往左往といっていい。二回にわたり、意味不明のままだ。

誘拐事案の身代金授受において、運搬員を移動させるのは、捜査陣の気配を察知するためだ。今回は、犯人サイドから警察に接触してきた。ましてや、刑事に運ばせている。あえて混乱を誘う等、何か目的があるのかも知れない。

端末まで変えられているものの、番号及び位置の特定はできる。だが、捕捉することができない。

電話内容にも疑問がある。特に、二回目のコンビニにおける会話だ。口調の変化と、金への執着が感じられた。それまでには、見られなかった傾向だ。

スバル・レヴォーグを発進させる。駐車場を出ようとした。入ってきた車に、クラクションを鳴らされる。無視して、国道へ左折する。

恭弥は確信した。狙いは自分だ。

11：20

三限終了後の休憩時間だった。

門脇ひなのは、校長室に呼び出されていた。悪いことをしたわけではない。午後の来客に備えての最終確認だった。

中央に置かれたソファに、校長の二階堂がいた。その隣には担任が座っている。

明るい日差しが入ってくる。気温も上がっていた。体育の授業がないのは助かった。汗ばんだ身体で、来客対応したくない。

「市会議員の先生方は――」

穏やかに、校長が話す。いつもの温和な笑みを浮かべていた。

「我が校の名誉を回復するためにいらっしゃるんですからね。くれぐれも失礼のないように、お願いしますよ。安心させてあげてくださいね」

典型的な太鼓持ち。教育委員会や、市議会には従順と評判だ。出世のチャンスとでも捉えているのだろうか。

「まあ。門脇さんなら、心配ないとは思っていますけどね」

「そうですよ、校長先生」担任も微笑む。「ご存知のとおり、門脇さんはとてもしっかりしていますから」

ひなのは不満だった。もう生徒会長でも、学級委員でさえない。とっくに任期は終えている。今は、ただの一般生徒だ。どうして、自分が選ばれたのか。

「でも、校長先生。さすがですね。門脇さんを選ばれるなんて」

担任が、見え透いた追従《ついしょう》をする。陰では、校長の悪口ばかり言っているのに。

「うん」満足げに、校長もうなずく。「門脇さんは優秀な生徒だし。ご家庭も、しっかりしておられるからね」

そういうことか。校長の言葉で察しがついた。

ひなのの家庭は、裕福だった。父は、東京の大手証券会社に勤務していた。母は、横浜市内で出版社に勤めている。神奈川県のタウン誌を発行する編集者だ。生活に困るなどということはない。両親が、金銭面で苦労しているのも見たことがなかった。

「資料は読んでくれたかな？」

「はい」校長の質問に、ひなのは即答した。「すべて暗記しています。ご案内する施設の順番も、ご紹介する原稿も」

教職員にはもちろん、校長は生徒にも優しく接する。かえって、優柔不断な性格と見られていた。ゆえに担任や、ほかの教員が陰口を叩いたりする。

「それは、何よりです」

校長が何度もうなずく。担任も上司へ微笑みを見せていた。ひなのは疑問を口にする。

「私一人のご案内で、大丈夫でしょうか？　全校生徒で歓迎イベントなどを開催した方が、よろしいのでは？」

「市議の先生方は、普段どおりの皆さんをご覧になりたいとおっしゃっています」校長は微笑む。「清掃の時間からですし。授業の様子も、ご見学いただく予定です。心配はいりません。もちろん、私と教頭先生も付き添いますから」

変な生徒に失敗されたら、自分の失点になる。そんなところか。茶番につき合っている暇はない。涼真が気がかりだった。男子生徒が言っていた。

〝涼真の親父、何かやらかしたらしいぜ。職員室で言ってるの聞いたんだよ〟

出処は、三十代前半の体育教師だった。〝スピーカー〟とあだ名されるほど、秘密を守れない。生徒でも、内緒の相談をする阿呆《あほ》はいなかった。ただし、情報は正確だ。

一瞬、男子に突っかかりかけた。止めたのは自制心ではない。不安だ。涼真と父親に、何があったのか。

涼真は、普段どおり登校している。特に変わった様子は見られない。

月曜の朝、保土ケ谷区内は慌ただしかった。救急車やパトカーが、ひっきりなしに行き来していた。ニュースによると、警察官が襲撃されたらしい。拳銃も奪われたそうだ。

生活保護を受けている人が、続けて殺されているとも聞く。連日、ＴＶで特集が組まれるほどだった。

関連してだろうか。ニュースでも、父親の名と顔写真が公表されたようだ。体育教師が見たらしい。

校内では、ＴＶやスマートフォンはチェックできない。噂だけが流れていた。〝近所で、何かひどい事件が起こり、涼真の父親が関係している〟と。警察官襲撃と殺人事件、どちらに関係しているというのか。

「それでは、門脇さん」校長の声で、我に返る。「市議の皆さんが安心してお帰りになられるよう、よろしくお願いしますよ」

市議が訪問してくる。そんな場合だろうか。立て続けに、事件が起こっているのに。生徒の保護者が、関係しているかも知れないというのに。ひなのは周りに気づかれないよう、両掌を握り込んだ。

11：24

恭弥は、国道一六号を進む。

三度目の連絡も、空振りといえた。発信者は、国道一六号沿いの和田町周辺にいた。分かっていながら、確認が取れない。無線が錯綜していた。

「どうして捕捉できない？」

「検問敷け！」

「周辺の全員に、職務質問《バンカケ》しろ！」

「それは無茶です！」

移動指揮本部は混乱している。犯人のいうとおり進み続けるしかない。

犯人の番号及び位置は特定できるのに、見事に逃げられる。移動指揮本部も、我慢の限界に達していた。

犯人は複数ではないか。話し方が変わり、金に対する執着にも差が感じられる。会話の途中で交替したことから、犯人たちは同じ場所にはいるようだ。

入電。また番号は変えられている。ボイスチェンジャーが告げる。

「今、どこだ？」

「国道だ。旭区に入った」

「いいね」落ち着いた口調だった。「そのまま進んで、下白根橋《しもしらねばし》で右折しろ」

「そのあと、どこへ――」

電話は一方的に切られた。また、話しぶりに微かな変化があった。金の話もない。出発前や、一回目の移動指示に戻った感じだ。

恭弥は言われたとおりにした。国道を進み、右折する。

「その先に、何がある？」

移動指揮本部から、捜査主任官の怒号が響く。回答の声は慌てている。「住宅街です。団地に小中高校、資源循環局工場と高齢者向け施設もあり」

「マル被が潜みそうな箇所は？」

「今、探しています！」

「マル被から入電。番号変わらず！」

今度は、番号が変わっていない。通話を始める。

「右折したか？」

「ああ」ボイスチェンジャーの声に答える。「金は、まだ揃ってないぞ」

「いいから進め。左手に、鉄工所が見えるはずだ。見通しのいい場所だからな。車を入れて、連絡を待て。心配いらないぜ。もう営業してないからな」

「そこで、何を――」

電話は切れた。移動指揮本部が唸る。

「逆探知は？」

「完了、位置も特定。保土ケ谷区内です。和田一丁目の保土ケ谷陸橋周辺」

「緊急配備！　トカゲを急行させろ、ドローンも。接近は慎重に」

「絶対、マル被には触るなよ。撮影だけだ。捕捉次第、追尾しろ！」

「指定の鉄工所へ向かいます」恭弥は、ヘッドセットのマイクを無線と交換した。「現場の確認願います」

発信者は交替している。恭弥は確信した。最低でも二人いる。

今回の連絡が、美作二郎か。なら、目的地で待ち受けているのは――

恭弥は、スバル・レヴォーグを進めた。速度を落とす。

マル被の言ったとおりだった。鉄工所らしき建物が、高いコンクリート塀に囲まれている。灰色の屋根が見える。かなり古びた感じがする。建屋は、いかにも工場然としていた。企業名等の掲示はなかった。

恭弥は左折して、車を入れた。両開きの門扉は、車が通れるほど開いていない。前にはコンクリート張りのスペースがあり、車一台なら置ける。〝特殊車両〟を停車させた。

黒い門扉は金属製、塗装が剝《は》げかけている。随所に赤錆《あかさび》が浮かぶ。

門扉の両端には、コンクリート柱が立っている。看板等は見当たらない。人の気配も感じられなかった。廃工場のようだ。

「鉄工所到着」恭弥は無線に吹き込んだ。「廃工場の模様」

無線の幹部が、鋭く指示する。

「鉄工所の所有者に当たれ。現在の状況を確認！〝特殊車両〟の後続車は、鉄工所周辺で待機しろ。マル被に悟られるな」

「マル被から入電！」

恭弥が気づくより、指導指揮本部の方が早かった。スマートフォンを見る。新しい番号だ。いくつ携帯を持っているのか。

「着いたか！」ボイスチェンジャーが、焦ったように話す。「金は揃ったんだろうな！」

「まだだと言ったのに鉄工所へ行けと命じたのは、そっちだ」

「ふざけんな！」

焦りと金への執着、また人間が替わっている。

「お前とは、いい話ができそうもないな」恭弥は、あえて挑発する。「もう一人と替われ」

「……お前、何言って——」

少し言葉が途切れる。通話は続いている。恭弥は待った。

「どうなってる？」移動指揮本部の捜査主任官が、いぶかしげに漏らす。

「鉄工所には着いたんだよな」冷静な方に替わった。「車は駐めたか？」

「ああ。工場前のスペースに入れてある」

「金を持って降りろ。スマートフォンも忘れるなよ。せっかく贈ったんだ」

「どこに向かえばいい？」

「急げよ」

待っていたように、無線が告げる。

「逆探知完了しました！　前回の位置から、一キロ東の国道沿い」

トカゲや覆面ＰＣ、ヘリ等に対する指示が飛ぶ。

「――今度こそ逃がすな！」

「身代金持って、降りてもいいですか？」恭弥は無線に割り込む。時間がない。「マル被の指示どおりに」

「待て！」移動指揮本部が制止する。「保土ケ谷署指揮本部と県警本部の対策本部、双方に伺いを立てる」

「拳銃の携帯許可は？」

「おって指示する！」

時間の無駄だな。恭弥はエンジンを切った。スマートフォンをホルダーから外す。身代金のバッグを掴む。ダッシュボードから拳銃を取り出す。

「今から出ます」

「待て、剣崎！　勝手に動くな！」

無視して、恭弥は〝特殊車両〟を降り立った。

11：28

「カーテン開かないね」

汐谷は焦《じ》れている。真島流星は、おろおろするしかない。

二人は、アパートの裏手にいた。宮下が自室のカーテンを開けば、見える位置だ。刑事に張り込まれていると分かる。汐谷の軽四は、表側に駐めたままだ。

本当に、宮下が被疑者なのだろうか。汐谷の勘が外れていたら、今夜には新たな生活保護受給者が殺されてしまう。真島は、胃が痛くなり始めていた。

空には雲が増えていた。曇天に近づいている。白い光にアパートの輪郭《りんかく》がぼやける。

「仕方ない」汐谷は、鼻から息を吹く。「直接吐かせよう」

「えっ」思わず、声が出る。「……それは、まずいですよ」

「どうして？　心配ないよ。ちょっと、任意で話を聞くだけ」

「でも……」

「よくいるんだよ。普段おとなしいくせに、ネットとかだけアゲアゲな奴。匿名だからって、調子に乗ってるだけ。あの手の野郎はね。ちょっと押せば、すぐ折れるから。署に引っぱるって脅《おど》せば、一発さ。さあ行くよ」

汐谷が歩き始める。足取りは確信に満ちている。

「……紬先輩」

ついて行くしか、真島に選択肢はない。

アパートの正面に戻る。木製のドアには、茶色いプラスティック板が貼られている。高級な物件ではない。汐谷がインターフォンを押した。数秒の間が空く。

「……どなたですか？」

呑気《のんき》な声が、遠くから響く。部屋の奥からでも、発しているようだ。汐谷が告げた。

「警察です」

「はあ……」気のない返事がした。再度、間が開く。

遅い足音のあとに、開錠音がした。ゆっくりとドアが開く。宮下が見えた。上下スウェット姿、顔色は良く病気には見えない。

「ああ。刑事さん」宮下が軽く一礼する。顎だけ下げたようにも見えた。「……この間はどうも。今日は何ですか？　わざわざ自宅まで」

「病欠だと聞いてましたが」汐谷が、強い視線を向ける。「病気には見えませんね」

「おかげ様で良くなりまして」表情は呆《ほう》け、声にも力がない。

「本当に病気だったんですか？」

「はあ？」宮下の眉《まゆ》が寄る。「どういう意味ですか？」

汐谷は目を逸《そ》らさない。真島も全身に力をこめる。

「今日は水曜日ですよね？」

「例の事件でしょ？」ため息交《ま》じりに、宮下が吐き捨てる。「……だから、職場行くの嫌だったんですよ。また、顎《あご》でこき使われますからね」

「それだけですか？」

「どういう意味です？」

「あなた、ネットに変な書き込みしてますよね。生活保護受給者に『死ね』だの『殺す』だのって」

「そんな。〝ナマポ〟に死ねなんて書き込んでる奴。日本中に何万人もいますよ」

宮下の舌打ちが聞こえた。汐谷も引かない。

「加えて、生活保護受給者の個人情報を知り得る立場ですよね。しかも、保土ケ谷区の」

「ちょっと待ってくださいよ」宮下の表情が歪む。焦りか、怒りか。「そんな奴、おれだけじゃない。区役所の生活支援課には、ケースワーカーだけで三十五人もいるんですよ。事務職員や上司まで入れたら、もっとになる！」

「なぜ、今日に限って休んだんですか？」汐谷の声に力が入る。

「いつ、どんな理由で休んだって、僕の勝手でしょ？」

「ちょっと、署まで来てくれます？　お話聞きたいんで」

「これ、任意ですよね?」宮下の顔が紅潮《こうちょう》する。額《ひたい》に見えるのは、血管だろうか。「令状あるんですか?」

「………」汐谷が口ごもった。軽く視線を逸らす。

「もういいです」宮下が再度、舌打ちする。「保土ケ谷署に抗議しますから」

宮下が、尻ポケットからスマートフォンを取り出す。止めることはできない。真島は見ているしかなかった。

「……あ、保土ケ谷署ですか?」宮下が唾《つば》を飛ばす。厳しい口ぶりだった。「お宅の刑事さんが押しかけてきて、変なこと言ってるんですが――」

11:39

「車から離れて、工場敷地に入れ」

ボイスチェンジャーの声が言う。車を降りるのと、ほぼ同時に入電した。一言だけで、電話は切られた。返答する暇もなかった。番号も変わっていない。連絡者の交替が行なわれたか、判断するのは無理だった。

「逆探知は?」

移動指揮本部で、捜査主任官が問う。逆探知完了の旨、担当者が即答する。

発信者は、やはり国道一六号沿いにいる。少し下ったようだ。

被疑者捕捉は空振り続きだった。国道には、鉄壁の捜査陣が展開している。各種PCとトカゲ、ドローンにヘリまで。常識で考えれば、逃げられるはずがない。

恭弥は、門扉前で足を止める。人一人通れる程度には開いている。犯人からの指示はない。移動指揮本部は混乱したままだ。

どう行動すべきか。犯人からの指示を待つか、先手を打つか。

スマートフォンは、上着の右ポケットに入れている。身代金の入ったバッグも手に提げた。拳銃は、腰の後ろに装着済みだ。〝特殊車両〟を施錠する。

「剣崎！　車の傍で待機！　周辺を封鎖するまで待て！」

移動指揮本部から捜査主任官の声がする。無視して、歩き出す。

車から離れろという犯人の指示は、恭弥が一人か確認するためだ。

待ち受けているのが美作ならば、次の狙いは――

恭弥自身だ。

錆びた門扉の隙間をすり抜ける。外から窺う限り、人の気配はない。確かに、営業はしていないようだ。

建屋は、敷地の中央に立つ。門扉から十数メートルは離れていた。ほかに建造物は見当たらない。沿道沿いとなるコンクリート塀の内側には、空《から》の駐車区画がある。かなり広い面積を有しているらしい。

背後にも、高い塀がそびえる。駐車スペースもあるようだが、車両は見えない。

「剣崎、聞こえるか？」衛藤だ。移動指揮本部と合流したらしい。

「旦那。何か？」

「そこの工場について、調べた」衛藤の口調は冷静だ。移動指揮本部では唯一、落ちついている人間かも知れない。「元鉄工所で間違いないな。二年前に廃業してる」

「土地の所有者は？」

「鉄工所の元経営者とは、別人だ。今は、廃品回収業者に貸している。廃品を置くための倉庫として使ってるらしい。業者にも確認した。今はぎっくり腰で、一週間ほど通っていないってよ。盗《と》られる物もないんで、普段から施錠はしてないそうだ」

「なるほど」恭弥は構内へと進む。「ありがとう。何か分かったら、連絡頼むよ」

「そんな余裕があれば、な」衛藤が鼻を鳴らす。

「どうして捉えられない？」無線が、捜査主任官に代わる。「一から当たり直せ！」

今度も、被疑者の捕捉には失敗したようだ。上星川周辺にいるのは間違いないだろう。姿だけが確認できない。

雲が出た。空が白く染まる。灰色の工場と、境界が曖昧《あいまい》になる。電柱から延びる電線三本が、風に揺れた。

確かに、廃品置き場だった。左右に、様々な物品が並ぶ。両脇に、壁のある通路のようだ。直線で、建屋まで続いている。家電が多い。巨大な冷蔵庫は泥に塗《まみ》れているが、まだ新しい。電子レンジが二つ重なり、ＤＶＤレコーダーがその上に載る。洗濯機から、折れた物干し竿が突き出ていた。

ＴＶの上に、烏がいた。一台と一羽はともに黒く、大きい。羽毛は艶《つや》があり、旧型のブラウン管は枠がくすんで見える。

壊れた自転車や、バイクもあった。合板の箪笥は、扉が垂れ下がっている。

廃品の列は、建屋内へと続く。工場の扉は開け放されていた。大きく口を開けている。中は広く、薄暗かった。天井も高い。剝《む》き出しの鉄骨が見える。照明のない体育館を思わせた。

鉄工所の設備は見当たらない。撤去されているようだ。右側に、階段が設けられている。建屋奥には二階が設置され、事務所らしき窓もある。

屋根の下に置かれた品々が見える。種類は似たようなものだ。多少、奇麗だった。再利用可能なのだろうか。雨を避けているらしい。

建物に入るべきか。恭弥は歩を休めた。視線を巡らせる。烏と目が合った。

乾いた炸裂音。

烏が飛び立つ。軽やかに電線を避けていく。

銃声に聞こえた。さらに続く。加えて、もう一度。計三発だ。

「どうなってる?」移動指揮本部の無線が騒ぐ。「今の音は何だ? 状況を報告しろ!」

建屋内からだ。三八口径SAKURAを恭弥は抜く。バッグを提げたまま、扉に身を潜める。視線を中へ。廃品が両脇に並ぶ。ほかには何もない。人影も見当たらなかった。

耳を澄ます。中から物音は聞こえない。車の走行音だけだ。構外から伝わってくる。接道では、無数に行き交《か》っている。

工場壁のガラス窓は半透明だ。白く染まっていた。全面に小さな凹凸があり、光が歪む。強化用の細いワイヤーが走る。

一番奥に暗がりがある。窓からの外光も途絶える辺りが、わずかに盛り上がっていた。下のコンクリートには、黒い染みが広がる。人間に見えた。

まさか——

恭弥は駆け出した。数メートル手前で、足を止める。人間が横たわっている。胸部と腹部から、大量の出血がある。左側頭部も砕けていた。

名前を聞いても、顔の像が結ぶことはなかった。だが、見れば分かる。忘れられるものではない。

射殺体は、美作二郎だった。

11：46

ダイハツ・ムーブキャンバスは、国道一六号を走っていた。峰岡町《みねおかちょう》一丁目に向かっている。〝堤防作戦〟の担当区域だ。

運転席の汐谷は、仏頂面《ぶっちょうづら》でハンドルを握る。

真島流星は、助手席に座っている。雲が切れ、青空が覗き始めていた。

先行車へ追突しそうになり、ひやりとする。アクセルやブレーキ操作などからも、機嫌の悪さが伝わってくる。

「くそっ。ふざけんな！」汐谷がハンドルを叩く。「まったくネチネチと。しつこいんだよ！　だから、あいつ〝オクラ〟って呼ばれてるんだな。〝処分する〟だあ？　上等だよ」

真島は思い出す。宮下の抗議電話に対して、捜査本部の反応は早かった。二人は、まだ宮下のアパートにいた。真島には、刑事課長から連絡が入った。

どうして、そこにいるのか。なぜ、宮下に当たったのか。勝手な真似をするな。

刑事課長の口調は激しかった。追及は続いた。

『で、〝堤防作戦〟は？　……一軒も回ってない？　何やってんだ！』

『はあ、まあ……』汐谷の指示とは言えない。真島には、まともに返せる言葉がなかった。

『区役所からも問い合わせがあったんだぞ！　峰岡町に刑事が来てないって――』

峰岡町は、真島たちの担当区域だ。本来、朝から回るはずだった。〝堤防作戦〟のスケジュールについては、協力を仰ぐため区役所にも通達している。

『まさかとは思うけど――』課長は一拍置いた。『あの男の指示じゃないよな？』

〝神奈川の狂犬〟なら、それぐらい命令するかも知れない。剣崎に罪を擦《なす》りつけようかとも思ったが、怖くてやめた。

持ち場に戻れと吐き捨て、刑事課長は電話を切った。

汐谷には、小椋管理官から連絡があったという。県警一、粘着質な性格といわれている。一言も言い返せなかったようだ。

命令無視に独断専行、署に戻ったらただでは済まない。

国道一六号の混み具合は、さほどでもない。PCや白バイ等、捜査車両が普段より目につく。何かあったのだろうか。生保の事案関係ではないだろう。動きがあれば、真島たちにも連絡は入るはずだ。

「……これから、どうします？」

「仕方ないよ」汐谷は舌打ちする。「いったん、あのくだらない〝堤防作戦〟に戻ろう。宮下のことは、おいおい考えるさ」

「おいおい、ですか？」〝おいおい〟と言いたくなった。

「時間はあるからね」汐谷の顔に、少しだけ余裕が戻る。「今までのパターンなら、宮下が動くのは夜。突っ込むのが早すぎたよ。ビラ配りしてからでも遅くないし」

汐谷は、微笑さえ浮かべる。そんな状況だろうか。

真島は疑問だった。宮下は、本当に犯人なのだろうか。見当違《けんとう》いということはないのか。〝堤防作戦〟に集中するべきではないか。

腕時計を見る。真島は青くなった。

「時間ないですよ。今からじゃ、もう間に合わないかも、〝堤防作戦〟」

インストルメントパネルを、汐谷も確認する。眉間にしわが寄り、さすがに呟く。

「……まずいよね」

国道を進む。ＰＣと行き違う。動きが激しい。沿道にはミニパト、覆面ＰＣらしき車両も見える。

「何かあったんじゃないですか？」真島は疑問を口にした。焦りの色を隠せない。「ＰＣや白バイが、妙に多いですよ。変じゃないですか？」

「あそこに、駐車してる白黒ＰＣがあるじゃん」

ハンドルを握ったまま、汐谷が指差す。真島の疑問は無視された。

「……はあ」気のない返事しか出せない。視線を向ける。

路側帯に、県警のＰＣ一台が停車している。白黒のトヨタ・クラウンだ。

「何か起こったなら連絡が入るし。生保の事案で応援に出張ってるんだよ、きっと。あの人たちに名簿渡して、〝堤防作戦〟手伝ってもらおう。どうせ同じ事件追ってるんだから、頼めば応じてくれるさ」

「え？」真島は目を瞠った。「大丈夫ですか？　そんなことして。ＰＣの人や幹部に叱《しか》られませんか？」

これ以上、捜査本部の不興《ふきょう》を買えば、どうなるだろう。今でも危険な状況なのに、上層部からどんな目に遭わされるか。

「非常事態だって言えば、ＯＫだよ」汐谷はウィンカーを出し、ハンドルを切り始めていた。「何、びびってんの？　いいよ。私が頼みに行くから」

汐谷は、ダイハツを路側帯に駐める。真島はおろおろするだけだ。

「ちょっと、待ってて」

軽四を降り、汐谷は前方のＰＣへ向かった。

12：28

「人質を、国道巡回中のＰＣが保護」保土ケ谷署指揮本部の無線、特殊班捜査員から報告が入る。「無事の模様！」

鉄工所跡にいる捜査員から、歓声が上がる。恭弥は無線に尋ねる。

「マル被は？」

「姿は確認できず」特殊班員が答える。「周辺映像は捜索中。少し離れた箇所で、解放された模様。人質女性は徒歩で、ＰＣまで移動したらしい」

「怪我《けが》とかは大丈夫ですか？」

「見たところ、元気そうだと報告を受けている。念のため、けいゆう病院に搬送する。詳しい聴取は、医師の診断を待ってからだ」

「マル被の人着《にんちゃく》等は？」

「拉致されたとき、頭にマスクを被せられたらしい」

「マスク？　どんな？」

「解放後、自分で取り、ＰＣの捜査員へ提出した。写真が届いているが、大きな巾着袋のような形状だ。化繊の素材らしい。市販の品だな」

「拉致時の状況は？」

「車に乗せられ、室内で椅子に座らされていたと言ってる。場所は不明。その間から解放まで、マル被との会話もなかった。何を聞いても、一切答えなかったと言っている。人質女性は、気丈《きじょう》な性格《タチ》のようだ」

「あとにしてくれ、剣崎」特殊班の幹部が割り込む。「こっちはバタバタなんだ。お前は、そっちの現場で検分に集中しろ」

恭弥は窓を見る。半透明の強化ガラスに青みが差している。雲が晴れつつあるようだ。

現場は、入り口のみブルーシートで隠されていた。あとは、中を窺える箇所がない。正面門扉と通用門には、制服警察官が立ち番をしている。

元鉄工所内は、中央に〝歩行帯〟が敷かれた。鑑識以外の捜査員は、帯状のシートを歩く。頭にヘアキャップ、靴にはカバーもつける。ビニール手袋も装着している。現場に先着した恭弥は、靴痕を採取された。被疑者のものと、混乱を避けるためだ。

鑑識の作業は、終盤を迎えている。捜査第一課の殺人班及び特殊班、移動指揮本部も到着済みだ。機動捜査隊もいる。待機中か、秋元の姿はなかった。

各捜査員が忙しく動いている。誘拐事案に、殺人が加わった異常事態だ。人質は解放されたが、事件は解決していない。

死体の向こうにはアルミ製のドアがあった。通用口のようだ。

「あのドアは、死体《ロク》の発見時から開いていたのか？」

県警本部捜査第一課の捜査員が訊いてくる。恭弥と同じ警部補、十歳は年上だ。特に親しくはなかったが、顔見知りではある。

「検証時に開けたものです」

「マル被の姿は？」捜査員が続ける。「出ていく人影等は見ていないか？」

「見ていません。銃声と死体だけです」

「車の発進音は？」

「いくつかありました。傍《そば》の道路は、交通量が多いので」

うなずきながら、捜査員はメモを取る。納得してはいるようだ。

美作の死体が黒い袋に入れられる。青い生地のデニムシャツに、ジーンズという姿だ。胸と腹が、どす黒く染まっている。

死亡は確認し、検視も終了している。死亡推定時刻は、恭弥到着とほぼ同時だ。聞いた銃声が、美作を撃ったものだろう。

左側頭部に胸部、腹部と三発被弾。弾丸は、すべて貫通していた。工場内を捜索中だ。詳しい死因は、司法解剖の結果待ちだった。指揮本部にて手続きを進めている。

恭弥は思い出していた。担架に載せられた美作が運び出されていく。首には、銀の飾りが光っていた。革の首紐に、角状のトップがあった。コンビニ強盗時も同じ物をしていた。

傍の道路で、乗用車が発見された。路側帯に駐車されていた。青いホンダ・アコード、少し古い型だ。

美作のジーンズから、キーが発見された。手続きを取り、開錠した。車内の捜索を行なったが、凶器や現金を始め私物類も見つかっていない。現在は、微細証拠の採取中だ。タイヤ痕《こん》は、構内だけでも複数発見されている。乗用車から軽自動車、各種トラックまである。古いものから新しいものと、時期も様々だった。

衛藤が臨場し、近づいてくる。恭弥は訊く。

「マル被は金も取らずに、どうして人質を解放したんだろう?」

「梅澤さんとも話したんだが」衛藤も首を傾げる。「マル被は美作、それから《DAN電子》に電話をかけてきたとかいう例の正体不明な男だ。〝ジュンヤ〟と名乗った奴さ。会社を見張っていたそいつが、相棒だという筋を読んでる」

〝ジュンヤ〟――見た目は、今時の若者らしい風体《ふうてい》だったと聞いている。衛藤は話す。

「元々、美作の狙いはお前に対する復讐だった。片や金目当て。だが、金は一千万しか用意できていない。それなのに、お前をスタートさせた。当然、相棒とは意見が割れる。仲間割れの果てに〝ジュンヤ〟は美作を殺害。〝降りる〟ことにした」

「降りたかったのなら、勝手に人質を解放だけして逃げればいい」

「捜査陣の混乱を狙ったのかも知れん。人質が解放され、新たな死体が見つかる。警察は大忙しになり、その間に自分は逃げおおせる。そう踏んだのさ。実際、こっちはてんやわんやになってる」

「人質を解放した理由は? わざわざ送ってやる必要はない。殺しちまえば済む話だ」

「おいおい」衛藤の顔が歪む。「せっかく、人質が無事だって皆喜んでるのに。物騒《ぶっそう》なこと言うなよ」

「だって、そうだろ?」恭弥も眉を歪める。

「〝ジュンヤ〟には、そこまでの度胸はなかった。美作を殺したのも、勢い余ってのことかも知れん。拳銃が暴発したとか。あとは、多少の打算もあったかもな」

「二人殺害のラインか?」

「そうだ」衛藤が腕を組む。「人質まで殺せば、計二人になる。営利誘拐まで加われば、死刑になる確率が高まる。だろ?」

恭弥も腕を組んだ。疑問は残る。

「殺しに誘拐、相当テンパってたはずだ。そんな奴の心理状態まで分かるもんか。とりあえず、この現場浚《さら》って〝ジュンヤ〟を追う。すぐパクれるさ。そうすれば、お前の疑問もカタがつく。それでいいだろ?」

新たに、幹部が到着した。捜査第一課長の永尾と小椋管理官、保土ケ谷署刑事課長の三人だった。ヘアキャップに手袋、靴カバー姿で入ってくる。

永尾と課長はともかく、生保事案管理官の小椋まで来ている。〝堤防作戦〟の真っ只中だ。誘拐事案にまで、顔を出す余裕はないだろう。

殺人班係長のところへ、永尾は向かった。小椋と課長が近づいてくる。

「剣崎、もういいぞ」小椋が口を開く。粘ついた喋りだ。「保土ケ谷署に戻れ。本来の〝堤防作戦〟に参加しろ。あっちも手一杯なんだ」

「まだ、誘拐事案が終わっていません」

「もう、お前の出番なんかないんだよ」粘っこさに、荒さが加味される。「人質は解放された。マル被が何を言ってこようが、交渉してやる理由もなくなった。まあ、連絡もないだろうが。お前の役目は終わりだ」

「万が一、連絡が来れば捕捉できるチャンスです」

「だからって、ぼうっと待ってるつもりか？　生保の事案も緊急なんだ。人手が足りてないことぐらい分かってるだろう。だから、わざわざ迎えに来てやったんだ」

「痛み入ります」恭弥は、軽く顎だけ下げた。「わざわざ、どうも」

「何だと――」小椋の額に血管が浮かぶ。

「それと」刑事課長が割って入る。「トラブルが発生したんだ。汐谷と真島の二人が……」

「彼らが、どうかしましたか？」

「勝手に聴取したんだよ、任意で。知ってるか？　区役所の臨時職員で、宮下大毅って男なんだが」

「ええ」恭弥はうなずく。「会ったことがあります」

「指示したわけじゃないんだよな？」

「いいえ。知りません」

「とぼけるな」小椋が鼻を鳴らす。「お得意の独断専行、上司の癖《くせ》が部下に伝染したか？　腐ったミカン、いやお前は害虫だよ！」

「それは、どういう……」

「はいはい、そこまで」踏み出しかけた恭弥を、衛藤が制する。耳元にささやく。小声だが鋭《するど》い。「ここは、いったん引け。おれの顔に免じて、頼む！」

「分かったよ、旦那」

「いい子だ」衛藤が嗤う。「大人になったねえ、恭弥くんも」

「ふざけんなよ」恭弥は、背中に手を回す。「これ、返しとくよ」

取り出したのは、衛藤に借りていた拳銃だった。恭弥以外、三人の目が丸くなる。小椋が叫ぶ。

「お前！　誰の許可を得て、それを携帯し――」

拳銃を取り上げ、衛藤は恭弥の背中を押す。入り口にかかるブルーシートへ、押しやっていく。

「馬鹿か、お前は！」

二人は、シートから外に出る。構内でも、多くの捜査員が立ち働く。空は雲が払われつつある。

「わざと、拳銃《チャカ》を〝オクラ〟に見せたな？」衛藤は、管理官をあだ名で呼ぶ。「頼むぜぇ。おれだけじゃない、梅澤さんにも累《るい》が及ぶ。あいつの性格、知ってるだろ？」

「相変わらずムカつく野郎だ」

「それが、唯一のとりえだからな、〝オクラ〟の」衛藤が短く鼻を鳴らす。「気持ちは分かるけどよ。おれも大人になった。ほれ、ほかの装備も渡してくれ」

恭弥は、左右の耳からヘッドセットを外した。ポケットのスマートフォンも取り出す。誘拐犯が、《ＤＡＮ電子》に送ったトバシだ。

衛藤は、通りかかった制服警察官を呼び止めた。ビニール袋を受け取り、恭弥が返却した装備をまとめて入れる。

「〝特殊車両〟は貸しといてくれる？」恭弥は頼む。「保土ケ谷署の駐車場に入れとくよ。ほかの車は使ってるから、借りられそうにないし。あれこそ、もう要らないだろ？　まさか、歩いて帰れなんて言わないよな」

「好きにしろ」

スバル・レヴォーグに乗り、恭弥は国道一六号へ入った。保土ケ谷署へ向かう。

空の明るさは増している。道路は混雑していない。一般車より、ＰＣ等捜査車両が目立つ。警戒態勢は続いていた。

美作二郎の死体が脳裡に浮かぶ。胸と腹に銃創、大量の出血もあった。頭も半分、砕けていた。床に流れ出す脳髄と頭骨。かろうじて、顔を確認できた。兄弟二人、ともに死を見届けた。兄は自身が射殺、弟は射殺体を発見した。何の因果だろうか。

〝神奈川の狂犬〟——血や死体が好きだと思われているようだ。視《み》ずに済むなら、それに越したことはない。体調の不良も増す。頭痛がひどくなっている。熱も上がったようだ。

眩暈がないのは幸いだ。署に戻ったら、抗不安薬を服用しよう。

運転していると、着信があった。携帯ホルダーには、自身のスマートフォンを取りつけている。スピーカー通話にする。

発信者は、サイバー犯罪捜査課の大泉だった。

「何だ？　何か進展があったか？」

「もうちょっと敬意を持って欲しいね」鼻から息を出す音がする。「まあいいや。公安にさ、後輩のハッカーがいるんだ。県警初採用の攻撃型だよ。おれとか課の連中は、どっちかというと守備型だからね」

「で？」分かるような、分からないような。

「そいつが、マルウェアを作成してくれてるんだ。Ｔｏｒ《トーア》の匿名性を破れるやつ。午後イチでできるって。それを使えば、《レンタガン・ドットコム》の運営者にたどり着けるんじゃないかと思う」

「ちんぷんかんぷんなんだけど」恭弥は正直に話す。「もうちょっと、嚙み砕いて説明してくれないか?」

「これ以上、分かりやすくってのは」大泉が不機嫌な声を出す。「一足す一は、何で二になるのか。説明しろっていうようなものなんだけど」

「分かった、分かった」恭弥は降参する。「とにかく、銃のレンタルやってる元締めが分かるってことだな」

「そういうこと」スマートフォンの向こうで、大泉がうなずいたようだ。「ま、もう少し時間ちょうだい。いい返事ができるさ」

「期待してるよ」

「それと、話変わるんだけど」大泉の口調も変わる。「ダークウェブ上で、気がかりなサイトを発見したんだ」

「《レンタガン・ドットコム》絡み?」

「いや、そうじゃなくて」大泉が少しだけ口ごもる。「そっちの署で一昨日、警察官が襲われたじゃん。拳銃も奪われてさ、その関係でね」

「どんな?」恭弥は、スマートフォンに視線を落とす。

「タイトルは《バッドルーザー》」大泉が告げる。「作成者は不明。その内容がね。警察官襲撃を示唆《しさ》するようにも取れるんだよ。ノーマルなウェブ上でも、すげえ話題になってる。犯行予告じゃないかなんて噂もされてるぐらい」

「《バッドルーザー》?」

「知ってる?」

「言葉ぐらいなら。英語で、負けっぷりが悪い奴なんて意味じゃなかったか?」

「そう。悪あがきをしたり、負け惜しみをいう人のこと。往生際が悪いとかね。潔《いさぎよ》く負けるというグッドルーザーの対義語だよ。こちらも、ちょっと調べてみるよ」

「よろしく頼む。分かったら、連絡くれ」ハンドルを握ったまま、恭弥は電話を切る。

《バッドルーザー》。何を意図したものか。芳根襲撃との関連は。

思考を断ち切るように、着信があった。真島だ。恭弥は、スピーカーで出る。

「真島」強い声が漏れる。「お前ら、何かやらかしたらしいな。今、署に向かってる。着いたら、詳しく聞かせてもらうぞ」

「……それどころじゃないんです、係長」声に力がない。痛みに耐えているような。「紬先輩が……」

「汐谷がどうした?」

「……拉致されました」

12:41

峰岡町一丁目へ向かう。

詳細な場所も、真島から聞いていた。恭弥は、スバル・レヴォーグのアクセルを踏み込む。宅配便のトラックを追い越す。

先刻の電話で、真島から状況の説明は受けていた。

『捜査本部から叱責を受け――』真島は語り始めた。『峰岡町に到着して、最初の担当区域である一丁目です。……降車した途端、背後から銃撃を受けました。左大腿部裏側に、被弾しています。銃声は聞こえませんでした』

『撃たれた?』思わず、声が大きくなった。『出血は? 傷の具合はどうだ?』

『大丈夫……かと』真島は力を振り絞った。『貫通していますし、出血もさほどでは』

『手当てはしたか?』

『応急処置はしました』

『待ってろ。今、救急車を手配する』

『いえ――』歯を食いしばって聞こえる。痛みか、汐谷を拉致されたことによるものか。

『救急車は、あとにしてください。それより、紬先輩を……』

『……分かった』恭弥はアクセルを踏んだ。『説明を続けろ』

『自分は、倒れました。何者かが、紬先輩を拉致する気配を……。拳銃を突きつけられたのか、言われるまま従っていたようです。……車の陰になって、マル被は確認できませんでした』

追いかけようとしたが、被弾した脚が動かなかった。

『周囲を、見える限り探しましたが』真島は続ける。『状況は不明。紬先輩のスマートフォンにかけても、反応がありませんでした。電源を……切られているようです』

『マル被は見たか？』恭弥は訊いた。

『二人組です。顔は見ていません』

『服装など人着は？』

『黒で……カジュアルでしたが、細かくは――』

『銃声は聞こえなかったと言ったな？　何か当たりはあるか？』

『……分かりません』

『いったん通話を切るぞ。救急到着まで辛抱《しんぼう》しろ』

恭弥は救急車を手配した。続けて保土ケ谷署の捜査本部に連絡する。固定電話へかけた。誰が残っているか、まったく分からない。

殺人にまで発展した誘拐事案。生保事案の〝堤防作戦〟。芳根襲撃の捜査に拳銃捜索。

保土ケ谷署は、ほとんど空《から》のはずだ。応援要請を受け入れてもらえるかどうか。現役捜査員一名が行方不明になっている。一名は銃撃され、重傷だ。重大事案だった。恭弥だけでは、手が足りない。早急に、汐谷の安全を確保する必要がある。保土ケ谷署の応援は必須だった。

頭痛はひどくなっている。軽い眩暈がする。微熱に倦怠感も。服薬する時間が惜しい。

「はい。保土ケ谷署特別捜査本部です」

聞き覚えのある声。恭弥は、目の前が暗くなった気がした。

半倉だ。よりにもよって――

「首席」気を取り直して、恭弥は言う。「お疲れ様です。剣崎です」

「どうした?」声音に変化はない。冷静沈着そのものだ。「忙しいんじゃないのか?」

「捜査本部《ソウホン》に、誰かいませんか?」

「いるにはいるが、皆忙しそうだ。走り回っているよ。あとは、ホットライン対応だ。

次々と電話がかかってきている」

恭弥がかけたのは、署の直通だ。ホットラインとは別回線だった。

「で、首席に電話番をさせているんですか?」

「現在の状況は保土ケ谷署のみならず、県警全体の危機だといえる」半倉は答える。「私も県警本部でふんぞり返っているわけにはいかない。何か力になれたらと、詰めているんだが。誰も、仕事を振ってくれなくてね」

それはそうだろう。警視正である首席監察官に指示できる人間は、保土ケ谷署にはいない。トップの署長でさえ警視だ。

どうする。恭弥は、瞬時考えた。

「どうした、剣崎？」半倉は平静だ。「何かあったから、連絡してきたんだろう？」

半倉に動いてもらう。話が早いかも知れない。

「首席」恭弥は意を決した。「折り入って、お願いがあります」

12：48

峰岡町一丁目にある老朽化した耐火構造アパートの横だった。かろうじて離合《りごう》できる一車線道路だ。

そこに停められたダイハツ・ムーブキャンバスの陰に、真島流星は横たわっていた。

応急処置は済ませている。汐谷のタオルで、左大腿部を縛っていた。出血は続いているが、量からして動脈の損傷はない。痛みが激しいだけだ。

目がかすむ。意識も朦朧《もうろう》とし始めた。気を失うわけにはいかない。裏唇《くちびる》を噛む。鉄の味が、口の中へ広がる。

車の通行量は少ない。何台かは通過したが、真島に気づくことはなかった。

空の青さが目を射《い》る。雲は点々と途切れていく。秋晴れだろうかと考えた。ほかには、どうにもできないことばかりだった。

アパートの駐輪場が見える。数台残っているだけだ。手前の古びた自転車は、チェーンが外れていた。

濃紺のスポーツワゴンが滑り込む。車の尾部を見る。メーカーはスバル。車種はレヴォーグと読むのか。ドアが開く。

剣崎が降り立った。同時に、救急車のサイレンが聞こえ始める。

「大丈夫か?」近づいてくる。縛られた被弾箇所を確認する。「応急処置に問題はないな。大したもんだ、この状況で。待ってろ。今、救急車が来る」

出血状況を確認しているようだ。剣崎が立ち上がる。

「色を見る限り、大腿動脈の損傷はないようだ。ひどい傷だが、急所は外れてる」

「誰に……拉致されたんでしょうか?」真島は、両腕で体を抱え込む。そうしないと、身体が震え出しそうだ。脚よりも、心の方が痛む。「紬先輩に万一のことがあったら……」

剣崎は無言のままだ。何を考えているのかは読めない。真島は疑問を口にする。

「生保事案の犯人に、連れ去られたんでしょうか?」

サイレンが近づく。剣崎は音の方を見ている。

「分からん」剣崎の視線が、真島を向く。「ここに来る前、誰かと会わなかったか?」

「誰とも……」少し考えた。「警察官だけです」

「警察官?」係長の表情が険しくなる。

「僕は話していません」真島は首を振る。「……峰岡町に向かう途中、PCがいたんです。紬先輩が〝堤防作戦〟を手伝ってもらおうとしたんですが……。話しかける前に、走り去ってしまって」

「そうか」剣崎は、ふたたび視線をサイレンに向ける。

「お願いします。係長!」藁《わら》にもすがる思いだった。言われれば、土下座《どげざ》でもする。何としても、汐谷を救出しなければ。「紬先輩を助けてください!」

「お前に言われることじゃない」

真島は死刑判決を受けたような気がした。確かに、勝手なことを言っていた。本部の方針から外れ、独自に動いた。挙句《あげく》、手に負えなくなった。今度は恥も外聞《がいぶん》もなく、上司に助けを求めている。呆《あき》れられても仕方がない。しかし——

救急車が見え始める。剣崎が、両手を大きく振った。

剣崎の視線が向く。勘違いかも知れないが、優しい顔つきに見えた。

「当然のことを、いちいち口にするなと言っている」剣崎は、断固として告げた。「怪我人は自分の心配をしろ。大丈夫だ。汐谷は必ず救出する」

12：54

〝特殊車両〟に戻り、エンジンをかけた。バックさせ、方向転換する。

国道へ戻りながら、恭弥は半倉に連絡する。

真島の救急搬送は完了していた。ストレッチャーに載せられ、運び出されるまで見送った。恭弥が見た限り、命に関わる傷ではなかった。障害が残るかどうかは、医師に任せるしかない。救急隊員も、同じ意見だった。

先刻、半倉の携帯番号は聞いておいた。

「こんなおつかいは、若手の頃以来だ」

いきなり告げられる。話ぶりからは、冗談かどうか判断がつかなかった。

「それだけ嫌味が言えれば、心強い限りです」真島の容体及び汐谷拉致の状況を報告する。「捜査本部の反応はどうです？」

「捜査主任官が、意外と話の早い男でね」半倉は淡々と述べる。「応援が必要となったときのために、動員できる人員をかき集めてくれている」

「助かります。ありがとうございます」

「今、峰岡町にいるんだったな？」

「そうです。何か？」

「行って欲しいところがある」半倉の口調は変わらない。「久間田史帆《くまだしほ》という女性のところだ。峰岡町のマンションに在住している」

半倉は、詳細な住所を説明する。恭弥は問い返す。

「何者です？」

「芳根を襲撃した車の持ち主、北里誠三の息子と親しい。本部詰めの捜査員、佐久という事務担当《デスク》だが。彼が連絡したところ、話したいことがあるそうだ。何か分かるかも知れない。至急、向かってくれ」

佐久は現在、生保事案と警察官襲撃のデスクを兼任している。

北里涼真。一昨日、保土ケ谷東中学校で会った、小柄で気丈すぎる中学生のことだ。

「別の者にお願いします。署から人を送ってください。今は、汐谷を救出しないと」

「それは、こちらでやる」首席監察官は断じた。半倉としては、声に力がこもって聞こえる。「君が、地理的に一番近いんだ」

「ですが――」

「いいか、剣崎」淡々としながらも、諭《さと》す口調だった。「現在、連続殺人に警察官襲撃、加えて誘拐。さらに、捜査員の拉致が加わった状況だ。どの事案も緊急を要する。もっとも早く対応できる者が、眼前の事柄をこなすべきだ。違うか？」

汐谷拉致については、一刻の猶予《ゆうよ》もない。芳根襲撃も気がかりではあった。いつ、どこで拳銃が使用されるか。まったく分からない状況だった。一人で、できることには限界がある。

半倉は優秀な警察官だ。気が合うかどうかは別として。任せるしかなかった。恭弥は答えた。

「分かりました。……十分だけです。それ以降は、汐谷の救出に専念させてください」

「いいだろう」半倉は言った。

電話を切り、スバル・レヴォーグを国道一六号に出す。路肩に寄せ、半倉から聞いた住所をカーナビに入れる。確かに近い。

早く済まさなければ。恭弥はハンドルを切り、アクセルを踏んだ。

13：01

恭弥は〝特殊車両〟で、久間田史帆のマンションへ向かった。

集合住宅が立ち並ぶ一角、目的の物件は五階建てだった。壁はベージュで、外観は地味だ。何の変哲もない建物に見えた。古びてもいる。

右手には低層の洋館風、左手にはタワーマンション並みの高層住宅が立つ。現代的な建物に挟まれているせいかも知れない。

マンションの傍に、スペースを見つけた。スバル・レヴォーグを入れる。公用の駐車許可証を、インパネ上に掲示する。エンジンを切り、急いで降車した。

久間田史帆の居室は、三階にある。エレベーターはなく、階段を使った。コンクリート打ちっ放しの空間は、影にもなっている。寒いほどに冷たい。恭弥は駆け上がった。

頭痛と微熱は治まらず、倦怠感と軽い眩暈もある。だが、服薬する時間が惜しい。

三〇三号室の前に着く。ドアは金属製の枠に、薄茶のプラスティック板が貼られていた。インターフォンを押す。返事は、すぐにあった。

「警察です。保土ケ谷署から参りました」ドアスコープの前で、警察手帳を開く。

開錠音、チェーンも外される。ドアが開き、女性が顔を出した。小柄で、顔の造作も小さい。髪は肩甲骨《けんこうこつ》辺りまである。鮮やかさを抑えた赤いワンピースを着ていた。

おとなしい印象を受けた。化粧っ気はないが、ファンデーションだけが濃い。目の下にある隈《くま》を隠すためか、憔悴して見える。

「警察の方ですね。久間田史帆と申します。ご連絡はいただいておりましたので。お待ちしていました」

三和土《たたき》で名刺を交換した。久間田の職業は、スクールソーシャルワーカーとある。〝SSW〟と略すらしい。

「どうぞ、こちらへ」

「いえ」久間田の勧めを、恭弥は断った。「申し訳ございませんが、重大事案が続いておりまして。時間がありません。お話は、こちらでお願いしたいのですが」

玄関先で済ませるつもりだった。奥へ入る時間が惜しい。

室内は三Kほどだろう。日当たりはいいようだ。玉簾《たますだれ》が、廊下の奥を隠している。色とりどりのビーズが垂れ下がる。恭弥は立ったまま始めた。

「お話があるとのことでしたが、北里涼真という少年のことですね？　ニュース等を騒がせている北里誠三氏の息子さん」

「はい」久間田が目を伏せる。

芳根襲撃現場に残されていた軽自動車、所有者の北里誠三は指名手配された。マスコミにも、顔写真と氏名が公表済みだ。本日、午前一〇時をもって情報解禁となった。

「名刺にございますとおり」久間田は話し始める。「私の仕事は、スクールソーシャルワーカーです。保土ケ谷東中などを担当しています」

「失礼ですが、スクールソーシャルワーカーというご職業はどのような？」

「学校と連携し、子どもや家庭に関する問題解決の支援を専門としています。貧困や虐待、不登校などですね。社会福祉士や精神保健士の資格を持つ者が多いです」

「学校の先生ではなく？」

「家庭環境に端《たん》を発する問題が多様化し、教職員だけでは対応し切れなくなっているのです。週二日程度、学校に赴いています。以前は問題が発生してから派遣されていたのですが、現在は文科省も力を入れており、多くの〝ＳＳＷ〟が配置されるようになりました」

「北里くんとは、どのような？」

恭弥の脳裏を、北里涼真の面影が過《よぎ》る。久間田は話す。

「初めて会ったのは、彼が中学一年生の頃です。当時の涼真くんは生活が荒れ、その原因はネグレクトでした。薄汚れた衣服を身に着け、学力も低下していました。そこで、私は教員と相談のうえ、彼の生活改善を試みたのです」

「上手《うま》くいきましたか？」

「おかげ様で」久間田の表情が緩む。「思春期の育ち盛りですから。多少、小柄な子ではありますけれど、少し栄養状態を改善しただけでみるみる血色が良くなりまして。元々頭のいい子でしたから、活力を取り戻すと同時に成績も上昇していきました」

「なるほど」恭弥はうなずく。「それは良かった。大変いいお話ではありますが、警察にお知らせになりたいというのはその件でしょうか？」

恭弥は焦れていた。声に表われたか、久間田が怪訝な顔をする。

「ご説明に、少しお時間をいただきたいのですが。よろしいでしょうか？」

「どうぞ」芳根襲撃の真相と拳銃の所在。近づくためならば仕方がない。

「涼真くんの件をきっかけに、私は母の治子《はるこ》とともに《よこはま・あすへの居場所》を立ち上げました」

「《あすへの居場所》?」おうむ返しに訊く。耳慣れない言葉だ。

「はい。いわゆる〝子ども食堂〟に、学習支援や生活指導機能等を付加した施設です。主に、家庭に問題がある子どもたちへの支援を目的としていました。母は元々、高校の教員でして。貧困対策に関心があり、地域のために定年を待たず早期退職を」

「なるほど」相槌《あいづち》を打ち、先を促す。

「せっかく教育の無償化が進んでも、貧困状態にある子どもたちは、総じて意欲に欠けるのです。学力に乏《とぼ》しく、成功体験が少ないためでしょう。そうした子どもたちが、チャンスを摑むためのきっかけになれば。そうした思いで作った団体でした」

「そこには、北里くんも?」

「ええ。立ち直った涼真くんは、中学生の参加者におけるリーダー的存在となってくれました。積極的に活動し、学校でも声かけなどをしてくれて。仲間の勧誘などを行なってくれたほどです。これを――」

久間田はスマートフォンを取り出し、写真を見せた。少数の大人と、多くの少年少女たちが写っている。中央に、北里涼真がいる。皆、幸せそうに笑っていた。

「意義のある活動ですね」思わず、本音が漏れる。「皆、いい顔をしている」

「ですが、運営は頓挫《とんざ》してしまいます」

　久間田の言葉に、恭弥は視線を上げる。

「杉浦小夏《すぎうらこなつ》という横浜市の市会議員を、ご存知ですか？」

「名前ぐらいなら」久間田の質問に、恭弥は答える。「確か〝横浜市に貧困は存在しない〟と、強硬に主張なさっている方かと」

「そうです」表情に、暗い情念が過る。「杉浦と支援者。賛同した地元住民による抗議活動が始まったのです。〝存在しない貧困を大袈裟に取り上げ、デマを拡散し、地域の品格を貶《おとし》めている〟と。有力者でさえ、街のイメージが悪くなると言う人もいたぐらいで」

　貧困問題に対して、反発する勢力が存在することは知っていた。市内では、杉浦がリーダー格とも聞いている。

「貧困状態の子どもたちだけでなく、裕福であっても居場所を見失っている子どもや青年、大人まで含めて総括的に支援を行なっていく。そう説明しても、一切聞く耳を持っていただけませんでした。〝単なる目立ちたがりの偽善者〟と言われて」

「無視して、続けることはできなかったのですか？」

「《よこはま・あすへの居場所》は、市営住宅で開催していました。空いている一室を、市の許可を得て格安で借り受けていたのです。杉浦たちの抗議を受け、市当局は使用許可を取り消しました」

議員等の圧力に屈する市役所職員は多い。全体ではなく、権力に対する奉仕者だ。人にもよるのだろうが。

「新しい場所を探したのですが」受けた屈辱を思い出すからか、久間田の顔が歪む。「いい物件に、たどり着けませんでした。恥ずかしながら、資金不足で。寄付を募り、クラウドファンディングも活用しましたが、目標額を集めることはできなかったのです」

「協力しようという方は、いらっしゃらなかったのですか？」

世の中には、ろくでもない奴が大勢いる。反面、善意の持ち主も少なくない。十年近く、警察官を務めてきた実感だった。

「……ええ」息を吐く。「大きな理由としては、杉浦の執拗な攻撃があったと思います。SNS等を活用し、私たちの活動を貶め続けたのです。賛同する者が雪だるま式に増え、強力になっていって。我々を支援してくれた方々も萎縮し、いつしか離れていきました」

杉浦たちの活動に、賛成するのは個人の自由だ。中には、面白がっているだけの者もいただろう。匿名をいいことに、浮世の憂さを晴らす連中だった。自分の行動がどういう結果を生むかまったく想像せず、いや、できずに。

「NPO法人化への道も模索しましたが」伏し目がちに、久間田は続ける。「人員や手続きの面でハードルが高くて、現時点では難しいと判断せざるを得ませんでした。多くの方々に相談もしましたが、活動継続は断念するしかなかったのです。母は、大変気を落としておりました」

「お母様は、今？」部屋から、母親の気配がしない。

「心労から、母はうつ病を発症し――」一呼吸置く。「自殺しました。父と離婚したあと、女手一つで私を育ててくれた母でした」

「……………」

「母の死を受け」久間田は、自分を奮《ふる》い立たせるように告げた。「涼真くんは激怒しました。〝杉浦を絶対に許さない。必ず思い知らせてやる〟と。毎日、口癖のごとく言うようになったのです。大人の私でも震え上がるような、恐ろしい顔をして」

「その北里くんが芳根、いえ、警察官を襲撃した。拳銃を強奪する目的で、杉浦市議を狙うために。そうお考えですか？」

「分かりません。まだ中学三年生、十五歳の少年です。そこまでできるだろうかとは思いますし。ですが、お巡りさんを襲ったのは、涼真くんのお父さんが持つ車とのことですので。それに――」

「何か？」

「本日、杉浦市議が保土ケ谷東中を訪問するんです」焦りが滲《にじ》む。「まさかとは思うんですが、どうしても心配で。そこに警察から私へ訪問のお話があったものですから、ご相談してみようかと」

「ちょっと、失礼」

恭弥は、自身のスマートフォンを取り出す。保土ケ谷東中学校のHPと、杉浦小夏のSNSを確認する。今日の午後、市議が同校を訪問するのは間違いない。

学校に伝え、涼真を拘束するか。いや。拳銃を持っている可能性があるならば、学校関係者では危険すぎる。警察官が、直接に臨場した方がいい。

「署に連絡します」

久間田に告げた。不安げな視線が、恭弥に注がれる。半倉の携帯に直接連絡する。すぐに出た。

「何か分かったか？」

「北里涼真」恭弥は鋭く告げる。「芳根襲撃車両の所有者、北里誠三の息子です。彼が、拳銃を所持している可能性があります」

「何のために？」

「本日、市議の杉浦小夏が保土ケ谷東中、北里が通う学校を訪問します。彼が拳銃を所持しているなら、彼女を狙うためでしょう。杞憂《きゆう》に終わるかも知れませんが」

「可能性があるなら、潰しておくべきだ」

「私も、そう思います。残っている捜査員を集めて、保土ケ谷東中へ向かわせてください」

「分かった。至急、できる限りの捜査員を送ろう。剣崎、君もその中学校へ頼む。私は念のため、関係者を当たってみる」

「了解しました」

通話を終え、恭弥は久間田に向き直った。

「捜査員を手配しました。私も保土ケ谷東中へ向かいますので、久間田さんは自宅にいていただけますか？　何かご協力いただくことがあれば、名刺の携帯番号に連絡しますから。その際は、よろしくお願いします」

「私も、一緒に行きます」固い決意を感じさせる表情をしている。久間田の顔に浮かぶ汗は、気温によるものではない。「涼真くんが事を起こそうとしているのならば、私が説得します」

「いけません。危険すぎます。ここで待機していてください。あとは、我々が責任を持って対処しますので」

「……分かりました」久間田は目を伏せる。

杉浦襲撃、可能性は高いと思われた。汐谷拉致も緊急を要する。美作二郎殺害もある。生保の事案は、今夜がリミットだ。すべてにおいて時間がない。

「失礼します」

言い捨て、恭弥は踵《きびす》を返した。

13：10

「門脇さん。市会議員の先生方、お見えになったわよ」

教室の門脇ひなのを、担任が呼びに来た。清掃中だった。隣の女子に声をかける。

「これ、お願い」作業を中断し、箒《ほうき》を渡す。

「がんばってね」女子は、にこやかに微笑《ほほえ》む。

担任とともに、校長室へ歩いていく。陽が上へ昇り、明るい日が射す。ひなのは、昼休みのことを思い出していた。

昼食を終え、教室の席にいた。市議訪問の最終チェックをしているときだった。

背後に、涼真がやって来た。

『ひなの』いきなり呼びかけられ、びっくりした。『お前に頼みがあるんだ』


校長室に着いた。

普通の生徒なら、緊張する場面だろう。ひなのは馴《な》れていた。何度も訪れている。

担任のノックに反応があった。教頭の声だ。失礼します、とドアを開いた。ひなのは中へ促された。

入ると、五人の人間がソファに向かい合って座っていた。校長の二階堂と教頭、対面には淡いピンクのスーツを着た女性がいる。その隣に座る二人の男性は、重々しい色合いの背広姿だった。

杉浦小夏と、男性市会議員二名だ。

「……まったく。〝貧困校〟だなんて失礼しちゃいますよねえ」

もっぱら、杉浦一人が喋《しゃべ》っているようだ。長身で美形、〝日本一の美人市議〟などとマスコミが持てはやしたこともある。

担任が、パイプ椅子を出してくれる。ひなのは腰を下ろした。

杉浦小夏の基本情報は、渡された資料で把握している。以前から、ある程度は知っていた。新聞やTVの報道、タウン誌編集者の母からも聞かされていた。市内では有名人だ。横浜市議会議員の四十歳。二十代から立候補し、初出馬で当選した。夫も神奈川県議会議員をしている政治家夫婦だ。

確かに、美人ではある。ゆえに、若さに対する執着《しゅうちゃく》もひとしおという。小じわの除去等、整形に余念《よねん》がないとも聞く。ネットで見た情報だった。

貧困対策に、否定的な立場を取っている。救済活動や報道には、断固とした抗議を続けていた。スローガンは〝横浜市に貧困は存在しない〟。

市議会には少数だが、横浜市の貧困を否定する一派が存在する。母に聞いた。生活保護に対しても、不正受給排除と自立の推進を強硬に促している。市役所や、教育委員会も従わざるを得ない状況だ。一部に、行きすぎた対応も見られる。

杉浦は、そうしたグループのリーダー格だった。

「あの人は、大した信念や深刻なトラウマがあるわけじゃないのよ」

母は言っていた。貧困対策には積極的な人だ。タウン誌でも、たびたび特集を組んでいる。杉浦の政策には、否定的な立場だった。

「単なる人気取り、政府与党の社会保障政策に反対する者を叩きたいだけ。貧困問題に取り組む人たちは、その仲間だと思っているんでしょうね。そうやって、保守層の人気を得ようとしてるの。選挙対策、ただの就職活動よ。巻き込まれる方は、いい迷惑」

母の影響からか、ひなのも杉浦は好きではない。彼女の政策にも賛同できなかった。

貧困だけではない。地域のイメージを悪くするものは、すべて敵と見なす。犯罪の発生件数や検挙率も含まれる。杉浦たちのグループは、警察にまで圧力をかけているそうだ。

「大体、今の日本に貧困なんて存在します？」

杉浦は一人、喋り倒す。二人の男性市議は、彼女より一回り以上年上だろう。何も言わず、追従《ついしょう》のように微笑むだけだ。ひたすら、うなずいている。

「戦後のように、駅前で靴磨きする子ども」杉浦はヒートアップしていく。「発展途上国みたいに、痩《や》せ衰《おとろ》えた子もいやしませんよ。人権派気取りの目立ちたがり屋が、勝手に騒いでいるだけです。日本は豊かで素晴らしい国。それを分からせてあげませんと」

日本で問題になっているのは、相対的貧困だ。社会で生き抜くために、必要な水準の生活をできないことが問題だった。社会全体が貧しい絶対的貧困ではない。中学生の自分でも知っている。

相対的貧困を、理解できない日本人は多い。杉浦のように。

「大丈夫です、校長先生」杉浦が微笑む。「ほんとに、ひどい報道でした。地域の印象や、評判を堕《お》とす目的としか思えません。市民も怒ってますよ。あんな悪意ある番組が許されるなんて。心配要りません、不見識なマスコミをぎゃふんと言わせてやりますから」

先日、放送されたTVドキュメンタリーのことだ。貧困児童の実例として、保土ケ谷東中の生徒が取材を受けた。出演者やスタッフともに、誰も〝貧困校〟だなんて言っていない。日本における格差社会の問題を提起する、きちんとした番組だった。

第一、〝貧困校〟なんて言葉は聞いたことがない。杉浦が、勝手に造っただけだろう。逆に、失礼極まる。校長たちは内心、どう思っているのか。怒ってもいい場面だと思うのだが。

夏休みに、グループ研究を行なった。横浜市の貧困をテーマにしようとした。母からの影響もあった。担任に却下され、当たり障《さわ》りがない保土ケ谷区の歴史に替えられた。開港から文明開化、富国強兵と横浜市の発展まで。右派が喜びそうな内容となった。

テーマを否定されたのは、杉浦たちへの忖度《そんたく》だろう。市立中学の教員も、逆らえない状況にあるようだ。

横浜市の貧困をテーマに選びたかったのは、涼真のことも頭の片隅にあったと思う。

「先生」校長が口を開き、手でひなのを示す。「彼女が本日、先生方をご案内する門脇ひなのさんです。非常に優秀な生徒でして」

ひなのは立ち上がって、一礼する。教師と市議――大人六人が満足気に目を細める。正直、うんざりだった。案内役に選ばれた理由も分かる気がした。家庭が比較的裕福だから。そんなところだ。

反抗するだけの度胸もない。波風は立てたくなかった。問題を起こせば、両親も悲しむだろう。優等生に徹して、早く帰ってもらう。一番の解決策に思えた。

「まあ。利発そうなお嬢さん」杉浦が頬を緩《ゆる》める。ひなのは鳥肌が立った。「きっと、育ちも良くていらっしゃるのね。今の日本で育つ子どもさんを代表しているかのよう」

褒《ほ》めたつもりらしい。ひなのは嫌悪感しか覚えない。寒気もしたが、震えだけは何とか堪えた。

「それでは、参りましょうか」校長が腰を上げる。ほかの者たちも倣《なら》う。「もうすぐ清掃が終わりますので。議員の先生方にはまず、その様子を見ていただきたく存じます。引き続き、五時限目の授業をご視察ください」

「了解です。校長先生」杉浦の笑みが大きくなる。「期待していますよ」

「門脇さん」校長の視線が、ひなのを向く。「よろしくお願いしますね」

ひなのは、うなずくしかなかった。

13：15

「来たよ、あのバカ女が」

美玲が、教室前の廊下に戻ってきた。息を弾ませている。

「声がでけえよ」

寺井優斗は顔をしかめ、涼真を窺《うかが》う。名前どおりの涼しい顔だ。

「お供に、間抜けな政治屋が二人」美玲は構わず、大声を出す。

清掃時間だった。美玲は、四階女子トイレの担当している。抜け出し、校長室へ行った。様子を窺うためだ。

教室内では、男子数人が野球に興じている。箒《ほうき》をバット、丸めた紙をボールにしていた。真面目《まじめ》に掃除をしているのは、少しの男子と女子だけだ。

普段は、もう少しちゃんと作業をする。今日は、教師の監視がない。市会議員の視察に備え、職員室で待機しているからだ。

「よし」涼真は、廊下の壁にもたれている。体勢を起こす。「行くぞ」

「担任に呼ばれたから」廊下の班は三人だけだ。涼真は、男子生徒にモップを渡す。「悪いけど、あと頼むよ」

日差しが、男子生徒の顔を逆光にする。よく見えないが、快《こころよ》い表情はしていない。

涼真が歩き出す。優斗と美玲も続いた。

「おい！」バッターの男子が、教室内で声を荒らげる。「寺井、掃除しろよ！」

お前もしてねえだろうが。優斗は眉を寄せた。

「担任に呼ばれたんだよ」涼真と同じ嘘《うそ》をつく。「あと頼むな」

揃って、廊下を進む。優斗は思い出す。

《よこはま・あすへの居場所》。市営住宅の一室で、毎日のように開催されていた。

優斗を誘ったのは、涼真だった。学力不足を心配してくれたのだろう。成績は最低ラインだった。

夕飯が食べられ、勉強も見てもらえる。そんな〝施設〟がある。一緒に行こうと説得された。最初は半信半疑だった。母の帰りは遅い。妹や弟もいる。無料の食事は魅力的だ。第一、涼真の誘いは断れなかった。

涼真に連れられ、兄弟三人で出かけるようになった。最初はぽつぽつと、徐々に通う日数が増えていった。

中心にいたのは、スクールソーシャルワーカーの久間田先生と母親だった。親子だから、苗字は同じだ。娘を〝史帆先生〟、母親を〝治子先生〟と呼んだ。

優しい人たちだった。今まで会った教員も含めて、あそこまで大人に親身となってもらった経験はない。単なる落ちこぼれとしか扱われてこなかった。

最初、優斗は食事にしか興味を示さなかった。勉強は苦手で、好きでもない。〝史帆先生〟や〝治子先生〟は、辛抱強く待ってくれた。

ある日、〝治子先生〟が言った。いつもどおり微笑んでいた。髪は半分白い。小柄な身体を猫背に丸めていて、小ぢんまりと見える。このときだけは、なぜか大きく感じた。

『せっかく無償化されたんだから、できる限り進学した方がいいよ。学歴で人を判断することはできないし、人生のすべてでもありません。でも、貧しさから抜け出すための武器とすることはできます』

優斗には返す言葉がなかった。両手を〝治子先生〟が握った。

『若いうちは一つでも多く勉強して、将来の選択肢を増やすこと。それが、何より大切だよ。そうした積み重ねが、明日への希望になります。私たちも応援するから、一緒に頑張りましょう』

渋々だったが、勉強を見てもらい始めた。栄養状態が良くなると、意欲も増すのか。成績は、驚くほど向上した。高校進学も可能に思えた。妹や弟も以前より元気になり、学習にも意欲的となった。

恩人だ。心の底から感謝していた。

美玲も、涼真に誘われた。成績は普通だ。通い始めた頃の優斗と同じで、勉強よりも食事が目的だった。

併せて、生活上の不安や問題点があった。養護教員だけでなく、〝史帆先生〟や〝治子先生〟にも相談した。結果、表情が明るくなった。美玲にとっても、久間田親子は恩人だろう。

〝治子先生〟は、もういない。《よこはま・あすへの居場所》もなくなった。

杉浦小夏のせいで――

廊下を進みながら、優斗は疑問を口にする。先刻から気になっていた。

「涼真。お前、ひなのと何を話してたんだよ？　杉浦の予定を訊くだけにしては、えらく時間がかかってたじゃん」

「何？」美玲の顔が歪む。「あいつ、渋ったの？」

清掃前の昼休み、涼真がひなのに話しかけた。目的は、杉浦の視察情報を把握することだ。長く話していたように感じた。

「別に」涼真は平然と応じる。「ひなのは、すぐ言ったよ。それだけだと、怪しまれるからさ。ちょっと雑談してただけ」

「ふーん」優斗は、まだ納得できない。「まあ、いいけど」

「それより急ごうよ」美玲は不満顔だ。ひなのの話をすると、いつも不機嫌になる。「生徒会長なんか、どうでもいいじゃん」

清掃時間も、間もなく終わる。次は、五時限目の授業が始まる。

「あいつら、今どこなんだよ？」

優斗は、涼真に質問する。視察コースは、ひなのから聞き出している。

「二階だ」

涼真の右手が、学生服のポケットに入っていった。

13：19

恭弥は保土ケ谷東中学校に着いた。

校門前に、車両二台が現着している。トヨタのカローラとアリオン、白とグレーだ。覆面PCだろう。かなり古びていた。

恭弥は、スバル・レヴォーグから顔を出す。手で外来用駐車場を示した。先行して、敷地内へ進む。トヨタ二台も、あとに続いた。空きスペースは、かろうじて三台分あった。降車し、合流する。

制服警察官三名と私服捜査員二名、県警本部と保土ケ谷署員の混成だ。親しい者はいなかった。簡単な状況説明を行なう。

「対象者《マルタイ》の少年は、拳銃を所持している可能性が高い。厳重に警戒してください。受傷事故に注意のうえ、被害の発生を必ず未然に防ぐようお願いします」

「係長」一番若い制服の署員に、恭弥は話しかけられた。「首席監察官が、これを」

差し出されたのは無線、防弾ベストと拳銃だった。恭弥は受け取り、防弾ベストを着用する。上着は車中に脱いだままだ。無線を、肩に固定した。

ホルスター入りの拳銃を、腰の後ろに装着する。ニューナンブM六〇。三八口径で装弾数五発、銃身七七ミリの量産六型だ。恭弥への貸与品だった。

持ち出すには、丸いプラスティックの拳銃引換札を使う。通常、保管庫は施錠されていて、自由には持ち出せない。警部補以上の立ち会いが必要となる。貸出票に使用目的や時間、返却予定を記入しておく。

拳銃は、引換札と交換する。別の保管庫から執行実包を出し装填、銃弾は各警察官専用とされている。使用が終われば、逆の手順で返却していく。万が一にも発砲すれば、書面により報告しなければならない。

半倉の指示で、一切の手続きは省略された。

「首席監察官が、そんなことでいいのか?」恭弥は苦言を呟く。

「緊急時ですから」署員は苦笑いを浮かべる。

五名を引き連れ、校舎に向かう。正面の、もっとも大きな本館だ。玄関の位置も把握している。土足のまま上がった。スリッパでは、緊急時に動きが鈍《にぶ》る。

校舎内の廊下は午後になり、陰影が濃い。閉塞感だけがあった。恭弥たちは職員室前に着いた。

「ここで待っててください」捜査員に振り向く。屈強な警察官六人では、威圧してしまう。廊下に待たせ、職員室へ入る。

「警察です」手前に座っている若い女性に、声をかけた。同時に、警察手帳を提示する。

「市会議員の杉浦小夏さんが訪れているはずですが。今、どちらに？」

「え？」警察手帳を見て、女性は驚いた顔になる。「少々、お待ちください」

女性は、デスク上を探す。学校事務職員だろう。教員とは雰囲気が違う。

「えーと」事務職員は資料を出し、繰《く》った。「……はい。予定では二階ですね。中一のフロアです。彼らの清掃を視察されているはずなので」

礼を述べ、恭弥は踵《きびす》を返した。職員室を出る。捜査員が、陽を背に佇《たたず》む。

「二階らしい」恭弥は捜査員たちに告げる。「中学一年生の教室です。行きましょう」

恭弥は階段を駆け上った。捜査員もあとに続く。

二階の廊下に出る。モップや箒を使っている中学一年生は、まだ幼く見える。恭弥は視線を巡らせた。

チャイムが鳴る。生徒たちが、清掃用具を片付け始める。

廊下の片側は、教室と隔《へだ》てる壁になる。教室内を窺う一団がいた。五人の大人と、制服姿の女子生徒だ。背中しか見えない。校長の二階堂と教頭は分かった。

残り二人の男は、五十から六十歳前後だ。市会議員だろうか、背広姿だった。

隣に淡いピンクのスーツを着た女性が立っている。杉浦小夏だ。

廊下の向こう端に、三人の中学生が見えた。男子生徒二人に、女子生徒だ。

向かって右は長身の男子、体格もよく高校生以上に見える。大きな顔と小さいパーツ、スポーツ刈りが似合っていた。

左には女子、多少悪ぶっているのか大人びた印象だった。肩にかかる髪と整った顔、背も低くはない。

中央、小柄な男子生徒には見覚えがあった。北里涼真だ。

恭弥と視線が合う。涼真はポケットに手を入れた。

「警察だ！」恭弥は叫び、警察手帳を開く。「伏せろ！」

「確保！」一番年嵩《としかさ》の私服が声を張り上げ、中学生三人を指差す。「向こうの三名！」

制服警察官二名が、市議たちの背中へ貼りつく。四本の腕で、できる限り背中を押す。

「廊下に伏せて！」若い怒声《どせい》が、明るい空気を切り裂く。

訳も分からぬままだろう。校長と教頭、女子生徒が屈《かが》み込む。棒立ちの市議たちを、警察官が腕ずくで抑えにかかる。

「何よ、あなたたちは！」突然の出来事に、混乱が増す。もっとも抵抗しているのは、杉浦だった。「警察？　警察なの？　何なのよ！」

残りの私服二名と制服警察官が、中学生たちへ飛びかかる。相手は十代半ば、屈強な捜査員の敵ではない。一瞬で、廊下へねじ伏せる。

長身は若い私服、涼真は制服が拘束した。両名とも、うつ伏せで廊下に倒す。腕を背中へ、脚も捜査員の膝で押さえられている。

女子生徒は、年嵩の私服が抑えた。少女のため、腕だけ背中へ回している。

「大人しくしなさい！」年嵩の捜査員が、声を張り上げた。抵抗を試みたか、女子生徒がうごめく。

制服警察官が、涼真の右手を掴む。ポケットから引き出される。凝視《ぎようし》したまま、恭弥は足を踏み出そうとした。

握られているのは、石だった。青く、随所が鈍く尖っている。直径五センチほどの大ぶりなバラスだ。

恭弥は足を止めた。視界の隅、中央階段に人影がある。

久間田史帆。両手を握りしめ、腹の前で構えていた。

手の空いている捜査員はいない。とっさに、恭弥は飛びかかった。右で、久間田の左手を払う。

残る手は、久間田の右手をねじ上げる。何かが、廊下に落ちた。微かな金属音が響く。ペティナイフだ。刃渡りは十センチ程度に見える。

ナイフを見た杉浦の顔が蒼ざめた。逆に、目は充血していく。警察官の手を振りほどき、立ち上がる。

「何なの、こいつら！」杉浦の甲高《かんだか》い声が響く。「あなたたち、警察でしょ？　さっさと捕まえて。皆、死刑にしてちょうだい！」

無線が入る。恭弥は顔を傾けた。左手で久間田を抑えたまま、操作する。

「こちら剣崎。送れ！」

「剣崎、聞こえるか？」半倉だった。

「被疑者確保しました」恭弥は無線に吹き込む。「ですが、拳銃が発見できません」

「報告は、あとでいい」半倉が鋭《するど》く遮《さえぎ》る。焦りの色が滲む。初めて聞く声音《こわね》だった。

「こちらの話を聞け」

恭弥は黙った。久間田の腕から、力は感じられない。

「久間田治子の離婚した夫、史帆の父親は」半倉が続ける。「校長の二階堂剛だ」

校長の二階堂――

廊下の端に伏せた一団、恭弥は視線を向ける。久間田の登場に驚いたか、制服警察官の手が緩んでいた。二階堂が上半身を起こす。右手には、回転式拳銃が握られている。芳根の拳銃か。恭弥と同じニューナンブM六〇。量産六型。銃身七七ミリ。

杉浦との間隔は、一メートル足らず。素人《しろうと》でも命中させられる距離だ。

恭弥は、久間田から手を放す。同時に、右手を背中へ。銃把《じゅうは》を握った。二階堂の指に、力がこもる。間に合わない。

瞬時、発砲が遅れる。二階堂は、右手だけで拳銃を構えていた。撃鉄も起こしていない。片手のダブルアクション、力が入りきっていなかった。

恭弥は拳銃を抜く。両手保持で、引き金を絞る。

同時に、二発の炸裂音が響く。

二階堂の拳銃も発射された。杉浦の顔から数センチ、校長の銃弾が通過する。空気を切り裂く音さえ聞こえただろう。窓ガラスが、蜘蛛《くも》の巣状に砕ける。女性市議は、廊下にへたり込んだ。

拳銃を保持したまま、恭弥は進む。二階堂から視線を逸らさない。

二階堂の右胸、Yシャツが赤く染まっていた。拳銃を取り落とし、校長が膝《ひざ》をつく。同時に、口から血を噴き出す。

制服警察官が駆け寄り、拳銃を確保した。二階堂を仰向けにし、応急措置を始める。恭弥は、ホルスターに拳銃を収めた。

「どうした、剣崎？」無線から、半倉の声が響く。「状況を報告しろ」

「拳銃は、二階堂が所持。発砲したため、自分も撃ちました。被疑者は右胸に被弾。現在、警察官が処置中。ほかに、受傷者はいません」

「分かった」落ち着きが戻っている。冷淡といえるほどだ。「至急、救急車を手配する。引き続き、現場を頼む」

無線が切れる。廊下に、立ち上がる気配があった。一団にいた女子生徒だ。

恭弥は、初めて様子を確認した。細身で小柄、清楚な少女だった。顔が蒼ざめていて、目も虚《うつ》ろだ。さまようように、涼真たちの方へと近づいていく。

涼真と長身の男子は、廊下に伏せられたままだった。女子生徒も、年嵩の捜査員が確保している。

「危ないから、来ないように」

若い私服が鋭く告げる。少女は足を止めない。ふらつきながら進んでいく。

涼真は廊下に伏せたまま、少女に何ごとか話しかける。短い言葉だった。

――頼む。

恭弥には、そう聞こえた。

少女が足を止めた。涼真が微笑んで見えたのは、気のせいか。

「あんたが、刑事さんたちのリーダー？」涼真の視線が、恭弥を向く。声が張り上げられる。「主犯はおれだから。ほかの奴らは、脅されて従っただけ。分かった？」

13：48

北里涼真と久間田史帆、男女一名ずつの中学生。計四名は、捜査員に署へ連行された。抵抗する者はなかった。成人の久間田にだけは、手錠がかけられた。あとは未成年だ。中学生三人には、年嵩の捜査員と制服一名がつく。連行を促しただけで済んだ。眼前で、二階堂が撃たれたショックだろう。長身の男子生徒と大人びた女子生徒、ともに顔面蒼白《そうはく》だった。涼真だけが平然としていた。午後の授業にでも向かうように、足取りも軽かった。

「自宅からの移動には、自分の自転車を使いました」久間田の表情は白い。淡々と述べた。「いつも通勤に使用しているものです。職員用の駐輪場に駐めてあります」

久間田は放心状態に見えた。無理もなかった。父親が被弾し、意識不明だ。自身も傷害未遂により現行犯逮捕、銃刀法違反の疑いもある。制服警察官が付き添った。

確保した拳銃は、芳根のものに間違いなかった。二階堂の手に渡った経緯は、これからの聴取で明らかになるだろう。

杉浦小夏と二人の市議、教頭も含めて私服捜査員が校長室で保護している。全員、顔色を失っていた。警察の誘導にも、素直に従った。

喋り出したら止まらない。激昂《げっこう》すれば、制止は不可能だ。一般的な評判に反して杉浦は、うつむき加減のまま無言で立ち去った。

涼真に近づいた少女も、校長室へ向かった。表情の変化が印象に残った。血色が戻っていた。虚ろさが消え、鮮明な顔つきだった。意志の強さを感じさせた。大人たちと違い、歩みにも力があった。理由は分からなかったが。

二階にいた中一生を始め全校生徒が、体育館へ避難済みだ。誘導は残りの一人、制服警察官が行なった。

救急隊も到着している。恭弥が立会した。現着している捜査員は手一杯となっていた。

二階堂が、救急搬送される。ストレッチャーに載せられ、運び出されていく。

「助かりますか?」

「分かりません」恭弥の質問に、救急隊員は答える。「見たところでは、右肺を貫通しています。かなりの重傷です」

貫通した銃弾は、教室へ。ドアを貫き、黒板で止まった。射線上に、教師や生徒はいなかった。幸いというほかない。

発砲寸前、恭弥は感じた。二階堂は、微妙に狙いを逸らしていた。杉浦の近くをかすめ飛ぶか、当たっても軽症となるように。

恭弥は、威嚇射撃へ切り替えた。が、遅すぎた。頭部や心臓その他、急所を外すだけで精一杯だった。右肺を狙ったわけではなかった。命中させられただけでも幸運だ。あとは、助かるのを祈るしかない。

フロアには、恭弥だけとなった。外は、午後の色になりつつある。わずかに、色づき始めている。中学一年生は清掃も熱心なのか、廊下には塵《ちり》一つない。

頭痛と眩暈、倦怠感もある。体温も上昇している。廊下が歪む。HSSの気質が、症状を抑えてきた。今は、HSPが勝る。身体表現性障害の症状が、最高潮に達している。

汐谷救出に参加しなければ。

至急、保土ケ谷署に戻る必要がある。恭弥は踵を返す。進行方向に、手洗い場があった。トイレの向かいだ。隅に、ウォータークーラーが設けられている。四角柱で大きな灰皿を思わせる、手や足で操作するタイプだ。

恭弥は、スラックスのポケットを探る。ピルケースに手を伸ばす。上着を脱いだとき、移しておいた。抗不安薬《デパス》を服用しなければ。限界が近づいている。

懐で、スマートフォンが震えた。関口だった。頭痛を堪《こら》え、電話に出る。

「〝堤防作戦〟が終わりそうにありません！」珍しく、慌てた口ぶりだった。「上層部が怒り狂ってます」

「どうして?」恭弥は、こめかみを揉んだ。

「汐谷と真島の担当分が、丸ごと残っているんです。一人が負傷、一人が行方不明という状況ですから」

「当然ですよ。元々、無理な計画だった。根本的に、人手が足りていないんです。今から二名分の穴を埋められるわけがない」

心身の不調は、限界に来ていた。校舎全体が傾く。目を閉じ、考えをまとめる。

「関口さん」何とか口を開けた。「区役所職員の聴取結果はまとまってるんですよね?」

「はい」関口は、少し怪訝な声だ。「全員分、取りまとめ済みです」

「おれのタブレットに送ってください」厳しい声となった。「大至急!」

14:51

恭弥は、保土ケ谷署へ戻った。

〝特殊車両〟を駐車場に突っ込む。ブリーフケースを背負い、署内へ入った。階段を駆け、大会議室へ向かう。

保土ケ谷東中学校の後処理は、私服と制服の二名に任せた。体育館に避難中の生徒は、即座に下校させる。市議及び教頭、女子生徒は校長室で保護が続く。ほかの教員と含めて、聴取を行なう。応援の捜査員も出動している。

事務《デスク》の一角へ行き、生保事案の資料を受け取る。電話で要請しておいたものだ。

「これで、全部？」恭弥は訊く。Ａ４ペーパーの束は、数十枚あった。右肩が、ダブルクリップで留められている。

「はい、全部です」若いデスクの捜査員が、軽く一礼する。「ご連絡いただいていた資料は、一式揃えています」

捜査本部内の最後列に、空席を見つけた。腰を下ろし、資料を精査し始める。時間がない。身体の不調は無視する。

佐久が戻ってきた。座ったまま、恭弥は視線を向ける。

「首席は今、どこに？」

「署長室」佐久が立ち止まる。「今後の方針を相談してるって。それより恭さん、聞いたかい？」

「何です？」資料を手にしたまま訊く。

「美作が根城にしていていたネットカフェ、見つかったんだよ。西口の《ＹＡＳＵＲＡＧＩウェブ》ってとこ、知ってる？」

「いえ」あとで検索してみる。「ありがとうございます」

佐久は、手を挙げて応えた。自席に戻る。多忙な状態が続いている。電話のベルが鳴り響く。ホットラインもあるため、回線はパンク寸前だ。

恭弥は、ふたたび資料へ目を落とす。スマートフォンが震えた。長机の上で、小刻みに踊る。サイバー犯罪捜査課の大泉からだ。

「あまり、いい話じゃなくてね」大泉は、ためらいがちに話し始める。「マルウェア使ったんだけど。《レンタガン・ドットコム》の匿名性は破れていないんだ。予想以上に強固でさ。時間がかかりそう」

「午前中は、自信たっぷりだったろ」

「忙しいところ、無理やり協力してるのにさあ」口を尖らせた気がする。電話では分からない。声はふてくされている。「そんな言い方、する？」

「分かったよ」忙しいのは、恭弥も同じだ。銃のレンタル事案に割《さ》ける時間が、現時点ではない。「いつも、悪いな」

「まあ。いいけどさ」大泉も、ため息交じりだ。「今日中には無理そうなんだよね」

「仕方ないさ」急《せ》かしても、意味はない。無理を言っているのは、恭弥の方だ。「忙しいところ、ありがとう。引き続き、お願いできると助かる」

「OK。できるだけ、やってはみるよ」

半倉が大会議室へ戻り、ひな壇に座るのが見えた。

「何か分かったら、また連絡くれ」恭弥は、スマートフォンへ吹き込む。通話を終え、立ち上がった。半倉の元へ向かう。

「真島という係員は、無事だ」恭弥を認めると、半倉から口を開いた。淡々と告げる。

「手術も終了。傷が癒えれば、障がいも残らないだろうとのことだ」

ひな壇に、ほかの幹部は見えない。半倉同様、忙しく動いている。

「よかったです」恭弥はうなずいた。頭痛が、少しだけ和らぐ。「ありがとうございます。ところで、汐谷は見つかりましたか?」

「現在、捜索中だ」わずかに、視線の厳しさが増す。「拳銃は回収できた。君のおかげだ。よって、回せる人員も増えている」

「分かりました」恭弥は軽く頭を下げる。「お任せします。美作が、根城にしていたネットカフェを見てきたいのですが?」

拳銃の事案は解決と見ていい。残るは、生保と誘拐だ。どちらかに汐谷拉致の鍵があると感じられた。

「いいだろう。ほかに、何かあるか?」

「汐谷拉致に関連して、確認をお願いしたい事項があります」恭弥は一歩踏み出した。

「加えて、生保の件でもお話が」

15：26

車窓を流れる風景は、色が濃くなっている。丘を登る家々も、染まり始める時刻だ。

恭弥は横浜駅西口に到着した。ネットカフェ《YASURAGIウェブ》の前に立つ。

移動には、相鉄線を使った。店の位置を検索すると、電車の方が早い。駅から、歩いて数分だった。

《YASURAGIウェブ》の入り口には、制服警察官が立番している。閉鎖まではされていない。恭弥は警察手帳を開く。

制服警察官は敬礼する。まだ若い。西口の警備派出所からだろう。大型交番だ。恭弥も以前、勤務していた。

美作二郎の兄、太郎を射殺したときに――

ネットカフェは二階にある。一階の古着屋横を、階段が貫く。

恭弥は階段を上がった。自動ドアが開く。美作二郎が借りていたスペースは、〝M03〟だ。佐久に確認していた。

カウンター内の店員へ、身分証を提示する。アルバイトだろうか、二十代の若者だった。商売の邪魔と思っているのか、普段からの態度か、無愛想《ぶあいそう》に指差した。

「そこ進んで、右っす」

言われたとおり進んでいく。鑑識課員、私服及び制服の捜査員が見えた。皆、ほぼ同年代だ。知った顔ではない。恭弥はみたび、警察手帳を出す。

「保土ケ谷署の剣崎です。ちょっと、美作の持ち物を見たいんですが」

「お疲れ様です」私服が一礼する。頬《ほお》が微《かす》かに震えた。

恭弥と美作の因縁《いんねん》、誘拐事案との関わり及び顚末《てんまつ》等事情を多少は知っているのか。だが、態度には現わさない。

「どうぞ。検証は、ほぼ終了してますんで」

〝M03〞は、個室のようなスペースだった。一応、壁では仕切られている。天井までは届いていなかった。やろうと思えば、上から覗《のぞ》き込めなくもない。恭弥は、封鎖用の黄色いテープをくぐる。

当面、誘拐事案に集中する。汐谷救出は、半倉に任せるしかなかった。生保の事案も予想どおりなら、まだ時間がかかる。目の前にある事柄を、一つずつ片づける。一足飛びの近道はない。

署を出る前に、携帯で関口には指示してあった。半倉も了解済みだ。

「微細証拠は採取済みです」背後から、私服が言う。「持ち物といっても、あのバッグだけですけどね。あとは、個室内ほぼ空《から》でした」

私服は、白いスポーツバッグを手で示す。恭弥は近づき、屈み込んだ。ジッパーは開いている。中を見た。

中身は、タオルや着替えのみだった。丁寧に畳まれていて、量も少なかった。容量の半分に満たないだろう。現金や、凶器等犯行を示唆する物はない。

恭弥は中身を取り出して検分する。バッグの底、やはり丁寧に包まれた物を見つけた。畳まれた白い紙だった。

恭弥は開く。入っていたのは、シルバーアクセサリーだった。革の紐に、銀のトップが閃く。

美作二郎の首にあった物と同型だった。

16：08

元町《もとまち》の空気は、黄色に染まっていた。陽が傾き始めている。

移動には、地下鉄みなとみらい線を使った。恭弥は、商店の並びを進む。

美作二郎が遺《のこ》していたチョーカー。

一つは、二郎の死体とともにあった。ネットカフェに残されていたチョーカーは、太郎の遺品だろうか。

恭弥は、元町のシルバーアクセサリー店《銀飾堂《ぎんしょくどう》》を訪問した。

遺品の写真を撮り、元部下の今宮に確認させた。話したのは転勤以来だ。同じ第七係にいた頃、シルバーアクセサリーが趣味だと聞いていた。

『どこの製品か、分かるか？』写真を、スマートフォンに送っていた。『シルバーアクセには詳しいって言ってたよな？』

『ええ。たいていのブランドは分かりますよ』今宮は、変わらず軽い調子だった。『チョーカーですね。店オリジナルの品です。トップに、小さな刻印があるでしょう――』

教えられた店が、《銀飾堂》だ。住所を聞き、スマートフォンで検索した。位置は摑めた。

時々、立ち止まってスマートフォンを確認する。街の住所表記も見る。アクセサリー類には、縁のない生活をしてきた。

《銀飾堂》は難なく見つかった。小さな店だが、黒い外装には元町らしさも漂う。恭弥は、洋風のドアを開いた。ベルが鳴る。透明な音だった。

「いらっしゃいませ」

店内には、男が一人いた。三十代に見える。レザージャケットに無地のTシャツ、ダメージジーンズというスタイルだった。

「失礼ですが、店長さんですか？」恭弥は警察手帳を提示する。

「はい」男は答えた。特に動揺はない。「何か?」

「こちらを見てください」恭弥はスマートフォンをかざした。美作のチョーカーが映っている。「このチョーカーは、貴店のオリジナルですね?」

眉を寄せ、店長は確認する。少しして、答えた。

「はい、古い品ですが。開店間もない頃かな。ある方からの依頼で、私が作成しました」

「そのお客さんというのは、美作太郎と二郎の兄弟では?」

「ええ、まあ。そうですけど……」警戒するように口ごもる。

「店長さんは、美作とは古くから?」

「ええ」店長はうなずく。調べれば分かることだ。観念したらしく、口調も変わる。「あいつらとは、若い頃からの馴染《なじ》みでね。恥ずかしながら、自分も半グレだった。一緒に悪さをしていた仲さ。児童養護施設で知り合ったんだよ。ここしばらくは、会っていなかった。太郎が死んだことは知っていたけどね」

「二郎も死にました」太郎を射殺した本人であることは伏せた。「犯人は、まだ不明です」

「なるほどね」驚きはしなかった。嘆《なげ》いただけだった。「仕方ねえよな、あんな生き方してたら。気にはなってたんだけど。注意もしたし」

「あのチョーカーは?」

「開店祝いに、おれが兄弟お揃いで作ってやったものだよ。ほら、このトップ」

店主は、スマートフォンの写真を指差す。

「あいつらのリクエストでね。〝いつまでも牙《きば》を失くさないように〟とか何とか。若いワルが言いそうなことさ。でも、そんなに突っ張ったってさ。死んじまったら、何にもならないじゃない？」

「………」

「おれは、たまたま手先が器用でね。いつまでも、半グレなんかで生きていけるはずもねえしさ。連中より年も上だったし。弟子入りして、修行。独立後の、最初の客があいつらだった、金もらってねえけど。この世に二つだけ。自分にとっても、思い出の品だよ」

「なるほど」うなずいてから、恭弥は訊《き》いた。「ところで、美作から伝言や預かっているものはありませんか？」

17：12

恭弥は、株式会社《DAN電子》を訪れた。

日没を迎えていた。周囲の空気同様、社屋の外壁も濃紺に染まる。正面玄関へ向かった。インターフォンで、用向きを伝える。

「CEOにお会いしたいんですが」

対応した社員の声は明るい。特殊班を始め捜査員は皆、引き揚げた。人質だったセールス・マネージャーの小畑朱莉も解放された。目立った外傷はない。念のため、病院で経過観察をしている。解決済みの気分だろう。

「金属探知機の件は、ご存知ですね？」

「はい」社員の声に、恭弥は答える。金属類は、スマートフォンや車のキー等だけだ。まとめて、小型のセカンドバッグに収納してあった。挿入口から落とし込む。〝特殊車両〟のスバル・レヴォーグは、会社の駐車場に入れてある。衛藤に頼んで、借りたままにしてあった。

会社玄関が開く。若い社員が顔を出し、招き入れられた。恭弥はドアを潜る。金属探知機は反応しなかった。

社員の案内で、CEO室に向かう。ノックと同時に、反応があった。恭弥が訪問した旨、伝達済みだったようだ。

室内には、二人だけがいた。CEOの團由利夫と、CFOの貝原啓貴だ。

「忙しいところ、申し訳ありません」恭弥は、両名に会釈する。

「いえ」團は自席に座っていた。恭弥の言葉で、腰を上げる。隣の貝原は、CEOのデスクにもたれている。

部屋は明るい。室内のLED灯が、すべて点っていた。壁紙は薄いベージュのため、白く眩しいほどだ。一〇月というのに、空調が働く。窓には、ブラインドが下りている。

「まあ、どうぞ」團が、応接セットへ近づく。「おかけください」

貝原も続く。ソファの合成繊維は、清潔に見えた。二人の着席を待って、恭弥も腰を下ろす。

「容疑者が、死体で発見されたそうですね？」團が脚を組む。

「ええ」恭弥はうなずく。「美作二郎。ご存知ないんですよね？」

「ええ」團が首を横に振る。爽やかな仕種《しぐさ》。「今朝お答えしたとおり、私も貝原も心当たりがありません」

「CEOとも話したのですが」貝原が探るような目線を向けてくる。「私も児童養護施設にいました。が、團と面識はありませんでした。知り合ったのは施設を出て、パチンコ屋に勤めてからです」

「ですので」團が引き取る。「その頃に、美作某《なにがし》とニアミスした可能性はありますね。歳も私の方が少し上ですし。我々が一方的に知られていたというのは、あり得ることかと思います」

「なるほどですね」恭弥は納得して見せた。

「これは、素人《しろうと》考えですが」團は、よどみなく話す。「その美作と、弊社に電話をかけてきた〝ジュンヤ〟。二人は共犯だった。幼少の頃か、マスコミやネットなどによってかは分かりませんが、我々のことを知った。そして狙った挙句、仲間割れをした」

「それは、あり得ないと思います」恭弥は断じた。

「ほう」團は微笑んだままだ。「まあ。門外漢《もんがいかん》の考えですので。でも、そこまで否定されちゃうとなあ。何か、証拠がおありなんですか？　例の〝ジュンヤ〟が見つかったとか」

「〝ジュンヤ〟などという人物は存在しないのです、最初から」

恭弥は二人の反応を見る。團に変化はない。貝原の頰が、微かに震えた。

「〝ジュンヤ〟は、あなた方がでっち上げた人物だ」恭弥は続けた。「美作二郎殺害の犯人と思わせるために」

「美作は、私に対する復讐のため」恭弥は話す。「あなた方へ、狂言誘拐の計画を持ちかけた。話に乗った風を装い、皆さんは一時的に協力した。犯行に必要な資金も提供したのではないですか。しかし、最終的には裏切って、二郎を殺害。その犯人として用意されたのが、架空の〝ジュンヤ〟です」。

「それは、どういう意味でしょうか？」貝原がいきり立ち、腰が少し上がる。顔の陰険さも増す。「場合によっては、看過《かんか》できない発言かと思いますが。県警本部に抗議させていただくか。もしくは、出るところに出させていただくこともありますよ」

「まあまあ、ＣＦＯ」團は平静なままだ。手で貝原を制する。「何か、根拠はおありなんでしょうか？　我々が、そんな真似をしなければならない理由は？」

「銃のレンタル業に関する口封じです」

「何ですか、それ？」

「ダークウェブ上に、銃のレンタルに関するサイト《レンタガン・ドットコム》が存在します。運営者は團さん、あなたですね？」

　團に動きはない。話を続ける。

「五年前の西口におけるコンビニ強盗は、美作二郎とその兄によって行なわれました。先日、川崎でも信用金庫強盗が発生した。どちらの事件も、拳銃を貸したのは、あなただ」

　貝原の視線が泳ぐ。團は薄笑いさえ浮かべている。

「函館でも、地銀強盗に川崎と同じ拳銃が使用されました。最新型の九ミリ・セミオートです。《レンタガン・ドットコム》は、全国規模で動かされています」

「万が一、私がそんな犯罪に関わっていたとして」團は短く嗤《わら》い、脚を組み替えた。「どうして分かるんです？　その美作とやらに。口封じに殺さなければならないほど」

「美作は出所後、身を寄せていたんじゃないですか？　あなたのところへ。昔馴染みの」

「我々は面識がない、と先刻申し上げたはずですが」

　團の笑みは消えない。貝原は唇を曲げ、目尻を震わす。

「児童福祉施設でしょう」恭弥は視線を逸らさない。「児童養護施設に自立援助ホームなど、ご自分でもおっしゃっていたじゃありませんか。ただし、美作が一方的に見知っていたのではない。お互いに親交があった。証言も取れています」

※　※　※

『三郎を知らない？　そんなはずねえよ』《銀飾堂》の店長は言った。『施設で出会ってさ。美作兄弟は兄貴みたいに慕《した》ってたし。團にとっては、ただのパシリだろうけど。あいつの開業資金は、半グレを顎《あご》で使って儲《もう》けたものだからさ』

團は美作兄弟等、半グレたちのリーダー格だった。自身は表に出ず、影から操った。危険ドラッグに金の密輸、違法ＤＶＤの販売など。多額の金を荒稼ぎしてきた。

『そのことを知る者は？』

『少ないんじゃねえかな。世間には、知られてないと思うよ。半グレ連中でも、一部に限られるだろうね。團は名前が出ることを、極端に嫌ってたからさ。いずれ今みたいに起業することを、その頃から狙ってたんじゃないかな』

銃のレンタルについては、店長も知らなかった。極秘の稼ぎだったようだ。

『おれが半グレ抜けたのも』店長は息を吐いた。『團のやり方に嫌気が差したからさ。自分だけ稼いで、要らなくなったら切り捨てる。ドラッグだけじゃない。ヤバい商売には全部手を出してたからな。ひどいもんだよ。メモリの中身？　見てねえよ。おれ、もう関わりになりたくねえんだ。太郎や二郎にも、早く縁切れって言ってたんだけど』

※　　※　　※

「誰が、そんなでたらめを……」

貝原の表情が険《けわ》しくなった。眉間《みけん》にしわが寄る。

「それは申し上げられません」恭弥は軽く首をふる。「入所中、美作はＩＴ関連技術を習得している。担当だった刑務官に確認しました。非常に優秀だったそうです。だが、あなたはそのことを知らなかった」

「ほう」感心したように、團がうなずく。

「刑務所時代に得た技術で、美作は御社から銃レンタルの帳簿を入手。データを盗んだんでしょう。で、恫喝《どうかつ》を始めた。金目当てか、私への復讐に協力しろと言ったか。恐らく両方だ。二郎が邪魔になったあなたは、始末することにした。協力するふりをして」

「そんな与太《よた》を、お続けになるなら」貝原が立ち上がる。「そろそろ、お引き取り願えませんか？　團は、このあと予定が詰まっていまして」

「まあ、いいじゃないか」團が、貝原の腕を軽く叩く。「面白そうな話だ。もう少し聞かせていただこう」

貝原が腰を下ろす。恭弥は言った。

「團CEO。あなたは、美作から私に復讐したい旨《むね》の話を聞いていた。誘拐を使ったプランも。データを奪われ脅迫されていたため、従うしかなかった。協力するふりをして、データを回収する必要もあった」

團は微笑する。貝原の眉が寄る。恭弥は話す。

「そこで、あなた方は〝ジュンヤ〟という架空の人物をでっち上げた。あえて下の名前だけにしたのは、我々警察に〝怪しい〟と印象づけるためでしょう。二郎は、そんなことは知らなかった。本人に内緒で、共犯者を作ったわけです。二人で、小畑を誘拐したように見せかけた。美作は何も知らずに、私に復讐するため、鉄工所跡に待機した」

「面白い」團は涼しい顔だ。「それで、お話の続きはどうなるのでしょう？」

「廃品回収業者が休んでいることは、電話で確認したんでしょう。そういう連絡があったそうです、匿名で。仲間割れがあったように見せかけ、美作を射殺する。実行犯は、貝原さん。あなたですね」

恭弥は、貝原に目を向けた。慌てたように、視線が逸らされる。顔が脂《あぶら》で光る。

「身代金の金策に出かけたというのは、偽装でしょう。美作を殺害するためのカムフラージュです。だが、データの回収には失敗した。美作が所持していなかったからですね。時間もなかったでしょうし。だが、美作が死ねば、口封じは完了だ」

貝原の口が開きかけた。團がうなずいた。團の視線を受け、途中で固まる。

「なるほど」團がうなずいた。「盛り上がってきましたね」

「人質は解放され、〝ジュンヤ〟は逃走したように見せる。美作殺害の犯人は、永久に闇へ消えるという筋書きでした。人質だった小畑さんも、恐らく共犯。すべて承知のうえで、誘拐ごっこにつき合ったのでしょう」

貝原の額で、汗が玉となる。視線が、團の横顔へ移る。指示はない。

「ほかに共犯者が、少なくとも二名いたのではないでしょうか」二人を目で追う。「私はそう感じています。人質の運搬と、脅迫電話やメールを発信する役です。金で買収しましたか？　團さんの昔馴染みですよね」

警察官ではないか。口にはしなかったが、恭弥はそう睨んでいた。

「生保の事案が世間を騒がせている。ルーティンどおりなら、三度目の犯行は今日だ。月曜に発生した拳銃強奪も解決していない。保土ケ谷署管内は慌ただしく、手薄になる。誘拐への捜査も散漫になるだろう。そうした考えもあったんでしょうね」

「なるほど」團が、軽く拍手する。「筋は通ってますね。矛盾《むじゅん》もないように思います。お見事ですが、証拠はあるんですか？」

團は恭弥を鋭く睨んだ。

「これを」

恭弥は、セカンドバッグを開いた。フラッシュメモリを掲《かか》げる。《銀飾堂》の店長から預かってきた物だ。

「あるところから入手しまして。中には、銃レンタルに関する帳簿が入力されていました。並行して、マルウェアによるダークウェブの匿名性除去も行なっています。時間の問題だと思いますよ、ＣＥＯ」

「それは、違法捜査じゃないですかね？」團は微笑む。貝原の汗は増えていく。「マルウェアを使うというのは。海外ではともかく、日本ではね。それに、ＵＳＢ内のデータは大した証拠能力がないでしょう。何とでも偽造できますから」

「そうでしょうか？　でも、探っていく端緒《たんしょ》にはなりますよ」

「ここには、お一人で？」團の視線が向く。爽やかさは変わらない。「令状も持たずに？」

「ええ」恭弥は腕を組み、息を吐いて見せる。「上司の理解が得られないもので。確証を摑《つか》んでからと思いまして」

「失礼だが」團の微笑が消えた。「あなたは丸腰だ。ここの玄関には、金属探知機が取りつけてあります。ご存じのとおりね。刑事さんには反応しなかった。つまり、拳銃を所持していらっしゃらない」

合図の言葉だったか。同時に、團と貝原が立ち上がった。ともに拳銃を抜く。

大ぶりなセミオート、シルバーとダークグレーの銃身。川崎の信用金庫襲撃に使用された拳銃と、同型に見えた。

「感謝していますよ、刑事さん」團が、ふたたび微笑する。「わざわざ、二郎が持ち逃げしたものまで返しに来てくださるとはね」

「そんなつもりじゃありませんが」恭弥は銃口を凝視する。

「こいつは、CANiK《カニック》というメーカーの拳銃でしてね。トルコ製です。あまり知られていませんが、『グロック・キラー』と呼ばれるほど高性能なんですよ」

「そうですか」銃口に、目が吸い寄せられる。「初めて聞きました」

「剣崎恭弥さん」團が告げる。死刑宣告のように響く。「独断専行型の刑事らしいですね。二郎から、いろいろ聞いていますよ。〝神奈川の狂犬〟なんて呼ばれていらっしゃるとか。恐ろしい方だ」

「どうも」恭弥は、二人を交互に見る。團の笑みが大きくなる。貝原の汗は、垂れ落ちるほどだ。「あまり嬉しくはないんですけどね、そのあだ名」

「今回は、その自信過剰が仇《あだ》になりましたね」

銃口が、恭弥の額を向く。引鉄に指がかかる。

「この部屋は完全防音」團の表情は、哄笑《こうしょう》に近い。「銃声は漏れません。大丈夫。死体は見つからないところへ、丁寧に埋葬してあげます。ちなみに、これは二郎に貸してた拳銃です。あなたを殺すためにね。あいつに代わって、太郎の仇を取ることにしましょう」

恭弥は團を見上げる。ソファに腰を落としたままだ。

笑う團。汗だくの貝原。

「悪く思わないでください」團は、指へ力をこめる。「朝、お話ししたとおりでしてね。ガキの頃から、ひどい生活をさせられてきました。恥ずかしながら、貧乏極まりなかった。やっと、ここまで来たんです。繰り返しますが、何一つ失うつもりはありません」

恭弥は、團から視線を外さない。苦労人のCEO。唇が歪む。

「おっしゃるとおり、銃のレンタル」團は遠い目をする。「クスリにゴールドの密輸、違法DVDその他いろいろとね。悪いことは一とおりやったかな。そうやって、弊社の開業資金を貯めたんです。あなたに恨みはないが、邪魔させるわけにはいかないんですよ」

貝原が唾を飲む。汗が垂れる。團の銃口は揺るがない。

次の瞬間。室内に、閃光と轟音が走った。恭弥の意識が飛ぶ。


目を開く。最初に見たのは、黒い出動服の一団だった。

神奈川県警捜査第一課特殊捜査隊SIS（Special Investigation Squad）。

黒い一団は、團と貝原を確保済みだった。二人とも、床へうつ伏せにされている。両腕は背中へ。脚も固定され、拳銃も取り上げられていた。

室内は荒れている。ソファは部屋の隅へ。窓ガラスは割られ、落ちたブラインドが床に固まる。ドアもこじ開けたか、外れかけの蝶番《ちょうつがい》に垂れ下がる。

恭弥は、何度も瞬《まばた》きした。耳もおかしい。三半規管が独楽《こま》回りする。

「大丈夫か？」声をかけてきたのは、出動服姿の衛藤だった。恭弥は毒づく。

「目と耳が痛い」

「生きてるって感じがするだろ？」衛藤が嗤《わら》う。「礼はいいぞ」

「ありがたくて、涙が出る」

実際、泣いていた。目に対する刺激が強すぎる。先刻の閃光と轟音。SISが投げ込んだ閃光弾『フラッシュ・バン』だ。音と光の強度に応じて、幾種類かある。恭弥への嫌がらせか、安全対策か。強いタイプを使ったようだ。

「申し訳ない」ねじ伏せられたCEOとCFOへ、恭弥は近づいた。「嘘をつきました。一人じゃなかったんですよ」

返事はない。恭弥は、スマートフォンをかざして見せた。裏を向ける。薄く、黒い機器が取りつけられている。

「秘聴用のマイクです。隠すのが大変でした。IT社長であるあなたの前で、スマホいじったらバレると思いましてね。上司の指示でしたので」

※　※　※

『弱いな』

恭弥の報告を受け、半倉は言った。腕を組み、考えた。

『マルウェアを使った捜査活動は、裁判で合法性が争点となるだろう。もっと確実に、追い込める証拠が欲しい。帳簿データも、偽造と言われる恐れもある。團が作成したという確証を得たい。現行犯逮捕ならベストなんだが』

『なら、こういう手はどうでしょう?』

『何だ?』

『美作と接点があったならば、團は私の評判も耳にしているのではありませんか。独断専行も辞さないとか。一人で向かえば、単独行動と思い込むでしょう。始末しようと、拳銃でも抜いてくれれば万々歳です』

『なるほどな』

半倉の表情が、微かに崩れた。苦笑したのかも知れなかった。

『外に、SISを待機させてください』恭弥は依頼した。『室内の会話は、無線で伝えます。あとは、絶好のタイミングで突入させるだけです』

※　※　※

「ちなみに、裁判所の許可は得ています」恭弥は團に告げる。うつ伏せのまま、手錠をかけられるところだ。「今回は銃器、誘拐、殺人、詐欺。通信傍受対象十三種類とされる犯罪行為のうち、四つまで該当する。裁判所も、喜んで許可しましたよ」

團は、薄く微笑ったように見えた。貝原は憤怒《ふんぬ》の表情だ。紅潮した顔を汗が流れる。恭弥はSIS隊員を向く。

「セールス・マネージャーの小畑も確保してください。狂言誘拐の従犯容疑です。けいゆう病院にいます」

「大丈夫」隊員がうなずく。「確保済みです」

恭弥もうなずいた。CEO室を出る。頭痛と微熱、眩暈を感じる。倦怠感に、軽い難聴もある。閃光弾の影響か、心理的なものか。

署に戻れば、抗不安薬が飲める。恭弥は、大きく首を回す。

まだ終わっていない。至急、汐谷を救出しなければならなかった。生保の事案もある。今夜にも、新たな犠牲者が出る。次の段階へ移行する必要があった。

17：53

「これからどうする？」

運転中の河田匠に、端本政俊は詰め寄る。保土ケ谷署地域課の巡回担当二人だ。

ＰＣはトヨタ・ゼロクラウン、ＧＲＳ１８０系。新しい車ではないが、現在でも主力として全国で使われている。

白黒のパンダみたいなデザインだ。毎日のように、乗り回さざるを得なかった。河田は辟易《へきえき》していた。

国道一六号から側道へ逸れている。陽は落ちた。先刻まで、西日が眩《まぶ》しかった。河田は、アメリカのポリスマンを羨《うらや》ましく思った。サングラスをかけられる。

「問題ないって」

河田は、自身を確認する。声は、いつもの調子だ。態度も変わっていないだろう。二人だけのときは、ため口で通している。立場をわきまえさせるためだ。警察では上司でも、この件の主導権はこちらにある。まったく、端本は心配性すぎる。

「落ち着けよ。ばれてないから」

「だから撃つなって言ったんだよ！」女を拉致した際のことだ。何時間も経っている。男の刑事を、河田は撃った。何度目のやりとりだろうか。「現役の刑事だぞ。まずいだろ？」

「うるせえよ」さすがに、我慢の限界だった。「二人とも殺《ばら》すってことで、お前も納得してたじゃねえか！　それをビビッて勝手な真似しやがって」

「でも――」

「あれ見られた以上」河田は続ける。「生かしておけねえだろ！」

端本が口を噤む。河田は、なだめに回る。

「大丈夫だよ。警察の拳銃は使ってないし。銃声も抑えたじゃん。男にも顔は見られてないし。脚撃たれて、すげえパニクってたから。制服も着替えてあったしね。女は話してなかったのさ。でなけりゃ、とっくに動きがあるっしょ」

河田は、二人とも殺すつもりだった。その方向で、端本も一旦は納得した。

昼間の出来事を思い出す。女は、生活安全課の汐谷紬だった。現在は、生保事案の特別捜査本部に詰めているはずだ。同じ保土ケ谷署、互いに顔は知っている。あまり話したことはなかった。

男は真島流星、汐谷と同じ所属だ。いつも、二人でつるんでいる。やはり特捜本部に異動していた。こいつも、顔を知っている程度だ。

問題は、汐谷の方だった。だが、車内で真島に話している可能性もあった。県警に報告されたらアウトだ。〝あれ〟に加えて、ＰＣのナンバーも見られている。一刻の猶予もなかった。

刑事たちは、ダイハツの軽自動車で移動していた。距離を置いて、尾行した。走行中は手出しできない。国道周辺には、無数のPCが展開中だ。怪しまれる可能性は低い。容易に追跡できた。

並行して、無線をチェックし続けた。汐谷と真島が県警に連絡したなら、動きがあるはずだ。変化を感じたら、即座に離脱するつもりだった。

ムーブキャンバスが停まった。車体は、白とクリーム色のツートンカラーだ。鮮やかなため、見逃す恐れは少ない。男女の刑事、汐谷と真島が降りた。道路に人影はなく、車も走っていない。河田と端本は私服に着替え、拳銃を手にしてした。

CANiK　TP9　SFX。最新型の九ミリ・セミオート。

私服及び拳銃ともに、トランクに常備してあった。銃は先日、川崎の信用金庫強盗にも使用した代物だ。相棒は、やはり端本だった。

二人とも殺す。顔は隠していなかった。

河田はためらわなかった。真島を撃った。どこに命中したかは分からない。確認する暇がなかった。端本が、予定外の行動を取ったからだ。

端本は、汐谷に拳銃を突きつけていた。河田は制止しようと口を開きかけ、とっさに止めた。真島が生きていたら、声を聴かれてしまう。

河田が真島を、端本が汐谷を始末する段取りだった。土壇場で怖気づいたらしい。拉致するつもりか、両手首をすでに手錠で拘束していた。

前方から、車の気配がする。汐谷を殺すか。手錠を外す時間がない。残しておけば、証拠となってしまう。

河田も端本に協力し、汐谷の足首に手錠をかけた。トランクへ押し込んだ。ハンカチを口にねじ込み、猿轡《さるぐつわ》とした。女のスマートフォンを抜き取る。顔ではなく、指紋認証だったのは幸いだ。

クルマが近づく。急いで蓋《ふた》を閉める。河田と端本はPCに乗り込み、発進させた。間一髪だった。運転は、端本がした。隣で、河田はスマートフォンの電源を切った。

銃口はタオルで覆ってあった。銃声は抑えることができたが、布が発火し、慌てて踏み消した。放置もできないので、トランクへ入れてある。

気がかりは、真島の生死を確認できなかったことだ。顔は見られていないが、汐谷が話していた可能性はある。河田も不安になった。無線の確認は怠《おこた》らなかった。

真島は救出されたようだ。無線を聞く限り、それ以上の進展は感じられない。

汐谷は真島に話していない。本部にも報告していなかった。河田は確信していた。

指揮本部の指示どおりにPCを走らせ続け、現在に至る。怪しい気配はまったくない。

河田は、端本に視線を向けた。顔が薄暗い。輪郭だけで、表情までは見えなかった。相棒は、おずおずと口を開く。

「トランクの女、どうすんだよ？」

「帰せねえだろ、今さら」

河田はハンドルを、軽く切る。沿道の自転車を避けた。

「誘拐の緊急手配は、解除されたみたいだし。おれたちのことなんて、無線でもまったく話してない。全然ＯＫ。もうすぐ、状況も落ち着くんじゃない？」

汐谷を襲撃した理由──誘拐劇の人質役を見られた。後部座席に乗せて、運搬していた。小畑朱莉といったか。生意気な女だった。

誘拐時、人質には頭に巾着袋を被せているとの設定だった。小畑が嫌がったため、ＰＣの後部座席では外していた。

二人の刑事を始末すると相談したときは、大騒ぎだった。

『何考えてんの！』小畑は、金切り声で叫んだ。『頭大丈夫なの、あんたたち！』

人質役の解放時刻が近づいていた。当初は西谷駅周辺で降ろし、交番に駆け込ませる予定だった。反対方向だ。汐谷たちを追跡しなければならなかった。

『何で、ここで降ろすのよ！　予定と違うじゃない』

小畑は静まらなかった。河田は怒鳴りつけた。

『うるせえ！　黙らねえと、てめえも殺《ばら》しちまうぞ！　いいから、とっとと降りろ。その辺のパトカーにでも保護してもらえ！』

　無理やり、途中の国道沿いで下車させた。無線によると、小畑は指示に従ったようだ。

　さらに、大量のトバシ携帯も見られた。脅迫電話及びメール用に、美作二郎から受け取った物だ。専門の売人から購入したらしい。

　見られた以上、生かしてはおけなかった。狂言誘拐に関わった決定的証拠となる。

　河田と美作、團は昔馴染みだ。二郎の兄、太郎も生きていた。児童養護施設や自立援助ホームで、度々顔を合わせた。皆、入所と退所を繰り返す日々を過ごした。

　貧しかった幼少期を思い出す。河田の両親は現在も健在だ。昔から、遊興癖が強い。パチンコ屋に入り浸《びた》っていた。育児放棄《ネグレクト》といっていい状態だった。

　今でいう〝放置子〟か。夕刻や夜など常識外れの時間に、近所や友人の家を訪れる。勝手に冷蔵庫を漁《あさ》る。食事や、おやつを要求する。町内や友達の間でも嫌われ者だった。誰かが区役所に通報し、施設で保護された。

　河田は、團率《ひき》いる半グレグループに入った。十代前半からだ。小学校も卒業する前だった記憶がある。

　当時の團は、半グレを陰から操って荒稼ぎしていた。美作兄弟も暴れ回った。河田は一歩引いた。いずれ警察官になる。そう決めていた。旨味《うまみ》があるからだ。

『おれ、お巡りになるっす』團にも、その旨話した。『その方が、いろいろと怪しまれないすから。美味いネタ回しますよ。皆で、がっぽり儲けましょう』

十代後半は様々な動きがあった。美作兄弟がコンビニ強盗に失敗、兄の太郎は死亡した。弟の二郎も収監された。團はパチンコ店勤務から、IT企業設立へ舵《かじ》を切った。團の援助を受け、河田は高校を卒業し、県警に入った。

実際、河田の言うとおりになった。川崎の強盗も、まったく疑われなかった。誘拐劇でも、人質の運搬役を担った。脅迫電話をかけ、メールも送った。現役警察官が、PC内から行なっているとは、誰も考えないだろう。取り逃がすたび、無線が入る。笑いを堪《こら》えるのに、必死だった。

脅迫電話でも、河田は自信たっぷりにふるまえた。交渉役の剣崎恭弥――〝神奈川の狂犬〟を振り回してやった。

問題は端末だ。電話を交替するたび、焦りまくった。事前に團と打ち合わせしてあった。

金への執着も隠せなかった。分け前が、身代金内から支払われるためだ。剣崎に見抜かれかけたときは、河田も慌てた。急いで、電話を替わった。トバシを交換するのも忘れた。

携帯の交換自体に意味はなかった。捜査陣を攪乱《かくらん》させるのが目的だった。大した失点ではないだろう。

報酬を身代金と別にしてくれていたら、端本の対応も違ったはずだ。身銭に渋い團の性格は、昔からだ。

詳細は聞かされていない。狂言誘拐を行なう。報酬は払う。指示どおりに、役目を果たせ。警察官としての立場を、利用したかったのだろう。

〝ジュンヤ〟と名乗って、河田は《DAN電子》に電話をかけた。役割の一環だった。言われたとおりの内容を喋った。タイミングも指定された。TVの取材が入っていたそうだ。マスコミを、架空の男に関する証言者とするためだろう。

非番の日には、会社周辺を私服でうろついた。痴漢《ちかん》まがいの不審者を演じた。すべて、團の指示だ。

團は命じるだけ。いつまで経っても変わらない。

河田も汐谷拉致や、真島銃撃は團に報告していない。下手なことを話せば、報酬が削られる。助けが必要となるまでは、黙っておけばいい。

ただ、先刻から團が携帯に出ない。そのことだけが気がかりだった。

二郎の立ち位置は不明だ。團に使われていたのか、首謀者だったのか。脅迫電話中に、名前が出るだろうとは言われていた。対応も、大筋詰めてあった。

二郎本人は、射殺体で発見されている。汐谷に見られる直前のことだった。何が起こったのか。知る由《よし》もない。その必要もなかった。慌てる端本を、落ち着かせるのが手間だっただけだ。

『何だよ、射殺体って！』指揮本部からの無線連絡に、端本はパニックとなった。『聞いてねえぞ、死人が出るなんて！』

半ばなだめ、半ば無視した。今さら、抜けることは許されない。

強盗及び刑事銃撃に使った拳銃は、團から借り受けた。銃器のレンタルを行なっていることは、以前から知っていた。

《レンタガン・ドットコム》。気取った名前をつけやがる。

使用した拳銃は、後部座席のトートバッグに入っている。トランクは、汐谷だけで一杯だ。多数のトバシも、同じくスポーツバッグの中だった。

「もうおしまいだよ」

端本の消え入りそうな声がする。

誘ったのは、河田の方だ。

闇金への負債が端本にはあった。ギャンブルで作った多額の借金、返済に追われていた。追い込みも日増しに強くなる。相談を受けた。河田は、強盗に引き入れた。

今は人目がある。ＰＣでの移動は怪しまれないが、目立つ。職場放棄もできない。不審がられる恐れがあった。言い訳も面倒だ。

本部の指示には、すべて従っていた。命令無視等は行なっていない。

無線も聞き続けている。疑われている気配や、ニュアンスは感じられなかった。

問題ない。完璧だ。

「夜遅くなってから」河田は告げた。思ったより平静な声が出る。「どっかで始末しちゃおうぜ」

18：01

ホルダーのスマートフォンが震えた。半倉からの連絡だ。

「剣崎です」恭弥はスピーカーで応じる。

〝特殊車両〟のスバル・レヴォーグで、署に戻る途中だった。国道一六号を東へ。ルームミラーを群青《ぐんじょう》が覆っている。街灯だけが眩しい。

「君の言ったとおりだ」単刀直入に、半倉は述べる。平坦な口ぶりだった。「汐谷拉致犯が割れた。河田匠と端本政俊だ。保土ケ谷署地域課所属だな」

「はい」恭弥は、二人を頭に浮かべる。「PCの巡回担当です」

河田は二十代前半の巡査、端本も三十を超えたばかりの巡査部長だ。頭の中でリストアップはしていた。両名は被疑者の筆頭だった。だが実際に聞くと、多少の衝撃はある。

《DAN電子》に向かう直前、恭弥は半倉に依頼した。

『真島が撃たれた銃弾ですが。貫通していたため、捜索中のはずです。発見次第、川崎の拳銃強盗に使用されたものと照合してください。二つは一致するはずです。また、信用金庫の被疑者映像を歩容鑑定システムにかけるようお願いします』

歩容鑑定システムは、歩き方で個人を識別する。歩幅に胸の張り、腕の振りや姿勢など特徴を解析する装置だ。五十メートル先の映像でも、人物の特定が可能だった。恭弥は、読んだ筋を半倉に伝えた。

『拉致犯は警察官と思われます。二人組で動いている可能性が高い。汐谷と真島の動線上、特に国道一六号を移動していた班を優先して、防犯カメラ映像と照合してください』

真島の証言によれば、協力要請のため、汐谷がPCに声をかけようとした。すると急いで走り去ったという。二人組の警察官は、有力な被疑者だ。複数が交代していた脅迫電話、逆探知による包囲網をすり抜けられた理由等、すべてに説明がつく。

全施設の玄関に、防犯カメラがある。捜査員の映像は、すべて残っている。県警本部及び署員、事務職員含め全員分だ。

《DAN電子》から経過を確認してあった。半倉は答えた。〝順調だ。有力な情報を得ている〟と。

「河田及び端本の署玄関における映像」半倉の声が続く。「信用金庫の被疑者と一致した。二人は現在、国道一六号を西谷町方面に進行中。君のいる方角になる。すでに追跡を開始している。緊急配備《キンパイ》は済ませた。検問所も設置済みだ」

「追跡には？」

「特別な班を編成した。君の指示どおりに進めた。連絡は、すべて個人の携帯端末を使用。無線は使っていない。河田たちへ悟られないためだったな。加わる捜査員も厳選している。現在、網の中へ追い込んでいるところだ」

「ありがとうございます。それならいけるでしょう」

「通常の無線網は継続しておいた。二人にも、連絡は行っている。排除すると、かえって気づかれる恐れがあるからな」

「そうですね。合流します」

通話を終える。このまま進めばよい。恭弥はアクセルを踏んだ。

進行方向の先に、車の群れが見えた。検問所だ。

多くの覆面と白黒PC、ミニパトに白バイもある。事故処理車及び誘導標識車も確認できる。救急車両も見えた。入り乱れている状態だった。

無数のカラーコーンが並ぶ。一般車両の進行は、別の動線へ促す。制服警察官数名が、誘導棒を振るう。渋滞が発生し、クラクションが響く。気にかける捜査員はいない。

捜査員と多くの車両が、一台のPCを取り囲んだ。一般車両も、すべて停止させる。

検問所の最後尾へ恭弥は近づき、スバル・レヴォーグを停止した。制服警察官が走り寄る。窓を下げ、警察手帳を提示した。

制服警察官が敬礼する。恭弥はうなずいた。

頭痛と微熱、倦怠感も治まる感じはない。堪えて、〝特殊車両〟を降りた。

「端本、河田！」

もっとも年嵩、五十代の捜査員が叫ぶ。制服姿だ。保土ケ谷署地域課長だった。検問所の指揮官らしい。同じ所属の方が、説得し易いと見たか。拡声器を使う。

「抵抗するな。おとなしくPCの窓から、帯革を捨てろ！」

帯革――制服警察官のベルトだ。拳銃や特殊警棒を吊っている。武装解除を意味した。

私服及び制服の警察官は、指揮官の声で力がこもる。車両を盾にし、多くが拳銃を握る。銃口を、中央のPCへ向け直す。

窓ガラスが下りていく。左右同時に、二本の帯革が放棄された。鈍い音が響く。拳銃や警棒も視認できた。

「ほかの拳銃も同様に！」

捜査員の声が続く。川崎の信用金庫で使用された九ミリオート。あと二挺は、所持している可能性が高い。

助手席側から、トートバッグが投げられた。空いたままの口から、銀色に輝く拳銃二挺がこぼれ出る。CANiKといったか。《DAN電子》において、恭弥が突きつけられたものと同型だ。

「両手を上げて、左右のドアから一人ずつ出ろ！」

数秒の間が開く。辺りを沈黙が覆う。

左右のドアが開く。助手席側が、先に動く。転がり出るように、人影が現われる。アスファルト上に、手をつく。

運転席は数瞬、遅れた。両腕を夜空へ。悠然と立ち上がる。

助手席側が端本、運転席が河田だった。ともに制服を着ている。

「確保！」指揮官が叫んだ。拡声器がハウリングを起こす。

捜査員が、一斉にＰＣへ群がる。端本は、アスファルトへねじ伏せられた。顔が横を向く。路面で頬が潰れる。泣きじゃくっていた。

河田は両腕を背中へ回され、ボンネットに上半身を叩きつけられた。乱暴な扱いだった。当の本人は、薄ら笑いさえ浮かべていた。

私服の捜査員が、端本の横にひざまずく。耳元で怒鳴る。地声だった。

「捜査員は？」

端本が何事か呟いた。涙がアスファルトを濡らす。

「トランクを開けろ！」私服が顔を上げる。

制服警察官が、ＰＣに身体を入れる。トランクの蓋が開く。

左右から、制服と私服の捜査員が近づく。一瞬、立ち止まる。安全確認後、走り寄った。

「手錠の鍵！」捜査員一人が叫ぶ。拘束に、手錠が使用されていたか。制服の一人が端本及び河田から鍵を取り上げ、トランクへ走る。

汐谷は無事か。恭弥は凝視する。

ＰＣのトランク。何かが動いた。女性のようだ。

汐谷だ。

放心しているように見える。女性捜査員が、何事か問う。汐谷の口は、微かに動く。受傷の有無を確認しているようだ。肩に毛布をかける。両脇を抱え、トランクから出す。

汐谷は、一瞬ふらつく。制服二名が支える。その後、自力で立った。

服装は、朝から変わっていない。多少のしわ以外、乱れもないようだ。血痕その他、外傷を思わせるものもなかった。化粧は崩れているかも知れないが、元々薄い。

無事――間に合った。

私服の男性捜査員が、汐谷に近づく。県警本部捜査第一課所属、顔と名前を知っている程度だ。視線が向いた。恭弥に気づくと、軽くにやりとする。

男性捜査員は、汐谷の耳元に何事かささやいた。赤く染まった目が、見開かれる。

汐谷は、恭弥へ向き直った。涙ぐんで見えたのは錯覚か。深々と頭を下げる。

恭弥は、軽くうなずく。近づくのは、はばかられる気がした。あとは、ほかの者たちに任せよう。踵《きびす》を返す。

〝特殊車両〟に戻った。開錠し、ドアを開く。ホルダーのスマートフォンが震えている。関口だった。

「はい、剣崎」スピーカーで応じた。

「動き始めました」

18：37

恭弥は、峰岡町一丁目にいた。借家だろう。ニコイチの古びた木造平屋が見える。生活保護受給世帯が住んでいる。

平屋の手前に、軽自動車があった。日産ルークス。色は白だ。

背後には、関口のトヨタ・ヴォクシーが駐車している。ファミリーカーで、八名乗れる。実際、複数の捜査員が乗車してきた。尾行も容易だったろう。警察車両に見えない。

恭弥のスバル・レヴォーグは、ヴォクシーの後ろへ。恭弥の動きに合わせて、他の捜査員たちも車を出る。

「ちょっといいですか？」

ルークスの運転席に、恭弥は声をかけた。辺りは暗く、家々の灯火は遠い。街灯が車体を照らす。古びたコンクリートの電柱に、最新型のＬＥＤ設備が対照的だった。

「降りなくていいです」恭弥は制止する。「窓だけ下げてください」

窓ガラスが下がる。関口ほか、捜査員が車を取り囲む。ドアを押さえる形だ。逃走を防ぐためだった。街灯が顔を照らす。

保土ケ谷区役所生活支援課生活支援係、ケースワーカーの梶隆佑だった。

「何です、刑事さん？」梶は平静だった。軽く首を傾げる。「ほかの刑事さんたちも。ずいぶん、大勢でいらっしゃって」

若く、爽やかな顔立ちは変わらない。口調も明るかった。

「少し、お話をしたいんですが」恭弥は車内を窺う。助手席にバックパックがある。「その前に、そこにあるバックパックの中身を拝見させていただけますか？」

「これ、任意ですか？」

「そうですが、何か？」

「じゃあ、お断りします」梶は、フロントガラスに向き直る。横顔にも変化はない。「お話というのは、何でしょうか？」

「なぜ、あなたのように熱心なケースワーカーが」恭弥は平静に話す。「こうした犯行を？」

梶の表情に変化はなかった。返事もない。恭弥は運転席の窓へ、顔を寄せた。車に座らせたまま始める。逃亡を許す可能性は低い。すべてのドアに、捜査員が張りついている。

「協力的過ぎるとは思っていたんですよ」恭弥もフロントガラスを見る。ＬＥＤの向こう、住宅の灯りが見える。「聴取も、一番最初に受けていらっしゃる。自ら進んで」

聴取結果のとりまとめデータを見た。関口が、恭弥のタブレットに送ってきたものだ。その他資料も、署で確認していた。

「困っちゃいますねえ」梶は微笑む。「協力して、疑われたんじゃあ」

「連続殺人犯が、警察に接触を図る事例は」恭弥は横顔へ告げる。「ＦＢＩでも報告されているんですよ」

「へえ」感心したように、梶は顔を上げる。「それは知りませんでした」

「僕は多少、違和感を持っていたんですよ。表面上は協力的。しかしながら、捜査活動に興味を示すあなたに」

「それは、先日も申し上げたじゃないですか。〝子どもの頃から、刑事ドラマが好き〟だったって」

「保土ケ谷署の捜査本部へも、連絡を入れていますよね」関口からの報告だ。「自分の担当区域に、〝堤防作戦〟の捜査員が現われない。どういうことか、と」

「…………」

「電話か何かで、受給者に確認されたんでしょう。あなたは焦った。自分の担当世帯がある峰岡町にだけ、刑事が現われない。己の犯行が発覚したのではないか、と不安に駆《か》られた。それが、電話された理由です」

当該区域の担当は、真島と汐谷だ。同時刻は、宮下を独断でマークしていた。見当違いの行動が、功を奏したと言えなくもない。

「そりゃ、心配になりますよ」梶は淡々と述べる。「自分の担当世帯に、被害が出たら困るじゃないですか。警察は何をやってるのか、なんてね。怒りたくもなりますよ」

「逆じゃありませんか？　あなたは今夜、自身が担う区域を狙うつもりでいた。違うケースワーカーの担当ばかりが、被害に遭ったのでは怪しまれる」

梶の反応を見る。変化はない。笑みは浮かんだままだ。

「だが、刑事が来ない。犯行が発覚したため、県警は罠《わな》を張っている。そう考えたんじゃないですか？」

「それだけですか？」

「捜査員が職員聴取の際に、ある質問をしたと思いますが。〝犯人は受給者宅へ入るため、訪問時にどのような行動を取ったと思いますか？〟というものです。一般的な回答としては、呼び鈴やノックなどでしょうね」

区役所の聴取へ向かう際に、関口に指示した質問だった。県警本部責任者から、すべての捜査員へ指示されている。全職員が受けているはずだ。

「ああ、ありましたね」視線を宙に向ける。「僕は〝呼び鈴〟って答えたと思います」

「それが、おかしいんですよ」

「どういうことです？」

「第一の被害者である野上さんは極度の難聴でした。訪問を視認できるよう、室内へ電球を設置するほどに。呼び鈴の代わりです」

「………」

「しかも、玄関のスイッチは、知らない人間では操作できないような位置にありました。郵便受けの下ですが。できるだけ、他人に自宅へ来て欲しくなかったんでしょう」

「おかしくないですよ」微笑んだまま、首を横へ振る。「僕は担当じゃないし。コンビを組んだりして、野上さん宅を訪問したこともありません。知らなくて当然です」

「いや。あなたは、知っていないとおかしい」

視線が絡む。梶から笑みが消えた。

「あなたは、区長報告用に経過記録を取りまとめていた。ご自分でおっしゃっていましたよね？　野上さんの難聴に関する記述もありました。書類を確認しましたよ」

「………」

「担当の倉野さんも、その旨供述されています」署で、一連の報告書には目を通してあった。「どうして、あえて間違った回答をされたんです？」

「うっかりしていた」目を伏せる。「……では、納得いただけないのでしょうね。ですが、何か物的証拠はあるんですか？」

「元々、あり過ぎるぐらいあったんですよ。毛髪等の微細物質が。ただ、複数人分です。区役所だけでも、関係者数は膨大でした。そのため、DNA鑑定は非現実的だったんですが。一人に絞り込めば、不可能ではなくなります」

「ほう」梶の態度は柔らかい。「なるほど」

「被害者二人は、あなたの担当ではありません。訪問にも同行していない。先ほど、ご自分でおっしゃられたとおりです。捜査員の聴取結果とも一致します。もし、現場にあなたの毛髪等があれば、何をしに行ったのかということになる」

一拍置いた。関口等捜査員の聴取結果、捜査過程で収集した関係書類その他、すべてを基に判断した結果だった。

「どうです？」恭弥は梶を見た。「そろそろ、バックパックを見せていただけませんか？」

梶が、バックパックを差し出してきた。運転席に腰を下ろしたまま、表情がない。恭弥は受け取った。両掌には、ゴム手袋をはめている。布製より、滑り止め機能が高い。

「開いていいですね？」

恭弥の質問に、黙ってうなずく。捜査員に視線を巡らせる。全員が首肯《しゅこう》した。梶の了解を確認したという意味だ。バックパックを開いた。ジッパーで開閉するタイプだった。

中には包丁があった。ステンレス製で、柄まで金属だ。ブラックジャック、ごみ袋にビニール紐やタオルその他もある。今までの犯行で、使用されてきたものと同種だ。

背後に、関口が来た。ゴム手袋をはめた手に、バックパックを渡す。中を見て、軽く目を瞠る。恭弥は、関口に命じる。

「PC、呼んでください」

うなずき、関口はスマートフォンを取り出す。

「……PC、要請願います。場所は――」

被疑者へ、恭弥は視線を戻す。梶は、落ち着いて見えた。抵抗や錯乱、暴れる素振《そぶ》りはない。表情が消えている。瞳孔が開き気味だ。

「だって、しょうがないじゃないですか」梶は呟く。「受給者の絶対数を減らすしか、手がなかったんですよ」

問わず語りに、梶は話し始める。フロントガラスを見つめたままだ。恭弥は、横顔に視線を据える。

「生活保護受給者は、日本に約二百万人存在します。誰が、いつ必要になるか分かりません。この社会には、至るところに貧困への落とし穴がある。何も特別なことじゃないんです。困ったら、活用すればいい。それだけです」

気のせいか。梶の視線が向いたと感じた。

「生活が好転すれば、就労して納税する。恩に感じるなら、そうして返せばいいだけのことなんです。それも、無理することはありません。人生で、一度も税金を払ったことのない方なんていませんから。消費税もありますし」

「消費税は、社会保障の財源でしたね」

「そのとおりです」梶はうなずき薄く微笑《わら》った。

「何があったんです？」

「課長による強引な〝水際作戦〟」梶は、車内で天を仰《あお》いだ。「窓口に来た申請者を追い返すんですよ。無理やりにね。困っていると知りながら」

梶が、短く鼻を鳴らす。恭弥は待つ。

「次は、生活保護廃止の強要です。『自立指導』という名の就労強制ですよ。ひどいのになると、女性に風俗勤務を勧める。少年に〝高校を中退して働け〟と言う。もっとすごい話もありますよ。僕は、そこまではしていませんが。課長に〝やれ〟とは言われました」

「…………」

「すべてに、年間ノルマがあるんです。受給者数じゃありません。減少率や廃止件数、到達できなければ叱責される。信じられますか？　福祉事務所は、生活保護を支給する部署なんですよ。なのに、仕事をしないことが功績になるんですから。笑い話にもならない」

　自嘲気味に、梶は鼻を鳴らす。恭弥には言葉がない。

「全国、大半の福祉事務所はきちんとやっています。ほかの市や県に勤める方々と話すこともあるんですよ。交流もありますしね。皆、熱心で真面目です。うちが異常なんですよ。役所の雰囲気、ご覧になったでしょう？」

　恭弥は、区役所生活支援課内の雰囲気を思い出す。重苦しく、陰鬱な雰囲気だった。

「こんな真似してるって、表に出たら大変ですよね。ネットは炎上間違いなし。マスコミからも袋叩きですよ。塙の奴が」課長を呼び捨てにする。「非協力的で、名簿も出し渋ったでしょう。理由分かりますか？」

「ええ」分かる気がした。

「ですよね」梶の口元が歪む。「違法すれすれの申請拒否や就労強制、警察やマスコミに発覚するのを恐れてのことですよ。区内の受給者には、有名な話なんですけどね。保護の打ち切りを恐れて皆、口を噤《つぐ》んでいるだけです」

　闇が深くなり、気温も下がった気がした。家屋の灯が鮮やかに見える。

「支援団体等の援助もありますから。申請拒否や打ち切りは、簡単に行なえる状況ではありません。発覚すれば、強い非難にさらされるでしょう。そうした団体等に対し、塙の指示でごまかしてはきましたが。発覚は、時間の問題だったでしょうね」

梶は肩を落とす。表情から力が抜けていく。疲れ果て、実年齢以上に老けたようにも見えた。

「日々、忙しくて」梶は続ける。「土日祝日もありません。毎日、深夜まで残業です。下手すれば、翌日になる」

遮らなかった。話すに任せる。

「担当約八十世帯に年二回の訪問、計一六〇回になります。経過記録の作成や生活保護費の算定、入院や施設入所等何かが起これば再計算です」

梶の視線は宙をさまよう。語りは止まらない。

「それぞれの事情に合わせた自立援助、日々の相談業務もある。たいていはアポなしですよ。一度来れば、三十分は時間を割かれます。その間、業務はストップするんです」

一瞬、梶の視線が向く。恭弥も目で追う。すぐに逸らされた。

「普通にやっても、それだけの業務があるんです。そこに、塙の無茶ぶりが加わる。追いつけるはずがありません。どうしようもなかったんですよ」梶は一瞬、間を置く。「――受給者に死んでもらって、数を減らすしか。じゃないと、僕が死んでしまう」

「塙課長は、どうしてそんな真似を？　そこまで熱心に。普通に、仕事をすればいいだけのように思いますが」

「点数稼ぎのつもりでしょう」微笑を浮かべる。「どこまで評価されるかは分かりませんが、〝横浜市に貧困は存在しない〟なんて言い出す市議もいますから。ゴマが擂れると思ったんじゃないですか。ご存知です？　杉浦小夏。彼女が率いるグループですよ」

「知っています」昼に会ったばかりだ。

「ふん！」露骨に、梶は鼻を鳴らす。「あんな奴。現場が、今の日本社会がどんな状況か。何も分かってないんですよ」

梶の表情は、能面のように冷たい。と思えば、微笑など唐突に変化する。精神的な不安定さを物語っていた。動機も理解し難《がた》い。精神鑑定が必要だろう。ＰＣのサイレンが聞こえ始める。複数台、向かっているようだ。

「詳しい話は改めて」恭弥は告げる。「署で聞かせていただきます。パトカーが到着次第、いっしょに来てください。車は、捜査員が運びますので」

梶は無言でうなずく。運転席へ座り直し、うなだれる。

「一点だけ、教えていただけますか」以前からの疑問を、恭弥は口にした。「どうして、水曜日だったんですか？」

「水曜日は、ノー残業デーなんですよ」梶は平然と答えた。「その日だけは、上手くすれば定時で帰れるんです」

恭弥は、軽く言葉に詰まった。理由が軽すぎる。

「そんな馬鹿な――」

言いかけて、恭弥は梶を見た。視線は宙をさまよい、ふたたび微笑している。ハンドルを指で叩き、流行のJ―POPを口ずさんでいた。安らぎと狂気が、同時に感じられた。恭弥は、背筋に寒いものを覚えた。警察官となって十年、多くの被疑者と対峙してきた。初めての経験だった。

「これで、楽になれますよ」梶が恭弥を見る。黒い瞳は、闇の底へと繋がっていた。「僕たちは忙しいんです。そんな日じゃないと、人殺しもできないほどにね」

※　※　※

18.《バッドルーザー》【負け犬の悪あがき】　20xx‐10‐27　18：30：00
おれは、生まれながらの負け犬。貧乏な家に生まれた子どもは、皆そうなる。一生かけても、逆転することはできないだろう。底辺を這いずり続けるだけ。だが、黙って負けているつもりはない。往生際悪く、もがいてやる。だから、《バッドルーザー》。悪あがきする敗者だ。

※　※　※

19：03

恭弥は、保土ケ谷署へ戻った。

スバル・レヴォーグを駐車場に入れた。流し場へ、恭弥は直行する。抗不安薬《デパス》を呑む。頭痛に微熱、倦怠感がひどい。加えて難聴、眩暈もある。症状は、一か月ぶりの厳しさだった。治まるには、少し時間がかかるだろう。

梶隆佑の連行には、関口とほかの捜査員が付き添った。被疑者とはいえ〝特殊車両〟には乗せられない。

流し場を出る。窓からの風は涼しい。肌寒いほどだ。夜になった。街の灯りが、闇を侵食している。星は見えない。角度が悪いのか、月も視界には入らなかった。

捜査本部に戻る。捜査第一課の強行犯捜査第六係長が近づいてくる。久間田史帆の取調官だ。四十半ばで、恭弥より十歳以上年上だ。警部で、階級も上になる。

「剣崎、時間いいか？」

二人で、本部後方の空席に腰を下ろす。

「久間田の供述内容なんだけど」

第六係長は、取調べの途中経過を語り始める。好意ではなく、邪魔させないための予防策だろう。

「史帆の母、治子の復讐は北里涼真が提案した。久間田は反対したらしい。自分だけでは抑えきれないとも思った。それだけ、意志が固かったそうだ。母と別れた父、二階堂剛へ相談した。離婚後も交流はあったが、予想外のことが起こった」

「どんなことです？」

「二階堂は、まだ別れた妻を愛していたんだそうだ。教育者として教え子の犯行を阻止、もしくは、あまり関与させないようにしたい。そうした思いもあった。完全に排除すれば、北里たちが独自に動くとも考えた」

「で、校長自身が実行を申し出た、ということですか」

「そうだ。芳根の襲撃も、二階堂だ。月曜の朝、北里誠三の車で襲撃した。スポーツバッグに入れてあったボルトクリッパーで、拳銃の吊り紐を切断し持ち去った。当初は、北里涼真が志願したらしい。だが、まだ中学三年生。車の操作が覚束《おぼつか》なくて、断念せざるを得なかった。涼真の石や久間田のナイフも全部、ブラフだと言ってる。市議や、警察を油断させるためだった。確実に銃撃しようとしたんだろう」

「それは、おかしいですね」恭弥は首を傾げる。「銃口は、杉浦市議から逸れていました。殺意はなかったのではないですか？」

「久間田からも、そういう話は出ていない。ちなみに彼女が警察、つまりお前に杉浦との因縁や、涼真の復讐計画を話した件は二階堂の提案だそうだ。一種の犯行声明だな」

「犯行動機を公《おおやけ》にして世間に知らせるために、警察を呼び出して、わざわざ告げたと」

「そのようだな」

「取調べは今、休憩中ですか？」

「そう言うんじゃないかと思ってたよ」第六係長は苦笑いで応じる。

恭弥は、取調べを一時替わってもらった。

「もしかすると、父は」久間田は話す。「心のどこかで、犯行を止めて欲しかったのかも知れません」

殺意はなかったのでは。その質問に、久間田は答えた。上の空に見えた。

「なぜ、芳根――」恭弥は問う。「星川駅前交番の巡査を襲撃したんですか？」

すぐに返答はなかった。長い一日だったのだろう。濃いファンデーションが流れ落ちている。ほかの化粧は薄い。目の隈を始め、血色の悪さが際立つ。沈痛《ちんつう》な面持ちで、うつむいていた。昼間よりも、さらに憔悴して見える。

「……岡村美玲さんのことがありましたので」おもむろに、久間田は話す。「彼女は今年の夏、実の父親から性的暴行を受けました」

恭弥は、鋭く視線を上げる。

「それは、ひどい」思わずこぼれた。久間田が、小さくうなずく。

「その後、美玲ちゃんに不定愁訴《ふていしゅうそ》の症状が現われ始めました。頭痛に眩暈、不眠。夜尿症まで。思春期の少女には辛かったことでしょう。母と私も、相談を受けました。ですが、医療関係ですし。幸い、保土ケ谷東中の養護教諭さんが、理解があり知識もお持ちでしたので。相談するよう勧めました」

「症状は改善されたんですか？」

「今では美玲ちゃんも、かなり元気になりました。養護教諭さんの手腕によるところが大きいです。彼女も、大変な恩義を感じています。それまで、まともに病院へ通ったこともなかったそうですから。お金がないので、病気になっても我慢するしかなくて」

「芳根との関係は？」

「涼真くんと美玲ちゃんのお兄さんが、近くの交番に被害届を提出しようとしました。お父さんによる暴行の件です。ですが、受け取りを拒《こば》まれました。何度説明しても、聞き入れてもらえなかったと」

「星川駅前交番が、ですか？」今年の夏ということは、恭弥がハコ長になる前の話だ。

「はい」声に、少しだけ力がこもる。「〝家庭内の性的暴行は、立証が難しい〟とか〝児童相談所に、まず相談を〟など。いろいろ理由を話して。断固として、被害届を受け取ろうとはしなかったとのことです。一番若い巡査だったそうですが」

星川駅前交番に、若手は一人しかいなかった。独断で被害届を拒む。茅根の性格からは、考えにくい行動だ。

「涼真くんは激怒し、そのお巡りさんを張り込んで調べ上げました。通勤時間やサイクル、ルートなどを」

「そうですか」芳根の行為を早急に確認する必要がある。恭弥は立ち上がった。

取調室を出た。蛍光灯が点る廊下で、第六係長が待っていた。礼を告げ、交替した。

捜査本部に戻る。大会議室内を皆、走り回っている。多くの捜査員が交錯する。喧騒《けんそう》に、怒号が混じる。

ひな壇に、半倉を見つけた。近づいていく。

「剣崎」恭弥を認める。「どうかしたか？」

久間田史帆との会話について、概略を説明した。

「――岡村美玲への、性的暴行に関する被害届を〝つぶした〟のは」恭弥は息を吸う。「芳根倫也です。それが、襲撃及び拳銃強奪の引き金となりました」

「ふむ」半倉は、喉《のど》の奥を鳴らす。目は、机上の一点に据えられている。「なるほど」

「ですが、芳根の独断とは思えません」

襲撃される日の朝、芳根は恭弥に何かを話そうとした。内容は何だったのか。

「それは、こちらの領分だ」半倉が恭弥を見据える。普段どおりの平静さ。冷酷にさえ感じられた。「監察官室で対応する。あとは、任せてもらおう。君は、事後処理に集中してくれ。発砲報告もあるだろう。皆、手一杯だ。協力して当たるように」

「分かりました」うなずくしかなかった。恭弥は踵を返す。デスクの〝島〟周辺へ向かう。発砲報告作成のため、パソコンを探す。

「よう、恭さん」佐久が手を挙げ、腰を椅子から浮かせる。「大変だったねえ。大丈夫かい？」

「おかげ様で、何とか」佐久の隣に、恭弥は腰を下ろす。「その後、どうですか？　特に中学生たちは？」

「北里涼真に」佐久が少し考える。思い出しているようだ。「寺井優斗、岡村美玲だっけ？　三人とも完全黙秘《カンモク》。取調官《シラベカン》も手を焼いてるってさ。時刻が遅くなったからさ。今日の聴取は中断したみたい」

「黙秘、ですか」

「帰すわけにもいかないからさ。とはいえ、留置場もまずいだろうってんで。児童相談所にでも預かってもらうことになるだろうね。県警からも見張りの捜査員張りつけて。明日も取調べだよ」

「二階堂剛は？」

「えーと」机上のペーパーを見る。「けいゆう病院で、緊急開胸手術を受けた。先ほど終わって一応、成功したそうだよ。ICUに入って、生死の境をさまよってるってさ」

「そうですか」即死は免《まぬが》れたか。まだ予断は許されない。

「それからさ」佐久は再度、ペーパーを見る。「七係の赤名係長から連絡があって」

「おや、珍しい」県警本部時代の上司だ。二か月近く連絡を取っていない。

「先週の金曜、海老名市で暗渠《あんきょ》から遺棄された死体が発見されてたんだって。強行犯の七係が、海老名署とともに捜査してた。それが、どうも北里誠三だったらしい」

「他殺ですか？」

「いや、自然死。司法解剖の結果、死因は急性肝不全となってる。かなり酒浸りだったんだろ。死後、一週間程度経過してるらしい。ただねえ。顔や手足が、バーナーか何かで焼かれてたんだってさ。何ともいやはや」

「焼いた」恭弥は軽く言葉に詰まる。「どうやって、身元は分かったんですか？」

「歯型だよ。こっちの捜査本部《ソウホン》から北里の情報聞いて、照合してみたらしい。虫歯に歯周病、口の中はかなりぼろぼろだったそうだよ。歯医者に診《み》てもらったのも、十年以上前。ただ、そのときの診療記録が残ってたからさ。で、ビンゴってわけ」

　そうですか、と恭弥はうなずく。佐久は続ける。

「誰か遺棄した奴はいるんだろうけど、中途半端だよね。顔や指紋は処理しておいて、歯はそのままなんて。マルBとかプロなら、そんな適当な真似はしないだろうからねえ」

永久に隠すつもりはなかった。むしろ、発見されたい。身元も分かるようにしておく。単なる時間稼ぎだ。

遺棄したのは、涼真だろう。復讐の邪魔とならないように。犯行に踏み切らせたきっかけとも考えられる。父親の仕業と見せ、捜査を攪乱させる意図もあったはずだ。

二階堂も協力しただろう。涼真一人では荷が重かったはずだ。海老名市まで運んだのなら、車も必要だ。久間田によると、美玲の兄は交際範囲が広い。顔を焼きつぶせるような高出力のバーナーでも、入手可能だったかも知れない。彼からも、話を聞く必要がある。

「あ、ごめん。一番大事なこと忘れてた」佐久が後頭部を掻く。「けいゆう病院から連絡。芳根っちは一命を取り留めたって。こちらもまだ、意識不明の重体だけど」

恭弥はパソコンを起《た》ち上げた。LANに入る。自分のファイルから、保存済みの発砲報告を開く。肩を軽く叩かれ、ふり返った。

百八十五センチの長身が見下ろしてくる。四十代後半の警部。捜査第一課強行犯捜査第五係長だ。梶隆佑の取調べを担当している。

「小休止ですか?」恭弥は訊く。

「ああ」取調官は軽く微笑う。「お前に報告しろって、首席に言われてな。〝取調べは順調だから、首を突っ込むな〟だとよ」

　思わず苦笑が浮かぶ。

「そこまで問題児扱いされてるとは」

「これ、梶の取調調書」Ａ４ペーパーの束が差し出される。「まだ途中だけどな。コピーしておいた。半倉首席の命令だからな。目を通しておいてくれ」

　礼を言い、恭弥は受け取った。第五係長が去ってから、紙をめくる。

　梶は二件の殺しについて、大筋で犯行を認めていた。マル害は二人とも、被疑者をアパートに上げた。突然、夜中に訪問されたにもかかわらず。ケースワーカーが来れば、生活保護受給者はそうせざるを得なかったのだろう。

　隙を見て、市販のブラックジャックにより後頭部を殴打。ごみ袋は返り血を防ぐ狙いに加えて、被害者の顔を見たくなかったためだ。犯罪心理学者の分析が当たっていた。

　三度目は、峰岡町の世帯を狙うつもりだった。自分の担当からも被害を出さなければ、怪しまれると思った。恭弥が読んだ筋に合う。

　単身者を狙ったのは、犯行が容易いと考えたためだ。一家皆殺し等、一度の大量殺戮にまでは踏む込めなかった。男性ばかり狙ったのも同様。女性や後期高齢者等を殺害することには、ためらいを感じた。

　犯行後、被害者宅のドアを開け放した理由も述べていた。死体を発見され易くするためだった。いつまでも見つからず、腐敗したら可哀そうだ、と。

理解しがたい思考回路だ。調書からも、取調官の戸惑いが伝わってくる。

発砲報告の作業に戻る。懐で、スマートフォンが震える。サイバー犯罪捜査課の大泉だった。恭弥は廊下に走った。

「例の《バッドルーザー》っていうサイト」通話にすると、大泉の声が話し始める。「新しい書き込みがUPされたよ。時間指定だったみたい」

「内容は？」

「午後の市議襲撃に関するものと読める。ただし、北里涼真一人の犯行となってるよ。今度は、名前も出してるしね。サイト名を《バッドルーザー》とした由来も載ってる」

大泉が読む。小見出しは、〝負け犬の悪あがき〟。

「――そういう思いから、このサイトを立ち上げたんだってさ」

「なるほどな」《バッドルーザー》は、北里涼真のサイトで間違いない。自身の主張をアピールするために作った。犯行声明文とも取れる。

「で、《レンタガン・ドットコム》なんだけど」大泉の声が沈む。「明日には、マルウェアで突破できそうなんだ。だけど、もうマル被、確保しちゃったんだよね？」

「そうなんだが、継続して作業を頼みたい。上の了解は取ってある。マル被の團って奴は、油断がならない。一つでも、証拠は多い方がいいと思う」

大泉が快活に了解し、恭弥は通話を終えた。

北里涼真。あくまで一人、罪を被るつもりだったたか。そのために、《バッドルーザー》を作った。

恭弥は確信した。杉浦などに対して、涼真たちは殺意を持っていなかった。単なる脅し、主張をアピールする目的だ。芳根の重傷は、彼らも想定していなかったのではないか。

席に戻った恭弥に、佐久が言う。

「半倉さん、気を遣ってくれたんだねえ。取調べ状況を教えてくれるとは」

「ふん」恭弥は鼻を鳴らした。「単に〝邪魔するな〟ってことですよ」

「素直じゃないねえ」

一つ微笑み、恭弥はパソコンへ向かう。二階堂に対する発砲報告は、少し頭を捻《ひね》らねばならなかった。どうすれば、被疑者たちの兇悪さを抑えた形にできるか。撃った相手の印象を和《やわ》らげれば、発砲の適正さが厳しく問われる。恭弥自身に、はね返ってくることになる。

まあ、いいさ。一人嗤った。また、監察官室——半倉とやり合うだけだ。

19：47

佐久は、半倉を探していた。捜査本部内を見回す。ひな壇にはいない。保土ケ谷署内は、捜査員であふれ返っている。大きな事案すべてが、現場から署内の処理へ移行した証だった。

大会議室を出て、佐久は数名の職員に問う。誰も、首席監察官の居所を知らなかった。二階の廊下に、半倉の姿が見えた。小会議室から出てきたところだった。

隣には、西谷交番の〝ハコ長〟である岩本がいる。日頃は、横柄《おうへい》な男だ。今は、肩をすぼめている。長身が縮んだようにさえ見える。いかつい顔も蒼白《そうはく》だった。

岩本が消えるのを待つ。佐久は近づいた。

「どうしたんです？　岩本のおっさん、何か？」

「いいだろう」半倉の視線が、佐久を向く。「どうせ、分かることだ」

廊下に、人影はない。念のため、隅の暗い一角へ移動する。

「剣崎から報告があった」半倉が述べる。「芳根が襲撃された理由だ。彼が性的暴行に関する被害届の受理を、拒否したことに端を発する。今も意識不明の重体で、話を聞くことはできない。そこで、当時の上司である岩本を問い詰めてみた」

「そいつは、また。奴さんの反応は？」

「自分の指示だと大筋は認めた」半倉の視線が、微かに険しくなる。「だが、保土ケ谷署長である内木の指示によるそうだ。岩本とは親しいという。彼による強圧的な指導が原因だ、と主張している。検挙率アップのために」

「よくある話です。馬鹿正直に仕事するか。自転車窃盗等、挙げやすい事案を集中的に攻めるか。でなければ――」一拍置いた。「初めから、被害届を受理しないか」

「被害件数という分母を減らせば」半倉の表情に変化はない。「必然的に検挙率は上がる。一番手堅い方法ではある。だが、許されることではない。当然、処分を行なう。マスコミや世論の反発が大きいこともあるが、それ以前に倫理的問題だ」

「最近、発生件数や検挙率に関して、市議会の一部から突き上げがひどいそうで。例の杉浦小夏も絡んでるとか。犯罪以外にも貧困問題その他、横浜のイメージアップを売りにしている連中ですから。うちの署長、勘違いしましたかな？　出世のチャンスだとか」

「犯罪は数字ではない」半倉が眦《まなじり》を決する。見せたことのない顔だ。「一つの事案ごとに、人の生活がある。我々は、粛々と職務を遂行するだけだ。数値など、結果のみを問題とする輩《やから》に臆《おく》する必要はない。まして人事ごときのため、媚《こ》びを売るなど論外極まる」

「ほう」珍しい表情の首席監察官につき合ってみる。

「犯罪にしろ、貧困にしろ。うわべだけ取り繕って、世間の機嫌を窺い、現実から目を背《そむ》けたのでは、何の解決にもなりはしない。むしろ、事態は悪化するだけだ。この保土ケ谷署の混乱が、それを物語ってはいないか？」

「そのとおりですな」ここまで饒舌《じょうぜつ》な半倉は、初めてだ。

「このあと」半倉の表情が戻る。いつもの鉄面皮《てつめんぴ》だ。「署長の内木にも、特別監察を実施する。その結果次第ではあるが、相応の処分も視野に入れ、検討することとなるだろう」

「どこも、パワハラ上司ばかりですな。ところで、例の誘拐はどうなりました？　保土ケ谷署には身柄が来てないようですが」

「署は満杯で、場所もない。被疑者は全員、県警本部に移送した。現在、取調べ中だ」

「取調べは順調に進んでるんですか？」

「ＣＥＯの團は否認後、完全黙秘。ＣＦＯの貝原や、セールス・マネージャーの小畑は完落ちの状態だ。べらべら自白している。大筋で、剣崎が読んだとおりらしい」

「ちょっと、状況を聞かせてもらってもよろしいですか？」

「〝県警一の地獄耳〟か」

嗤ったのか。半倉の唇が、わずかに歪む。

「貝原が、美作を射殺したそうだ。貸してあった拳銃等、証拠となる品を回収して待った。剣崎到着後、死体に気づかせるため、同じ弾数を再度発砲した。その後、自家用車で逃走を図った。拳銃のレンタル業についても、供述を始めている。すでに、捜査員が銃器の隠し場所を捜索中だ」

「何ともいやはや」佐久は腕を組む。「人質の女性も、了解の上で？」

「人質役の小畑は、金で買収されたそうだ。ホストクラブ通いで、多額の借金があったと供述している。河田と端本という地域課の捜査員を知っているか？」

「ええ。気持ちのいい若いのですが、汐谷ちゃん拉致してたって聞いたときはびっくりしましたよ」

「同じく、県警本部で取調べ中だ。両名とも供述を始めている。なお、彼らの移動ルートと脅迫電話の発信位置は一致している」

半倉が続ける。河田たちは、汐谷に誘拐の証拠を見られたと思った。そこで、拉致に及んだ。実際のところ、彼女は何も見ていなかったという。

「また、県警はとことん叩かれますな」佐久の頬が、自然と緩む。「それはそうと捜査の指揮に当たられたとか。首席監察官ともあろうお方が職責を超えて。越権行為で、監察対象では？」

「面白い嫌味を言う」まったく面白がっていなかった。「監察官である前に、私も県警の警察官だ。神奈川の治安を預かる一人として、この危機的状況を放置することはできなかった。それだけだ」

「恭さんと手を組んでまで？」

「ああいうタイプの捜査員でも、いや、その方が状況に対応できるだろう。そう考えた。剣崎の捜査手法を認めたわけではない」

「さようで」

「今後も」半倉の視線が向く。「剣崎の視察は継続するように」

〝県警一の地獄耳〟が目に留まったのだろう。佐久は、監察官室の内通者だった。半倉のスパイといっていい。剣崎恭弥を視察している。

命令無視に独断専行その他、剣崎の行動を逐一報告してきた。保土ケ谷署異動後、特筆すべき行動は見当たらない。本日を除いて。

買収されてはいない。佐久の娘は、私立に通う中学生。定年まで長くもない。首席監察官に取り入って、悪い目が出ることもないだろう。

「では、忙しいので」

半倉が踵を返す。署長室へ向かうようだ。特別監察を実施するのだろう。

生活保護受給者殺害の捜査本部に剣崎を推薦したのは、半倉だった。

反対する幹部もいたらしい。当然だろう。〝神奈川の狂犬〟だ。半倉は、上層部等に手を回した。剣崎視察継続のため、佐久も併せて配置転換となった。

「〝捜査手法を認めたわけじゃない〟?」

暗い廊下の隅に残された。明るい方へ視線を向けると、捜査員が忙しく動いている。

「どいつもこいつも」佐久は一人、嗤う。「素直じゃないねえ」

終章

「おい」

背後から、聞き覚えのある声がした。

美作二郎はふり返った。乾いた炸裂《さくれつ》音が、廃工場を満たした。

胸と腹に衝撃が走った。視線を上げた。

貝原が立っていた。両手には、拳銃——CANiK TP9 SFXが握られている。

両脚から力が抜け、膝《ひざ》をつく。拳銃を上げようとしたが、貝原に蹴り飛ばされた。そのまま、仰向《あおむ》けに倒れ込む。廃工場の天井が見えた。

二郎は、鉄工所跡で待っていた。

剣崎恭弥。兄の仇《かたき》が、まもなく到着するはずだった。

『お前ら兄弟は、おれにとっても弟みたいなもんだからな』團は言った。『心配するな。きっちり、兄貴の仇は取らせてやる』

調子のいいことを言う。兄は、團を信用していなかった。『いいか、二郎。絶対に、團に気を許すなよ』いつも言っていた。『あいつは、おれたちを金儲けの道具としか思っていない』

気を許してなどいなかった。急所を握っているのは、自分の方だ。銃器レンタルに関する帳簿。信頼できる人間に預けている。團の猫なで声は、データを取り戻すための方便《ほうべん》に過ぎない。

それでいい。兄の仇さえ取れれば。

もうすぐだった。あと少しで、目標を達成できる。そのあとは――

仰向けに倒れたまま、二郎の意識が朦朧《もうろう》とする。視界もかすみ始めた。出血もひどいようだ。拳銃が、どこにあるのかも分からない。

ここまでか――脳裏《のうり》に、兄の顔が浮かぶ。

兄貴、ごめんな。仇、取れそうもねえや。

『しょうがねえな』太郎の声がする。『言ったろ。他人を信用するなって。〝おれたちは、二人で生きていくんだ〟。そう言ったじゃねえか』

そうだったな、兄貴。おれたちは、二人で一つさ。怖いものなしの美作兄弟。でも、兄貴がいなけりゃ、このざまだ。

足音がする。貝原が近づいてくる。二郎の瞼《まぶた》が、自然と下がってきた。

何か眠たいんだ、兄ちゃん。疲れちゃったのかな。もうすぐ、会えるみたいだよ。また、二人で遊ぼうね。

二郎は、最後の力を振り絞った。目を見開き、貝原を睨《にら》む。

ＣＡＮｉＫの銃口が、額《ひたい》を向いた。

※　※　※

ひなのは、二階にある自室に戻った。

一人っ子だった。両親の寝室は一階、フロアを占拠する形だ。夕食と入浴を終えた。母には、宿題をすると告げてあった。

実際には、宿題など出ていない。学校はそんな状況ではなかった。

校長が市会議員に発砲、刑事に撃たれた。一命は取り留めたと聞いたが、重体らしい。

生徒三名が、警察に連行されている。寺井優斗に岡崎美玲そして、北里涼真。

ほかにも、共犯というか関係者がいた。久間田史帆、スクールソーシャルワーカーの先生だ。なぜ、彼女まで。

ひなのは、校長室で事情を聞かれた。見たとおりを話した。涼真の希望だった。

『おれたちの邪魔をするな』今日の昼休み、涼真はひなのに告げた。『お前に迷惑はかけない。じっと見ておいてくれ。そして、警察に見たままを話すんだ』

身体検査をされないか、唯一の心配だった。制服のポケットには、涼真から受け取ったメモが入っていた。

『その手順どおりに行なえば、ダークウェブに入れる。おれや仲間は全員、警察に引っぱられるだろう。そうしたら、ひなの。お前が活動を引き継いでくれ』

ひなのは返事ができなかった。紙切れを受けとるのが精一杯だった。

正直、今でも不安はある。恐ろしくもあった。ダークウェブに入れば、後戻りはできないだろう。何が待ち受けているのか。

今日起こった出来事——銃声、胸から血を流す校長。思い出しても、背筋が凍《こお》る。

涼真たちが決起した理由は聞かされていない。少しだけ、想像はできた。彼らが通っていた〝施設〟が、閉鎖になったそうだ。杉浦小夏を始め一部の市議たちによる主張や、行ない等が原因らしい。

ひなのが決意を固めたきっかけ。行動を促したのは、短いささやきだった。涼真が警察に捕まった際、呟いた一言だ。

「あとは、頼む」

ひなのは、自分のパソコンを起動した。涼真のメモどおりに操作していく。

ひなのを選んだわけ。杉浦を狙っていたならば、好意などではない。それでもいい。涼真に頼られるなら。その方がいい。自分の存在価値を認めてくれたのだから。

ダークウェブ内に入った。検索サイトに入力すれば、目的地にたどり着ける。パスワードもメモにある。ひなのはキーボードを叩いた。

《バッドルーザー》。

（了）

参考資料

みわよしこ『生活保護リアル』（新日本評論社）
朝日新聞取材班『子どもと貧困』（朝日新聞出版）
加藤彰彦『貧困児童　子どもの貧困からの脱出』（創英社／三省堂書店）
日本財団　子どもの貧困対策チーム『徹底調査　子どもの貧困が日本を滅ぼす　社会的損失40兆円の衝撃』（文藝春秋）
萩原建次郎『居場所――生の回復と充溢のトポス』（春風社）
井出英策　佐藤優　前原誠司『分断社会ニッポン』（朝日新聞出版）
Ｃｈｅｅｎａ『ダークウェブの教科書』（データハウス）
毛利文彦『警視庁捜査一課特殊班』（ＫＡＤＯＫＡＷＡ）
古野まほろ『警察の階級』（幻冬舎）

解説――目を背《そむ》けてはいけない現代日本のリアルを描いた警察小説

文芸評論家　末國善己《すえくによしみ》

警察小説は、一匹狼《おおかみ》の刑事が巨悪に挑むハードボイルドタッチの作品と、等身大の刑事たちの地道な捜査や警察内部の確執《かくしつ》などを丹念《たんねん》に描く作品に大別できる。〝歩く一人諜報組織〟の異名を持つ神奈川県警外事課の来栖惟臣《くるすこれおみ》が、日本に潜入し大規模テロを計画している北朝鮮の工作員と戦う『クルス機関』で第十五回『このミステリーがすごい!』大賞の優秀賞を受賞してデビュー(刊行時に『県警外事課クルス機関』に改題)した柏木伸介(応募時は森岡伸介名義)は、一匹狼の刑事を主人公にした警察小説を得意としている。

来栖の活躍を〈県警外事課クルス機関〉としてシリーズ化した著者が、『ドッグデイズ』で新たに生み出したのが、神奈川県警刑事部捜査第一課の警部補・剣崎恭弥《けんざききょうや》である。優秀ではあるが、独断専行《どくだんせんこう》、命令無視が多く、名前に「恭」と「剣」の文字があることから〝神奈川の狂犬〟と呼ばれ恐れられている恭弥は、明らかに一匹狼タイプである。ただ著者が独創的なのは、恭弥が周囲に馴染《なじ》めず、勝手に動くようになった理由に説得力を与えたことにある。恭弥が小学六年だった二〇年前、若い女性を殺し西洋人形《ビスクドール》風に装飾し放置する連続猟奇殺人事件、通称《ビスク事件》が発生した。恭弥は自分に想いを寄せる同級生の大園夢香《おおぞのゆめか》に呼び出されていたが、自意識過剰ゆえに友人の小柴裕二《こしばゆうじ》とサッカーに興じてしまい約束を破る。その間に夢香と姉の夢子《ゆめこ》が《ビスク事件》の被害者になり、サッカーの後に遅れて約束の場所に行った恭弥は、大園姉妹と犯人らしき不審人物の目撃者になったのだ。やがて雛形紀夫《ひながたのりお》が逮捕されたが、恭弥は約束を守っていれば夢香は助かったかもしれないという後悔と裁判で証言するプレッシャーで、心療内科に通院し精神安定剤を服用するようになる。

その過程で、音、匂い、光、人の表情などに敏感なHSP（Highly Sensitive Person）と、好奇心が強く刺激を求めるHSS（High Sensation Seeking）を併《あわ》せ持つ（いわゆるHSS型HSP）と診断された恭弥は、刑事になった後も、HSPの特性で証言者の表情から嘘《うそ》を見抜き、HSSの特性で犯人逮捕のためなら過激で危険な行動を取るようになる。恭弥が一匹狼になった心理的な要因が、最新の研究によって肉付けされているだけに、確かな存在感と圧倒的なリアリティを見て取ることができるのである。

夢香を殺されたトラウマから立ち直れていない恭弥は、苛酷《かこく》な捜査が続くと心のバランスを大きく崩し、今も精神安定剤が手放せないでいる。子供の頃からのトラウマを引きずっている人は少ないだろうが、経済の長期低迷が続き労働環境が激変した近年の日本では、職場の人間関係、短期で成果を求められる重圧、仕事量の増加、いつ早期退職を求められるか分からない雇用の不安などから、心が折れメンタルクリニックに通ったり、精神安定剤を飲んだりする労働者も増えている。そのため、目的のためには手段を選ばない一匹狼ではあるが、過激な言動とは裏腹に傷付きやすい繊細《せんさい》な心を持ち、精神安定剤を常用しながら必死に職責を果たそうとする恭弥を、身近に思える読者も多いのではないか。

『ドッグデイズ』は、所轄《しょかつ》の矢木《やぎ》まどかと銃撃事件を捜査していた恭弥が、命令を無視して犯人の住居を特定するが、まどかが犯人に撃たれ重態になる衝撃の場面から始まる。

やがて雛形の死刑が執行されるが、その直後に《ビスク事件》と同じ手口で若い女性が殺され、大園姉妹の殺害で重要な証拠を見つけた向井野《むかいの》刑事が自殺した。これは模倣《もほう》犯の仕業《しわざ》か？　それとも雛形は冤罪《えんざい》だったのか？　恭弥は、不祥事が続く神奈川県警に監察官として送り込まれたキャリアの首席監察官《ハング・マン》こと半倉隆義《はんくらたかよし》の追及に苦しめられながらも、恭弥と夢香の同級生で神奈川県警に入った竹丸七瀬《たけまるななせ》、法務大臣の息子で神奈川県議になった裕二の協力を得て、過去と向き合いながら《ビスク事件》を追うことになる。

〈警部補　剣崎恭弥〉シリーズの第二弾となる本書『バットルーザー』は、恭弥が連続殺人、誘拐事件、銃器をレンタルする謎の犯罪組織などを同時並行して捜査し、刑務所から出所し兄を射殺した恭弥への復讐を誓う犯罪者への対処も迫られるので、前作以上に厳しい戦いが連続し、現代日本が直面している深刻な課題に切り込むなど社会派ミステリのエッセンスも導入されているので、よりスケールアップしている。

神奈川県警は、《ビスク事件》を強引に捜査した恭弥を保土ケ谷《ほどがや》署地域課で交番勤務にする実質的な左遷《させん》人事を行なった。ところが、毎週水曜日に生活保護受給者を狙う連続殺人事件が起こり、もともと生活保護に批判的だったネットが犯人を礼賛《らいさん》して炎上状態になり、マスコミも騒ぎ出したことから県警は捜査陣を強化。捜査本部の管理官・小椋《おぐら》は、四〇歳のベテラン関口正孝《せきぐちまさたか》と、気弱そうな優男《やさおとこ》の真島流星《まじまりゅせい》、ソフトボールで国体出場の経験がある汐谷紬《しおやつむぎ》の若手二人からなる特命チームのリーダーに、経験豊富な恭弥を据える。

作中にもあるように、ネットは生活保護バッシングの急先鋒になっている。特に、扶養《ふよう》できる十分な収入があった人気お笑い芸人の親が生活保護を受けていた事実が発覚した二〇一二年以降、生活保護は不正だらけ、保護費を酒、ギャンブル、風俗などで浪費している、恥とも考えず生活保護を受けているなど、ネット上での批判は激しくなり現在に至っている。

こうした背景には、日本全体で貧困化が進み、生活保護費ほどの年収しかないワーキングプアが増え、生活保護世帯の方が楽な生活をしている、生活保護の予算を減らせば浮いたお金がまわってくるといった考え方が広まったことや、努力が足りないから貧困に陥《おちい》ったのだから国に頼るなという自己責任論があるとされる。

これに対し本書は、被害者の過去を調べたり、区役所の生活支援課の話を聞いたりする恭弥ら特命チームの捜査を通して、会社の倒産やリストラ、ケガや病気で働けなくなるリスクは誰もが等しく持っているので貧困化は自己責任ではないこと、生活保護はセーフティーネットとして不可欠な制度であること、不正受給など「金額ベースでは〇・五％に過ぎない」ことなどを指摘し、ファクトもエビデンスも無視した間違った情報で生活保護バッシングを続けるネット上の声を批判していく。

作中には、一見すると普通に思えるが、金銭的な理由で生活を切り詰めたり、親の苦労を知る子供が進学を断念したりする相対的貧困を理解せず、〝横浜市に貧困は存在しない〟なるスローガンを掲《かか》げ、困窮《こんきゅう》する家庭の子供たちを支援する活動を潰した過去もある横浜市議会議員の杉浦小夏《すぎうらこなつ》が出てくるが、これはネットの誤った情報を基《もと》に生活保護バッシングを行なった国会議員のカリカチュアだろう。

生活保護受給者が狙われる次の水曜日が近付くタイムリミットの中で懸命の捜査を続ける恭弥は、特殊犯捜査第一係の主任で旧知の衛藤《えとう》から捜査協力を頼まれる。ＩＴベンチャーの実質的な女性役員が誘拐され、犯人が交渉役に恭弥を指名したというのだ。この誘拐には、恭弥が射殺したコンビニ強盗の美作太郎《みまさかたろう》の弟で、刑務所を出所して復讐の機会をうかがっている二郎《じろう》が関係しているらしい。しかも二郎は、前作から恭弥が追っている銃器をレンタルする犯罪組織から最新モデルを入手したらしい。同じ頃、横浜市立保土ケ谷東中学三年の北里涼真《きたざとりようま》、寺井優斗《てらいゆうと》、岡村美玲《おかむらみれい》が、何かを計画していることも分かってくる。

恭弥は、複雑に入り組み始めた幾つもの事件の背後には、貧困問題が横たわっている事実を突き止める。親が貧困だと、教育費が捻出《ねんしゆつ》できず、そもそも教育の重要性を理解していない家庭もあり、満足に学校へ通えなかった子供が親と同じ低賃金になる貧困の世代間連鎖が起こることは、よく知られている。これに加えて著者は、貧しい家庭で生まれ育ち、親から虐待を受けた美作兄弟が、生きるために犯罪に手を染めた過去を掘り下げることで、不安定な就労への不安、一人で子育てをする負担など、貧困と子供の肉体・精神への暴力、育児放棄といった児童虐待に相関関係があることも明らかにしている。

恭弥が貧困という〝種〟が発芽《はつが》し引き起こした事件を追う本書は、まず困窮する家庭が増えると子供の成育環境が悪化し、悲しむべき親も、失うべき信用もないので、生きるためなら平然と犯罪に走る美作兄弟のような存在が増える可能性を示唆《しさ》する。そうなると当然、警察の捜査、裁判費用、刑務所への収監などにソーシャルコストがかかり国家財政を圧迫するので、その前に生活保護や子育て支援などの方策をめぐらせれば、犯罪が減って社会が平和になり、高い賃金で働く労働者も増えるので国の財政も健全化するのではないかという警察小説らしい問い掛けで、貧困問題にアプローチしてみせたのである。

本書は次々と発生する事件が、それぞれに暗い影を背負っているのに加え、自分の生活がいつ困窮するか分からないのに生活保護をバッシングする想像力の欠如、同じ地方公務員の恭弥が、生活保護申請を受け付けない水際作戦、自立支援という美名の下で就労を強《し》いる就労強制といった福祉政策の〝闇〟も暴いていくので、読み進めるのがつらくなるかもしれない。だが、これが現代日本のリアルなので、決して目を背《そむ》けてはいけないのだ。

著者はラストにささやかな救いを用意しているが、それに触れると読者一人一人が、他《ひ》人事《とごと》ではなく、困っている人に手を差し伸べれば社会を好転させる切《き》っ掛《か》けにもなる貧困問題にどのように取り組むべきかを、考えることになるだろう。

一〇〇字書評

バッドルーザー

切り取り線

購買動機（新聞、雑誌名を記入するか、あるいは○をつけてください）	
□（　　　　　　　）	の広告を見て
□（　　　　　　　）	の書評を見て
□ 知人のすすめで	□ タイトルに惹かれて
□ カバーが良かったから	□ 内容が面白そうだから
□ 好きな作家だから	□ 好きな分野の本だから

・最近、最も感銘を受けた作品名をお書き下さい

・あなたのお好きな作家名をお書き下さい

・その他、ご要望がありましたらお書き下さい

住所	〒				
氏名		職業		年齢	
Eメール	※携帯には配信できません	新刊情報等のメール配信を 希望する・しない			

この本の感想を、編集部までお寄せいただけたらありがたく存じます。今後の企画の参考にさせていただきます。Eメールでも結構です。

いただいた「一〇〇字書評」は、新聞・雑誌等に紹介させていただくことがあります。その場合はお礼として特製図書カードを差し上げます。

前ページの原稿用紙に書評をお書きの上、切り取り、左記までお送り下さい。宛先の住所は不要です。

なお、ご記入いただいたお名前、ご住所等は、書評紹介の事前了解、謝礼のお届けのためだけに利用し、そのほかの目的のために利用することはありません。

〒一〇一‐八七〇一
祥伝社文庫編集長　清水寿明
電話　〇三（三二六五）二〇八〇

祥伝社ホームページの「ブックレビュー」からも、書き込めます。
www.shodensha.co.jp/bookreview

祥伝社文庫

バッドルーザー　警部補《けいぶほ》 剣崎恭弥《けんざききようや》

令和 3 年 8 月20日　初版第 1 刷発行

著　者　柏木伸介《かしわぎしんすけ》
発行者　辻　浩明
発行所　祥伝社《しょうでんしゃ》
東京都千代田区神田神保町 3-3
〒101-8701
電話　03（3265）2081（販売部）
電話　03（3265）2080（編集部）
電話　03（3265）3622（業務部）
www.shodensha.co.jp

印刷所　萩原印刷
製本所　ナショナル製本
カバーフォーマットデザイン　芥 陽子

 ISBN978-4-396-34750-5 C0193

祥伝社文庫の好評既刊

柏木伸介
ドッグデイズ　警部補 剣崎恭弥
猟奇連続殺人犯、死刑執行さる。だが二十年の時を経て、再び事件が。狂犬と呼ばれる刑事・剣崎が真実を追う！

柚月裕子
パレートの誤算
ベテランケースワーカーの山川《やまかわ》が殺された。被害者の素顔と不正受給の疑惑に、新人職員・牧野聡美《まきのさとみ》が迫る！

富樫倫太郎
生活安全課0係《ゼロ》 ファイヤーボール
杉並中央署生活安全課「何でも相談室」通称0係。異動してきたキャリア刑事は変人だが人の心を読む天才だった。

富樫倫太郎
生活安全課0係 ヘッドゲーム
娘は殺された――。生徒の自殺が続く名門高校を調べ始めた冬彦《ふゆひこ》と相棒・高虎《たかとら》の前に一人の美少女が現われた。

安東能明
限界捜査
人の砂漠と化した巨大団地で消息を絶った少女。赤羽中央署生活安全課の疋田《ひき》務《たつとむ》は懸命な捜査を続けるが……。

安東能明
侵食捜査
入水自殺と思われた女子短大生の遺体。彼女の胸には謎の文様が刻まれていた。疋田は美容整形外科の暗部に迫る――。

祥伝社文庫の好評既刊

矢月秀作
D1 警視庁暗殺部
法で裁けぬ悪人抹殺を目的に、警視庁が極秘に設立した〈暗殺部〉。精鋭を擁する闇の処刑部隊、始動!!

矢月秀作
警視庁暗殺部 D1海上掃討《そうとう》作戦
遠州灘沖に漂う男を、D1メンバーが救助。海の利権を巡る激しい攻防が発覚した時、更なる惨事が！

中山七里
ヒポクラテスの誓い
法医学教室に足を踏み入れた研修医の真琴《まこと》。偏屈者の法医学の権威、光崎《みつざき》とともに、死者の声なき声を聞く。

中山七里
ヒポクラテスの憂鬱《ゆううつ》
全ての死に解剖を――普通死と処理された遺体に事件性が？　大好評法医学ミステリーシリーズ第二弾！

東川篤哉
ライオンの棲《す》む街 平塚おんな探偵の事件簿1
〝美しき猛獣〟こと名探偵・エルザ×地味すぎる助手・美伽《みか》。地元の刑事も恐れる最強タッグの本格推理！

東川篤哉
ライオンの歌が聞こえる 平塚おんな探偵の事件簿2
湘南の片隅でライオンのような名探偵エルザと助手のエルザの本格推理が光る、ガールズ探偵ミステリー第二弾！